美丽南方文学书系
长篇小说卷

可口与可乐

麦子杨　著

漓江出版社

“美丽南方文学书系”出版说明

南方是文学的故乡。南方文学的鼻祖首推屈原，他“开始了诗人从集体歌唱到个人独立创作的新时代”[1]。南方文学自诞生以来，就不满足于含糊的众声喧哗，它一直沉醉于慷慨的独自放歌。

广西地处祖国的南疆，山川美丽，人文竞秀。著名壮族作家陆地开创了描写广西故乡的南方派小说，他创作的《美丽的南方》是壮族文学史上第一部长篇小说，对广西文化事业的发展做出了突出贡献。我们期待在新常态下能有新的文学表达层出不穷，当中能有优秀作品挖掘南方气质，抒写美丽风范，旁证我们这个意义非凡、变革不断的大时代。

漓江出版社中外文学出版中心

[1] 见游国恩等主编《中国文学史》。

目录

关于小说的几封电子邮件（代序）

陈建功　麦子杨

陈建功致作者的信

子杨：

你的长篇小说《可口与可乐》读过了，主要有以下优点：写了可口、可乐一对男女的爱情悲剧，以此为辐射，通过众多人物的描写，写了我们的时代病和社会病，具有较强的社会批判性，看得出其中糅合了你多年闯荡北京的生活感受，充满慷慨激愤之情；语言有个性特色，特别是环境的描写和社会氛围的营造，很有感染力；故事是完整的，人物命运也是清晰的，结局富有苍凉感。

我感到不足之处有：人物有些脸谱化，没有清晰地理出几个主要人物的心灵轨迹和人生逻辑，就拿可口和可乐来说，可乐如何由一个"忤逆"的官二代变成了一个自暴自弃者，可口又如何从一个良善渔村女子变成遁世者？你只写了故事，没有写出情感的逻辑和人生的层次，而这就是当代许多小说比之传统经典的差距所在。两人逃来北京，其实是一个人人生逻辑的演进过程，文艺就是艺术地、形象地解释这个过程的，不简单是讲故事就可以完事了。至于其他人物，如北京的几个官道、黑道人物，就更为脸谱化些，这样作品就有些局限于社会"百态"揭露和抗议层面了，其实这是有损于艺术感染力的；随之而来的意见是，有几处有些“露”了，有些太和电影《老炮儿》的缺点接近了，就是把作品作为了一种抗议，一种直白的指斥，反而削弱了艺术魅力。其中还有些提法，我认为是要稍改的……我建议你把这些“锋芒”敛一敛，以免有损艺术效果；我个人觉得，就这样出版，会成为一部较好的作品，但不能算是一部很棒的作品。

以上意见，谨供参考。

建　功

作者致陈建功的信

……建功老师，我这两天都在琢磨您的批评意见，想如果时间来得及，就做一些修改。我是想通过故事说出自己想说的话和主人公的心灵精神状态以及变化等（在这个时代背景下），可能有让人看不清晰的问题，我不想把一些道理用说教方式陈述，而是想通过故事和人物命运来揭示一切……我会再想想改改，包括脸谱化、一些细节和“风险”的提法等。

并且，在小说中我想借主人公“良家少女”可口和“纨绔子弟”可乐的人生遭遇和命运结局，反思“以人为本”的某些人文主义问题，像福克纳说的：“——当丧钟敲响，并且钟声从夕阳染红的平静海面上孤悬着的最后一块不足道的礁石那儿消失时，即使在那时，也还有一个声音，即他的不绝如缕的声音，依然在絮絮细语。”丧钟为可口与可乐敲响，但响彻我们的耳畔。“因为人有灵魂，有能够怜悯、牺牲和耐劳的精神。诗人和作家的职责就在于写出这些东西。他的特殊的光荣就是振奋人心，提醒人们记住勇气、荣誉、希望、自豪、怜悯之心和牺牲精神，这些是人类昔日的荣耀。”

我相信，这也是我们现在和未来的荣耀。

我以为，悲剧的力量不是让人沮丧，而是让人抱以同情之后的倍感温暖和奋发向上。

我将参考着您的意见，着手修改一些人物的“脸谱”——尽管我知道他们会流泪不过是鳄鱼本性，罂粟花盛开是如此美丽无敌。我对主人公的心理历程将加重描写，让他们情感的逻辑和人生的层次显得分明和清晰。这个我从不计划写成“反腐倡廉”的小说，尽管前半部分有一些情节是关于可乐父母的描写，也不过是很平常的典型“案例”。父母的案发迫使可乐玩乐至死的人生戛然而止，他需要修改自己的人生下一步。

也许我可以把小说写得更从容一点，特别是下半部分，但我的想法是前半部分小城市的休闲恋爱和北京快节奏的战斗，是不是也应体现在小说的文字描写和人物、情节安排上呢？我不敢肯定可口、可乐能否代表北漂的命运，但我敢肯定的是，他俩完全可以代表北漂的梦想和现实的低空。他俩也许倒下了或逃离了，但有更年轻的一代接续他们中断的梦想。“挺住意味着一切。”而那些计划老死京城的老北漂，但愿他们安好，生活继续，梦想成真。

“此心安处是吾乡。”只有真心热爱一座城市，才能安稳地住下来，才能像一个作家一样把她默写下来。我愿意用我热爱的文字，祝福北京。

谢谢建功老师！

新年顺安！

子　杨

作者致陈建功的信

建功老师：

您好！

前几天乘您的车我们从朝阳区东五环出发，经顺义、怀柔、平谷到密云，一路畅谈家乡、人生和文学，非常快意开心。我的中篇小说您还记得叫《北京有张床》，是的，一起给您指正的那几个小说有些发了，有些还睡在我电脑文档里，我从不急于让它们出世，或者是并不满意它们的可憎面目。人生有些事儿，别人总是嚷嚷要趁早，我总是心里好笑。小说，不往大处说，至少也是小小地说一把世上人生或悲或喜的事儿，可能是好玩的，可能是荒唐的。如果名利不是我们所渴求的，那么我们真的会活得很自然很幸福。我每次去西山植物园，都到曹雪芹晚年的故居看看，后来一个工作地点还在西山脚下，常和同事朋友在西山的另一面喝酒饮茶。那儿有一条蜿蜒小道，是曹雪芹登山的小径，我知道他是从这条杂草丛生的小路登上巅峰《红楼梦》的。高山仰止。我在写自己的小说时，总是惶惑这些文字的意义和价值，甚至有无必要留下来。所以，在北京，除了单位报社编辑工作需要，我很少写作，很少发表作品，我越来越喜欢做一名角落里的“思想者”，或许除了文学，还有一双翅膀能让我穿越雾霾，飞向更高更远的天空。

至于这个中篇小说《北京有张床》，故事梗概您也知道了的，那是我写别人的故事，一个女孩子在鲁迅文学院做“作家梦”的悲剧故事。您说得对，像鲁迅说的，悲剧是将人生有价值的东西毁灭给人看。我也认为悲剧能给人以直击心灵的力量，勇敢面对坎坷人生。

谢谢，我在北京工作生活得很好，像您开始说的，会越来越好的。东五环很清静，离798很近，我常常去那儿遛弯。

子　杨

陈建功致作者的信

子杨：

你的三个短篇读过了，想回来再看一遍再和你说，过几天吧。……你哪天回北海？希望走前见见并聊你的三篇。

……

端午好！三篇小说又看了几遍，觉得都有基础，但都把题材浪费了，就是酝酿不足，结果很多不完善之处（这不光是你，而且是几乎所有作家的通病）。如果写好了，可以成为佳作，但目前缺憾甚多。我一一做了笔记，在附件里发给你，供参考。

《蜘蛛侠的初恋》，此篇题材新颖，具有时代特色，所写人物为当下小说中少见；语言灵动而富于诗意，蜘蛛人特定的工作环境，尤显浪漫。不少妙句意蕴无穷。这个故事初看是个故事，再看是一场春梦（或者说我以为这么理解才是好小说）。因此此前以为的诸多不合理（如窗窥招来一碗面，空中花园咖啡淋头，等等），倒都可以解释得清了，但在此基础上似可以做更多的荒诞文字。目前看来，你似乎对这一题材的人物积累和心理想象还不够，因为不过停滞于皮毛。这就是此篇的缺憾之处。我的建议是，你可以有更多的设想，选择出一个绝妙的佳构。比如蜘蛛人每次滑过这个窗口，都见到美女与经理在里面，他期待“奇迹”，却永远没有“奇迹”，既无“耳光”，也无“偷情”，他在午休吃面时见到美女走出，惹得他心旌摇荡。……再往下的发展完成了他的“春梦”，但回到现实，他发现不过还是一场梦而已。最后，我以为这小说的妙处是要立足于“梦”，以写出阶级的分野与小人物的梦想。但目前没有写充分，只是一个漂浮的故事。希望你把整个小说“落地”了，它将会是一个好作品。

《代县长》，这是一篇典型的“官场小说”，风格带有调侃幽默自嘲的味道，显示了作家根据不同题材把握不同叙事的能力，故事也讲得有趣，反映了底层的官场生态和心态。作家又把这种生态和心态与“二奶”对应，具有更大的讽刺意味。因我对最近“官场文学”的尺度了解不多，故为该作中对官场的讥讽度有所担心。特别是对“书记”所为的描写，切中要害惟妙惟肖，但在处处要显示正能量为主的形势下，此文是否带有一点风险？当下的编辑部是不是敢于挑战底线，作家是不是有勇气发出去挑战，都是一个问题。

《问花梦》，我读了好几遍，觉得是一个当代中国背景下的家族和解故事。外婆和“问花佬”有过一段情愫，“外婆”的“浮财”要求是那张大床，其上有她的“情感”，而“问花佬”的“浮财”梦，则在乎地主的第五个小老婆。这一次“分道扬镳”，构成了两个人的宿命。当两个人都走向百年的终点时，终于一先一后，走到了人人难以逃避的地方。我曾经试图在这个框架下寻找作家情感指向的目标，比如曹禺的《雷雨》，也是指向宿命，但他吟叹的，是“宿命”将本为一家的人们分开、敌视，最终一起毁灭，他呼唤的，是无歧视无敌视的人类情怀。但《问花梦》指向的是什么呢？在分“浮财”时，两位有情人的抉择，足以构成未来戏剧冲突。但后来表现得就乱了，作家好像失去了掌控力，不知怎样操纵两家三代人的个性发展。或者说，怎样讲这个故事，作家并没有想明白。我们看不到（或者作家没有表现出来）作家所意欲表现的东西。当然故事是有的，结局也是有的，但对人生的思考缺少（或者说没有表现出来）。因此我对你这一篇的意见是：请再理理自己的思路，重新讲述这一段故事，《问花梦》有可能成为扛鼎之作。

建　功

初稿定于2016年4月22日下午5点，小改于4月25日早上献给我的女儿和儿子。热爱大自然，然后了解人生的梦想和荒唐：看清黑暗，内心光明，毫无畏惧也毫无疑问地明白爱恨生死都是人生一部分。

——题记

第一章
她不是一个坏女孩。从这里开始

一切都是因为不忍珠母撕心裂肺的痛，乐艺像跟她年龄相仿的女孩子一样，打心眼儿怀着冒险的心情“青春大逃亡”，像一只灰白野兔，把耳朵不断竖高，骨碌着警觉的眼睛，从乡村阡陌蹿上城市纵横公路。初涉动物园般的城郭，是没有方向的迷宫，因为没有水草丛生的江河，没有大汗淋漓急喘青春的沼泽，甚至失去了断桥残窑这些破败参照物——有的，只能是须仰视才见狩猎者般的大厦和同样巨大的霓虹灯广告牌。乐艺这样四散田野气息的少女，抖了抖浑身的棕毛和尘烟，迎着光就会蹦跳成城市野味。

乐艺是一个沙钻鱼般纤细瓷实的女孩，但有一双又大又黑的眼睛，海水一样柔软的四肢，窄小的额头，青丝低垂，如下雨的云絮，下巴，乐艺的下巴最迷人，像一枚发育尚未丰满的文蛤，有点鼓凸，中间陷落，摸上去手感奇好。一个“尘封”的少女，像一枚香螺久埋海底沙滩，一旦见了天日，化身为鲍鱼，自己总觉得惊喜耀眼，打量她的每个眼球都变成了七彩太阳，喷射出饕餮的烈焰。在一个欲望似海的时代，遇见她的人，似乎总要溺时光之水而亡，人海里也捞不到救命稻草——对此，她开始是浑然不觉，后来搁浅了所有的多情感觉，最后是潮涨潮落——是的，这是乐艺这样的乡下女孩每天都如潮水进进出出城市的景象，有点姿色的恐怕想多留在沙滩一刻，甚至最好是上岸找个好鱼缸成家。当然，乐艺也像每个女孩子一样，心底里只觉得自己与众不同，是的，她的身体和她的饱满灵魂，简直就是未见过人间天日，只在月下星光中肆意生长和发挥，展开除了天生的礁石和暗沟，就是一望无际的银白齑粉的柔和沙滩，尽管面对的是海平面一样的生活，但她们心存天际线一般的梦想。生活教会我们很多，但很少有人记得忘记“很多”。有些尤物不是令人眼前一亮的现代电灯笼，而是令夜幕随风掀动，出淤泥而美丽得想尽快消亡的城市萤火虫。

少女乐艺的家乡是一个三面环海的半岛，人们总是用风光秀丽来形容的渔村，但不知不觉长大的少女左看右看，家乡都只是一只海水里半沉状态的慵懒螺号。少年不知海深浅，她不知道以蠡测海的可爱而可笑，只是觉得半岛像从她身上出走的游子一样，身世似浮萍，风掠过，鼓响的，不是号啕，就是哽咽。乐艺不知道爱家乡或爱一样身上的什么东西，只有距离才有空间牵挂，只在远离才放纵思念莺飞草长。

家庭温饱无忧了的乐艺，成长是处于梦境惺忪中的挺拔，她像在瞌睡中很难集中精神去汲取应试知识，甚至上了一学期课，她还不知道生物老师是男是女，更不用说姓甚名谁，这给她升学造成麻烦。好在她和她的家人对升学并没有抱很大期望。一切都是月盈月亏、潮涨潮落，自有其规律可循。在简朴的渔村，一个家庭里的大孩子总是担当半个父母的责任。乐艺高中毕业后念了一个艺术学院学服装设计，毕业后一部分同学去城乡接合部的服装厂进车间，有的自己开裁缝店，大部分是不务专业。乐艺在毕业的翌年春天，来到渔村的珠场打工，那是她家乡的一种传统插核手艺，就是握着一柄牙医用的小镊子，将一小颗螺壳颗粒轻轻插进尚未发育的珠蚌嫩肉里，然后装进铁笼，泡进海里的珠池，随着它的发育成长，让它病变成一颗人们叫作珍珠的“肿瘤”或“结石”之类。大海刚开始是清洁健康的，吹过海面的风入心入肺，清爽得提神，但随着抱病工作生活的珠母日益增多，养殖像殖民海洋一样残暴，扛不住的大海就生病了，人们并不体恤生病的大海，依旧不断地插核不断地增大投养面积、密度和欲望，甚至向大海发动战争般的大规模填海，紧接着掀起建设“蓝土地”高潮。据说有数十个几万吨甚至十万吨以上的深水港向大海心脏挺进，那些临海工业园区号称零污染零排放的发电厂、油气厂、纸厂、电子厂、化工厂和制药厂等合伙撑起城市繁荣昌盛的产业支柱。而大海渐渐变得脾气烦躁，面有菜色，浑身乏力，像每天钻下水道的下水道维修工人，浑身脏兮兮的，有些海面上还漂着一层发出恶臭的油污或垃圾。潮汐的自净能力开始赶不上人类的贪婪干劲——乐艺和她的渔村姐妹们自然也没有这种“精神环保意识”，她们每天只是计算插核的数量和报酬之间有没有令她们的快乐增长。

像珠母，最坚硬粗糙的外壳，总是包含着最脆弱和娇嫩的灵肉——这些脆弱和娇嫩，都是不能承受哪怕轻轻的一插。更为恐怖的是，乐艺发觉自己没有哪怕粗糙但坚硬的外壳，她像一枚恬静快意中张开圆润小嘴沐浴阳光的螺，被人横亘了一根木棍，然后被一点点掰开，被抚弄揉捏了潮湿和新鲜后，痛不欲生。怀着这种被插核的惶恐心情，乐艺每天按时走进外墙还残留着用油漆写着巨大毛主席语录的这个下乡知青住过的破旧平房，只要踏进这个简陋的插核车间，她胃部就不由自主一阵阵痉挛，将镊子夹紧的颗粒捅进与自己无冤无仇的珠蚌里，胃就会无端抽紧和疼痛，好像那小片颗粒就插在自己的胃里。后来更恐怖的一幕是，同一个插核车间的人都将颗粒插进自己的胃里，她们同谋，凝神蹑手，共同策划这件历史悠久的阴谋，从而更显得阴险毒辣。那不是一种生理反应和幻觉，因为不久后乐艺真的患上了胃病，胃酸上涌，隐疼难忍。她猜想，如果不马上离开这儿，早晚会死于胃癌。

乐艺的父母家人、亲朋好友根本不相信她的可笑解释，他们都说这是少女想进城的一个再也不能找到的正常借口，末了笑道那你不是一颗未成年珠母了？他们一致认定乐艺只是以此来逃避传统的手工劳作生活和一心想把自己混成城市珠女——因为据说少女的家乡是南珠故乡，西珠不如东珠，东珠不如南珠。在汉代就开始了对南珠的泡养开发，而这种对未成年珍珠的人工插核摧残，是人们骄傲地自称在新中国成立后不久的最美丽创造发明。

这使乐艺暗自吃惊，手足无措，胃酸像酸雨，胃液像海涨潮，为了不插核和被插核，只有选择逃离。

因为珍珠的痛苦，少女快乐地投靠城市。

乐艺对城市并不陌生，城市对于乐艺这样的少女，像一件穿过几回却永远崭新的衣裳，只是吊在衣柜里，合适的时候会穿上身，胆怯地穿过街市，有朝一日变成第二皮肤。

另外，乐艺清醒地知道城市不是天堂，当然也不是地狱。小学追捧《还珠格格》的她有一回进城，在城市一个小学校门前还被一个卖袜子的老太婆蒙了十元钱。因为那老太婆大声吆喝自己所卖的袜子是小燕子穿的，十元一双不杀价。刚上中学时，无聊中看过一部重播的《北京人在纽约》的电视剧，里面不是说美国不是天堂，也不是地狱，而是战场吗？其实全世界的城市都差不多，只不过战场大小不同而已，战斗惨烈程度不同而已。少女早就有这种心理准备和思想觉悟，也是抱着一半清醒一半陶醉来到城市的。说起来，如果从户口簿上看，童年的时候乐艺是一个渔村女孩，但少女时代已变成了县城女孩，只不过变成了“县城”的渔村跟本来的渔村没有两样，那是政府的行政管辖划分，一些人的权力范围覆盖多一些角落，胳臂像长臂猿伸得长一点，少女的农业户口前面加多一个有横有竖的“非”字，变成非农业户口罢了。在她眼里，看不出城市或渔村对自己生活有什么大的影响，最多只能像大海在城乡的差别，也就是说把渔村变更为“非农业”后，就更易城镇化了——第一个大手笔就是城市财大气粗填了海，只有高耸的堤坝，像水库一般蓄起了海水，在围海造地的上面建起了丹麦童话般的别墅，而渔村的人想住进去是神话。而渔村乡下，孩子恣意生长像鱼虾蟹贝一样，任海水嬉戏涨落，只要有海水的地方就有绵延的沙砾，水草茂密的浅水湾，满滩爬行的招潮蟹。渔村仿佛是一张白纸，而城市是方格，她觉得自己还是一个白纸里走出来的女孩子，塞进了方格子，寄宿在表哥家。她有一种书写和被书写的冲动和预感。

乐艺的表哥大不了她几岁，高中毕业什么也考不上，自费读了一个大专，毕业即失业，现在给人家送银安淡泉水。之前乐艺听姑姑说表哥还送过上元矿泉水和宝宝纯牛奶，再之前送过煤气，干过防盗网电焊工、超度亡者的道公锣鼓手，十字路口发送小广告和四处张贴租房卖屋“牛皮癣”。但令人想不到邋遢的表哥是一条有自己体面的洞穴的网虫。放弃插核手艺活儿的乐艺进城第一天，就发觉表哥变成了一个有点像人的“人”，这是因为他以人与虫两种身份生活。不是前世是软体虫，就是下世是甲壳虫。表哥送水站在楼下，有人要水，做虫的表哥在二楼接了分机的电话（大部分是手机呼叫转移），就会现出人形，离开电脑去送水。乐艺不明白那个十四寸的彩显里有什么新网游，让表哥这样沉醉于做虫。很快，她就知道了表哥做虫的乐趣。他在上面泡妞，做泡妞游戏，像一条蛆一样蠕动着鼠标，点击自己的蛤蟆心跳，画出自己说了算的地盘，画地为王，乐在其中。乐艺肯定表哥是有意给她看他虫的一面，他离了线去送水，她经过表哥的房门口，会瞟到表哥留下画面上的一些赤裸女人及其夸张下体。情窦初开的少女敢肯定表哥是这种人虫，还没有进化或者改变得更像人的虫、虫的人。大人们说三岁定终身，看来真的不假。乐艺之所以说表哥不是衣着，而是精神状态邋遢，不仅因为他的职业使他这样，而且更是他这个人的神色，比如沉浸在某种暧昧里的躲闪眼神、鸡窝似的头发、干燥的皮肤和肮脏含泥的指甲。

观察人对于内心丰富、感情细腻的乐艺还是蛮自信的，不知何故，她对面相充满猜谜的乐趣。特别是异性。其实应该说乐艺是凭感觉，全身的毛孔像母鸡耸立全身羽毛一样——这真的很少有区别，都是因为高度的警戒，神经网像雷达四处搜索，少女的脸蛋还会像鸡冠红得要滴出血来。但表哥，少女敢肯定他没有改变，无论他利用互联网掀开遥远的画面，还是多年前近水楼台先捞月，打开她青涩的身体翻阅，他都没有改变他眼睛里女人的性别色彩。

那是发生在乐艺六岁上小学一年级的一个暑假里，那个暑假乐艺来装满蝉叫的表哥家。表哥家窗外是杂生的芒果树、龙眼树、玉兰花树、荔枝树、大菠萝树和黄皮果树，这些水果和花朵混合的夏天浓烈味道一直陪伴乐艺成长，让她浸淫其中，像蜜蜂采了蜜也吃掉酝酿好的蜜。长短蝉叫声中，表哥有一天大汗淋漓从父母的卧室搬出一大堆杂志书籍，遵从父母之命，教乐艺跟他一同学习、进步。那些都是一些图文并茂的大书，乐艺有点朦胧意识了，看得出全是男人和女人的生殖器。这些书全是在人民医院做妇产科医生的姑姑的。乐艺脸红心跳，不知道怎么样才能拒绝面前一页页掀开的羞耻和恐惧，那些与尿缸和屎坑联系在一起的器官，不是要将乐艺捅进一个无底洞，就是像藻母将她小小的身体吸纳进海底深渊。表哥颤抖地捉着乐艺汗津津的小手，开始了医生听筒式的抚摸，用他的话说是为表妹体检。

那个夏天干燥燠热，蝉声接连不歇，水果串味，成熟落地，糜烂的香气无处不在。呼吸最先是从皮肤感到不畅、阻塞，灌进喉咙的凉水像浇向烧红锅底，冒着烟吱的一声就吱没了。没有风，早熟的荔枝纹丝不动挂在树梢。每个毛孔都张开变成双倍的透气窗，整天汪着一摊浑浊的汗水，披一身水花，散发狐臭和汗馊，像树上的树叶抖擞不起骨子里的精神来。院子里的小孩三五成群地跟着年长几岁的表哥四处游逛打游击，只见大将风度的表哥两手高举竹竿，踮高脚尖，仰着头，小小下巴长出一层毛茸茸的淡淡的还不能叫胡子的汗毛，表哥和小孩子们聚在树下，用蘸上自个儿用煤油调化开的胶水粘知了。筛落斑驳阳光的黄皮果树绿荫像停止的云翳，却尿如雨下，表哥和小孩子们都乐于沐浴在知了的尿雨下，感受艰难的捕猎快感。知了尽情地破了嗓门在闹：了了……了了……一了百了！它们尾部像一只只被炎夏烤熟的法式面包，发疯似的颤动，听得多了，就去为它们找出韵律，听出了一点节奏，仿佛山歌对唱，一棵树是一个山头，此起彼落，永远分不出谁是刘三姐谁是莫老爷。最后知了一个一个被表哥精准地粘下来，整个夏天哑口无言，因为知了的剧烈抖动，把整个天空都抖动起来了——也把窗前正在看着这一幕的乐艺心脏尖儿整个震动起来。她感到从高处被掳获下来的惊慌和忧惧，这使她重新感受到了珠母被插核锥心的痛。

天气呢，已经热到差不多要脱层皮了——而九层皮正开始猖狂成熟，每一层皮的爆裂，都露出细腻的褐色胸肌和欲望幻想——台风才在人们的预言中，在人们的诅咒中发出海的长啸应约而来，枝断树倒给人莫大痛快，拉枯摧朽却令人生畏。一块块玻璃的粉碎，一根根电灯柱的歪倒，似乎给透过窗户观察窗外的人们以极大的嘲笑和轰击，他们纷纷用硬纸片抵挡，用破布和拖把堵塞，在眼前出现了一个台风暴雨洞穿的黑洞。人们心底里好像喜欢恶作剧，而只有借助飓风豪雨之类的自然能力，才能平息心头的莫名怒火。而当恶作剧在自己身上上演，人们的表现显得那么慌乱可笑。每年都给人为编号的台风冠以美名，总是为人们一解心头恨，但最猛然的台风总是只怒吼了一夜，像强弩之末，一绷就断。白天虚脱般安谧地微笑光临，苍白着脸蛋，失血过多似的透明净洁。但只有人们每天都要染足的大地才狼狈不堪、满目疮痍，等待着谁来打扫战场一般。龙眼荔枝落满地，覆盖在地上的绿苔犹如皮肤上的毛孔，开始呼出清爽的气息，一下比一下用力，全世界充满氧气。浩劫之后才想起世界原来是这么美好，丰收也可借助天力，伸手可得，俯拾皆是。表哥牵着六岁乐艺的小手，跟同院子的孩子们欢叫着去捡拾遍地果实。

无数躺在枯枝败叶上的龙眼就像渔村海滩上的鹅卵石，踏在上面会被青涩的浆果硌痛脚板，被踩破皮壳的荔枝和龙眼们吱的一声，飞溅出乳白果浆。表哥他们很有经验，说没有成熟的龙眼吃了会发尿急，尿泡胀得憋痛，也就是一次不能排净尿，排了一次，不一会儿又尿急了，再排，再急，再排，都只是点点滴滴，最憋人抓心。但女孩子有盛尿的东西吗？——这大约是表哥他们最好奇的探险，导致后来的性戏剧。

小乐艺在这场应有尽有、各取所需的盛大收获中，认识了很多表哥的玩伴，他们一起在台风走后的地下收获以下水果：荔枝、龙眼、芒果、枇杷果、人心果、九层皮、核桃、番桃、甜阳桃（酸阳桃烂在地上也没人踩）、黄皮果、万寿果、木菠萝、木瓜、葡萄、香蕉……他们仿佛打扫战场，在掉下地的果实散发出甜丝丝的味道中忙得不亦乐乎，将嘴巴和肚子填饱后，也将衫袋裤袋塞满，最后掀起了衣衫作兜，将一大衫兜的水果沉甸甸地装在肚皮上，一只手抱着衫兜，一只手还贪心地一再拾起地上更熟更大的果子。好像一路收获而去，前程美好。女孩子开始露出馋嘴的天真，亮出了平滑的肚脐眼，像男孩子裤袋的重量将裤子往下坠，整个小腹像一面小鼓凸现出来，女孩子也捧高撑宽了碎花短裙，把自己最瘦小最纯色的双腿奉献给了因为一场台风而早熟的整个夏天。

在花果狼藉的捡拾过程中，表哥告诉乐艺，院子里的大部分男女玩伴都玩一种过家家的游戏，还偷偷指给表妹看，谁是谁的先生，谁是谁的太太。

浑身肮脏的小男孩很男子汉，一旁的黄毛丫头小女孩显得体贴温柔，好像一个是保护神，一个是乐于依傍的小鸟。心里一场温柔的台风，就从枯枝败叶和满地果实中开始刮起来。

姑姑和姑丈都没有察觉乐艺和表哥在水果鲜汁淌满嘴角后的床上童稚游戏，表哥像掀开饭桌上盖饭菜的竹盖一样，掀开表妹的小花裙，但他们都还是小孩子，表哥的东西黑不溜秋，小小的软塌塌，像一根乐艺家乡渔村妇女挖出的沙虫，粉红细皮，柔软无神，丑陋无比，无精打采地耷拉在表妹的小腹，不时傻乎乎地点一点头，歪向一旁，本来蔫着的样子像极了一个害羞怕见世面的乡下臭小子。两个小器官凑到一块显得非常突兀，无稽之极，它们像不该相遇的山水，相逢在穷乡僻壤，却不知所措地忍受饥渴，慌不择路地各回各的水源山沟。因此，这个中午小乐艺觉得十分可笑，把碎花小裙子天鹅绒般郑重地抖落下来，先前的恐惧和羞愧也抖掉了许多。表哥伏在小乐艺两膝之间恹恹欲睡，他跪得麻木的双膝被竹席刺痛起来。她也想转身弓起双膝，四肢自然伸展，像一枚打开盖儿的螺，摊在沙滩上晒太阳。只是表哥把自己横在了乐艺开了嘴的螺口里，这令乐艺怪不舒服起来。他们很自然地离开这种乏力无趣的姿势，表哥爬过来躺在散发柚甘叶味的枕头上，偷笑地将双肘屈起来，垫在头下望着发黄的蚊帐顶出神。乐艺一点也不喜欢这种体验游戏，像在学校上课一样分神，没有意识，更谈不上刚开头的神奇偷乐。表哥说，大人怎么弄的？他得不到回答，他的表妹已进入梦乡，他尾随而去。

这个闷热、台风吹得树叶像书页哗啦啦翻动不止的花果遍地的暑假，好像要急不可耐地把夏季装帧成册。但夏天的内容如开裂的龙眼壳、烂在地上的杨桃子和从树上砸下来碎开的清甜番桃，还有招引无数辣鼻虫的芒果……是小乐艺每天字里行间成熟的辛辣标志——成熟往往是性成熟，这是省略或忽略不掉的花朵，然后花朵成就果实，而果实终究要从树上掉下来，只不过是被人摘的还是自然熟掉落地来抑或是风雨刮掉的，它们的成熟和人的一样，都是内心无比的兴奋、渴望和闷热，是时候离开天空落入大地怀抱了。植物的传授花粉也是性传播，无性繁殖或者两性单性繁殖，它们的果汁并不比人的浑浊，而人性的复杂，把性复杂化，比血液比精神甚至比灵魂还难缠，与生命与肉体同在，却又会臆想分开。好奇、迷惑、恐慌、兴奋、不洁，甚至乱伦、邪恶，使少女乐艺朦胧地意识到了自己的罪恶性别。这看似不是与生俱来，而且后天告诫或唤醒了她，以一种扒掉九层皮一样的衣服才告诉别人的秘密。小乐艺从小就把男女生殖器比喻为螺和沙虫，她知道这是这个暑假台风的最大果实——可惜不是熟烂于树上。

但大人上班不在家的白天还是特别漫长，小乐艺却因为多次拒绝加入表哥他们的游戏而只能独自打发一天的灰暗时光。那种在漫长时间里被孤立的小心灵，很容易产生憎厌和特别偏执的洁身自好。她不再喜欢不劳而获，而只是在想象中翻越城市围墙，目光透过篱笆，看见丰茂的田野，田野上的灰兔和远处树梢上的飞鸟，在蝉如雨下之中，打发一天又一天的困顿时光。也许小乐艺对自己成为新娘的梦想远在遥远地平线，只是通过童话来获知未来的自己会这样会那样，像小女孩子做的新人仔玩家家，她不想随便吐出一只龙眼核一般贡献了自己。她喜欢家家酒的游戏，但不喜欢逢场作戏和游戏当真。表哥他们将这种游戏变真，当真的游戏反而令人有不真实感。这种很秘密的游戏至今老了的大人毫不知晓，长大的孩子们相信也不会忘记，却从来不愿提起。小乐艺受到歧视是因为没有珍惜最后一次机会，脸色苍白、浑身战栗地拒绝表哥他们的好意妥协，也就是破例让她扮演小护士，只是在一旁观看护理，但她也毫不领情，坚拒照顾性质的这一角色安排，她也就只好在群起而攻之的“乡下妹”奚落中，在被全休孤立中无所事事、心事重重。好在暑假像一支漫长而充满心事的准成人歌曲，掺杂着永远的蝉鸣，就在这时为不知所措的少女献上休止符，戛然而止。

成熟、觉悟和耻于自己的性别，使乐艺以后的寒暑假一个个地放弃进城和表哥他们再度台风疯狂季节。那些像呕吐物一样的往事，是不是因为少女饮食不卫生，或消化不良？当往事发酸变馊，她知道这是一个人成长的最恶心肥料，沤烂倒进潲水桶喂养牲畜。乐艺的父母都奇怪女儿曾经嚷着向往的城市假期，突然不再那么神往了，反而表现冷淡。学会埋藏秘密也是少女成长的另一个自觉标志。但那个漫长而短暂的暑假，那个浑身燥热的夏季，那场及时的台风，那没完没了的蝉鸣，那满地的枝叶花果，有时和扩大成特写的男女生殖器混乱出现在少女的梦魇之中。一身冷汗惊醒的她，不知道它们是怎样拼凑起来的，等到她知道这是怎样拼接而成的时候，就恨不起表哥来了。学会忘记、放下，是身体之外妥协的最终成熟。羞涩过后，她仿佛多了一件外衣，那就是持重和伪装。

暮春，乐艺来到表哥家寄宿的第一天，看到表哥逃避的眼神，就知道他以为表妹忘了童年那场台风，但乐艺相反，他逃避的眼神，正好证明他还记得那场台风，而且他一直在台风眼。乐艺没有猜错，表哥有意留下的显示器显示的画面，跟十五年前他搬出的妇产科杂志图片给表妹学习的没有两样，只不过表现的工具方式不同，从黑白彩色纸质印刷到高科技高像素的高清晰度。在这时空交错之中，长大的少女知道了，每个人的心里都积蓄着台风，只是刮不刮的问题，因为不是每场台风过后，都能将高不可攀的树顶果子吹落，轻易地从地上就能朝花夕拾满地惊喜。后来表哥问乐艺是否还记得阿英，表哥提醒说就是做护士长的那个阿英，真是女大十八变，大了成市花，在市迎宾馆总台工作，前年嫁了一个美国客人。

乐艺根本不想去回忆一个叫阿英的“护士长”。她的表哥说阿英没有嫁给她的“病人”中的一个，只有老外才能满足她。

最后一句乐艺听明白了，但没有满足表哥的请求：表示兴趣，勇于发问。

女人显得成熟，是因为自卫，学会关窗关门上闩。男人显得幼稚可笑，是自以为是地断了自己后路的瞎进攻。

不久，夏天到来，是以乐艺表哥送水量的骤然增加为标志。这天午后，汗流浃背的表哥送水回来，看见表妹还是坐在客厅里不断转换电视频道，突然说，乐艺，今晚我带你去参加生日派对。

就是在这个嗨翻的派对上，乐艺认识了RKK，键盘上“操”字的五笔字母。而这位一头金毛狮王的长发RKK，勾着他情人美眉的小肩膀，不断对小清新乐艺抛媚眼。这个错综复杂的成年人游戏，派对最后最不爽的，却是乐艺的表哥。甚至，乐艺的表哥很反感以RKK和美眉为首的这帮网虫，给他的表妹改名为“处女”，这明摆着是谁的菜。

第二章
洗礼：舔净爱洗掉善

猝不及防的恋爱是处女和 RKK 的初约。处女在做面膜的时候睡着了，梦中的她感觉是被浪舌舔醒的。她被十万大山蜂蜜涂满的脸蛋，被 RKK 啄破了处女的宁静。仿佛她也是被十万大山全体的蜜蜂催眠，梦中她不得已从深山里轻快地走出美容院，沐浴在海风里，她通体剔透，在一棵齐肩高的米兰前停下来。她又像山里飞出的一只喜鹊，说今天下午我在表哥电脑上改了 QQ 名字，我现在叫可口。

刚尝了她脸上的十万大山蜂蜜的 RKK，知道她是想在网上向他靠拢，但他正从虚幻中走出来，她却从现实中走进虚幻。他失望地说好呀，我才离线，你就上网。但可口不坏嘛，我就改叫可乐吧。

她蹦起来嚷道，让人家一次把我们喝掉呀！

他说换口味嘛，我给你讲一个笑话，以前美国一个大商人跟罗马大主教就一件商业事务讨价还价，神甫跟在身后听到美国商人说五千万怎样？大主教摇摇头，美国商人再说一个亿总可以了吧？大主教还是摇头，美国商人愤然离去。身后的神甫走上前来对他的领导说我们多么需要这大笔钱，比如传教士的派遣、教堂的兴建维修和难民布施，等等。大主教摆摆手，问你知道美国商人的要求是什么，他叫我每次礼拜和祈祷后将阿们改成可口可乐。

她咯咯笑着偎过来，RKK 最后一次以 RKK 的名义，将她搂进怀里，像把一束夜来香抱在胸前。她的情潮涨在胸前，酝酿风云。他呼唤暴风骤雨，岸一般贴上去。

然而，刚改名叫可口的处女或者乐艺还来不及再订购一罐十万大山的蜂蜜以做糖衣炮弹腐蚀恋人，就被错愕地逼上了“梁山”。刚足百日初恋的一天晚上，可乐神色慌张跑来对可口说，他爸妈出事了。刚听到出事，可口以为是生病或者车祸，她还没有反应过来说一句安慰话问清楚，可乐就急不可耐地握着她的胳膊说，今天上午他妈在办公室直接被带走，他爸晚上刚回到党校，就被等着他的人带走了。可口愣着说不出话来，她这才听说了“双规”一词，这个专业术语还是让她捉摸不透。但这没有影响她为了恋爱而顿生的勇气和胆识。她没有犹豫就做出了决定。

那就是带可乐回渔村老家避风头。

第二天一早，他俩倒了四趟车，最后才搭上一辆手扶拖拉机般的三脚猫开往海角渔村。

可乐从来没有在悬崖峭壁上俯瞰过龟缩山脚下的大海。山岩好像是阵地，而大海每天都会发起一次以上的总攻，不因为对方居高临下而放弃。海风空旷地吹。大海现在不是高山仰止，而是尽收眼底，俯拾皆是浪花。鸟瞰令人自觉渺小，随时羽化无形。人的目光愈拉愈长，变成了鹫鹰坚毅的视野，苍茫、雄壮、悲愤、奋起。天、地、海和人，随着视野而躁动不安。而简陋的三脚猫好像在机耕路上不断晃悠震动，就像给人的想象插上了翅膀，会幻想现在冲天而起，拍打着双翅翱翔。阳光明媚，海水碧蓝，波光粼粼，氤氲叆叇，仿佛海面有多大，铺在海面上的渔网就有多宽。海水就像盛在一个天大的器皿里，海水不安，海水激荡，海水满溢，海水要飞扬，海水要破坏。眼底再远处，是一大片快要被海水湮没的红树林，它们却镇定自若期待每天的没顶之乐，它们手拉手连成天边海底的一片深绿色，与蔚蓝的大海、洁白的沙滩融合成万里无云天空下的三原色，感天动地的三足鼎立，毫无演义，而是涨落日常生活的伟大真谛。此刻，热气腾腾的三脚猫噗噗噗嘶呜地使劲爬山，愤怒地绕着山梁突突攀登，拱上天际。而在山的阴面，看不见了大海，山窝里是茂盛的树林和一小畦一小畦的旱地，间或一眼破败的泥坯屋，相伴同样孤零零的坟墓，诉说着前世今生的片断。海边的群山丘陵没有高耸入云，也没有云遮雾罩，一切都是那么葳蕤勃然而明朗开阔，阳光蒸化，海风涤荡，远处山叠山，山外有山，一山还比一山高。但不久三脚猫又绕回大海这一面，像一只小松鼠，上蹿下跳，变得充满灵气和顽皮淘气，显露可爱一面。可乐从来没有想到距离城市繁华一百多公里，还有着这样一个可口生活过二十几年的天之涯地之角。

人与人的相识，差不多就是山和水的相逢。

海风把可乐的一头金发，像碧波一般犁向脑后。他像一次远足郊游，他要放飞困顿的自己。

三脚猫在村头一座小石桥下急促地喘了几大口气，犹如山区里的一只褐色猪屎虫，终于停止了疲于奔命的趵突，车头马达那儿，鼻孔般地飘浮出一缕接一缕水烟，柴油味呛开来，细心听，还会响起咕隆咕隆的水声，似乎发自腔腹，回流心脏。世界一下子显得十分平稳和安静，耳朵疲软地耷拉下来，五脏六腑也归位。小石桥是用巨大的麻石条铺的，一条哗哗的小溪从桥下一个桥拱笑过，然后闪了几闪细腰就不知深浅一步一个脚印出海去了。桥下的鹅卵石染着青草颜色，顺水漂流着几片烂菜叶和一根根枯槁的稻梗，小溪两旁是一蓬蓬生机勃勃的蒿草，草丛中斜搁几张散了一半的竹筏，满是苔藓的竹筏已经腐朽散架。

桥头两溜卖菜摊贩中，挤有一间理发店，店外头顶支着一方撕开的残旧白布标语，歪歪斜斜地蔽遮下午的似火骄阳，从残破的大字上看得出是一种全国青少年都要喝的补血剂。一个干瘦老头怀抱一块疙瘩初成规模的木头在削什么乐器。可乐穿插过去，可口拽住可乐，说怎么，真在乎一头金发？

可乐说入乡随俗。

可口说你不是喜欢不俗？

那是大俗。

那你就剃光头，还俗是了。

来这儿出家倒很妙。

有女神送你出家，你能静心养性？可口拉可乐走，说算了，反正我跟我家里说了，我带回一头金毛狮王。

金毛狮王乖巧地跟可口走到海堤边，她的家在渔村最西头，跟大海面对面，中间隔着沙滩上的一溜马尾松林，像吊挂着墨绿色的窗帘。马尾松那一扎扎的松毛酷似马尾，仿佛在马厩时温顺垂落，大风起兮奋蹄嘶鸣，马尾高耸抛动，像一群水墨中的冲冠怒发奔马。马尾松树干笔直高大，青黛色的树皮粗糙虬结，屹立大海边既像少女的一头温柔披肩长发，也露出男子汉的孔武遒劲。可乐和可口踏着马尾松落下的松软松针，脚下有点滑溜，一棵棵马尾松的苍劲根部裸露了一半，它们像老人胳臂，紧紧拥抱养育自己的海边沙滩，这片腥咸土地，带着光阴鳞片，让岁月迎着太阳闪闪发光。一旁是相隔不远的平房，用碎石花夯实筑成，围起一个小园子，支一张篾席，晒着一些开了肚的门鳝、油鳝、滑鱼、剥皮鱼、银尾鱼和杂鱼。满海滩的碎石花向海缓步倾斜，几乎堆积上堤岸，石花像断掉的一根根小手指，是无数珊瑚虫临死的剥落，花儿一般完成凋谢，身上的小针孔是珊瑚虫的气泡吧，从海底冒上岸来，完满了一个轮回，还嘟着小嘴可爱而终。坎坷不平的堤坝也是用石花夯实围砌，但抵抗住了海潮无数的冲刷拍击和拉拢腐蚀，跌跌宕宕顽强向前延伸自然意志。渔村后面就是青翠山岭，山下是小溪滋润的稻田。涛声寂静，飞鸟远遁，隐匿在这个山岬角上的半岛，被世人遗忘，也遗忘了世人。这就是古人说的物我两忘吧，尽管对于可乐而言，他一向物我两全，自以为是多过自以为非，像他这种公子从来没有忘过什么，也没有缺少过什么，正因为如此，来到渔村，他有点惶恐的自责，像来到教堂跟前，不禁为自己奢侈和没有忏悔的过往惭愧起来。

可乐走到马尾松树下，抓起脚下的一把黄稔的松针，对可口说，我从来不知道还有这么漂亮的地方。

可口扭过头来说，是从来不知道还有这么落后的地方吧？

可乐自嘲地笑笑，说我真的像落难公子？

可口往前走去，大声说，这要看你本来是不是将自己当作公子哥儿。

可乐将马尾松松针一节节拔出来，随它们从指缝间撒回沙砾地上。

加快步伐的可口停在一个小院子前，她抬高一扇齐腰高的竹门，闪身进去，回头让可乐小心一点。可乐随后也闪身进去，原来门前的空地上还圈养着一窝毛茸茸的雏鸡，大母鸡浑身鸡毛暴发，像刺猬般怒视来者，嘴里发出不间断的咕咕咕警告声。可口清脆地喊一声妈，我回来啦！

一位身体微胖面色黝黑的四十多岁阿姨从房子里颠着双脚应声走出来，带出来一身人间烟火味，她粗糙的双手在围巾上一下又一下揩着。可口望着可乐，说妈，这是可乐。

可乐忙躬了躬身子说阿姨，给你添麻烦了。

大老远来，说这些做什么？可口的妈和善地看了一眼可乐，很热情地说中午你姑姑就打电话来村头小卖店，说你今天回家来……风风火火的，也不知你赶什么圩。我早上凿了些牡蛎，先喝碗汤。

可口叫可乐提行李进屋，说妈，爸出海啦？

一早出海啦。

回来一定有花蟹。

你爸哪知道你今天回来。可口的妈说着走回厨房，说正炸鱼饼。

可口让可乐将行李放在屋子北面的一间小房间里，说你就睡那儿。这是可口弟弟的房间，可口弟弟和妹妹上镇里中学了，周日才回。可口从一架木梯上爬上屋子深处的一层小阁楼，说可乐，你从下面递我行李上来。

可乐托着可口的行李，连带自己也一块递上去小阁楼。这是用船板搭起的小阁楼，漆着淡淡的桐油，垂落收拢的蚊帐，一排书就倚在阁楼的墙边，像一个小船舱。可口说你先别上来，我得扫扫灰尘。

可乐脱了鞋，像狗一样趴在阁楼木板上，体验着温馨的黑暗，用想象的触须上下抚摸，四处嗅着可口的味道。她跪着前行，推开一扇小窗，光线骤然像投影灯一样罩在她身上，她说从这儿可以看见大海。可乐却没有睁开眼，他说我想听海，便从身后贴近可口，她坐下来让可乐像堤坝一样围起来。他们沉默地吻了，嘴唇试探着接触，像蜻蜓点水，然后吸得长起来，深起来，但尽量不发出吮吸声。海水和沙滩永远相吻。

他俩依依不舍地松开后，睁开双眼，从小窗口打望大海，像一帧底色明亮的油画，海浪前涌后仰，多像画笔在大胆地着色。只有在大海面前，他们才变成一帧涂上自己色彩的油画。

可口的妈在厨房叫可口下来喝汤，他们才一前一后下来。这小阁楼是一个隐秘的地方，最适宜做闺房，既是实在的栖身之穴，也是少女想象中的空中楼阁，或者是少女的船舱，从这儿渡向花季和雨季，一直到花谢了，雨停了的城市泊岸。可乐下梯子时对可口说，在这儿幽会很酷噢。

可口推了推梯子吓可乐，说你说我偷汉子？

还差几级着地，可乐就跳下去了，说要偷就偷我。

可口啐了他一口，说你以为这是你们的酒吧？

可乐边穿鞋边抬高头说这是你地盘，我的海市蜃楼。

可口哼着鼻子，趿起拖鞋走去厨房。

喝着清甜的牡蛎汤，可乐对着可口笑，可口问笑什么，没喝过？

可乐啧啧地说有靓汤喝，我就偷笑。

可口的妈从厨房出来，笑眯眯地说，你来这儿，别的不敢说，这种汤每天管你喝得肚圆圆。

可口搁下碗，说妈，你这么好招待他干吗？让他自己去凿牡蛎挖车螺好了。

可口的妈嗔怪地乜了女儿一眼。

可乐说阿姨呀，可口说得对，我正想自己动手养活自己。

可口的妈愣了一下，说你叫我家的乐艺什么来着？

可口忙抢过来说妈，说来话长，你不懂，我还叫乐艺，但也叫可口，我们是在电脑上玩耍叫起的。

可口的妈很开通，说我以为你改名换姓了。

可口抱着她妈的肩膀，撒娇着说哪敢呀！我们是觉得好玩才叫的。

可乐要去卫生间。可口嚼着碗底的姜丝，哼了声，说没有，只有茅厕。

可乐佯装很急了，弯下腰来说就茅厕……

可口带可乐去屋后的两块半人高的石壁露天处，说就这儿。

可乐说奔流到海？

是不是要我示范一次？可口笑着捅了捅可乐的小肚子，三跳两跳蹦开了。

回到饭桌上，可口的妈悄声对可口说，听你姑姑说，他是大官人家公子，你们是不是好上了？

现在还好。

不要像换名字玩耍啊。

可口笑笑。

可乐从屋后回来，说我想下海泡泡。

可口的妈不由分说地摇摇头，慈祥地说现在太阳太大，等太阳下山再下水。

可乐说可口你陪我泡？

可口的妈不容女儿接茬，边收拾汤碗边剜了眼女儿，说女孩子下海泡什么来着，你要人陪，等她爸出海回来陪你游到深海也行。

可口对可乐眨着眼，可乐看到了，说阿姨，这儿不会有鲨鱼吧？

不会，我活了四十多岁，不说见过就是听也没听过有大鲨鱼，小鲨鱼崽倒是天天能炒鲜笋吃——对了，前几年倒是有一条搁滩的鲸鱼，能装得下一条渔船。

可口记得有这么一条搁滩的鲸鱼，在家门口就能嗅到它的腥味，太阳晒得它的油都冒出来了，最后是上海哪家研究所出钱出力拉走了，说是回去做研究做标本的。可口现在还记得鲸鱼的腥味，跟可乐说了，说那油厚得足有一尺，见可乐惊讶的样子，就接着问她妈，说你不是说你见过美人鱼吗？

现今少了，海对面填海做工厂做码头，污染着哪，嗯，还有那些年轻仔考不上学，撒刺网炸鱼电鱼药鱼，不说美人鱼，蛤蟆早晚也得死光！

可口等她的母亲埋怨叨叨地回了厨房，低声对可乐说，今晚想不想游泳？

想。

我带你去一个从来没有人到过的地方。

可乐笑道，今天你已经带我到了这个我从来没见过的好地方了，莫非还有比这更见不得人的？

这算什么，一个破渔村。可口搡了他一把。

可乐搂过可口的腰，说，那是不是人没到过，鬼到过？

可口拍落他的手，乜了厨房一眼，说你怕什么怕！喂，我变成女鬼你怕不怕？

我跟你无冤无仇，不怕。

心不虚？

不做贼，心不虚。

好，那今晚我们出发，谁也不能透露噢。可口说，你现在自己拎桶水，到屋后茅厕冲一下身子，要不要休息一会儿？

可口的妈双手捧着一盘指甲螺炒海榄钱出来，边摇头边笑着看他俩神神秘秘的样子。

可口和可乐对着可口的妈笑。

可乐去屋后兜头冲了一桶水，擦净身子，躺上床一会儿就睡着了。

可口来厨房帮母亲剥花生米。母亲不要她插手，说你到桥头买两扎青菜回来，现在当春的通心菜和天青地红嫩得很。

天青地红是一种椭圆形叶子的青菜，上面向天那面青绿色，下面贴地那面是红紫色，可能这是最直观的一种蔬菜。打老远，可口就眺到了这种最醒目的青菜，那一扎扎满头水珠的天青地红，像一面两色旗帜在渔村猎猎飘扬。村中心的桥头人来人往，村里唯一闹市就在桥头桥尾，可口从小就听大人说，白龙村多热乎的一句话，也是从桥头传到桥尾还不凉。村委会在猪肉档口旁，理发店、肠粉店、百货杂货店、一间只有六张床的红星旅社、家电修理店、药店和卖手机及充值卡小店等，都挤压在桥两头，蔬菜、鲜鱼和肉档之间，除了阉鸡补锅、卖蟑螂老鼠药和各种中草药的，还仄仄歪歪地坐着几个黑衣灰裤的老太婆或老公公，头发跟牙齿一样稀疏，面前摆一个箩筐或簸箕，里面扎着一堆番薯芋头，或者码着一堆芫麻馍、大菠萝叶馍、三角粽、芝麻饼、糯米糕和炸煎堆，一旁还有炸虾崽、炒水糕、钵仔糕、菜头糕、水晶糕、发糕，油烟火燎，葱花味、油香味、辣椒味和锅煳味，从桥头飘向桥尾，从桥尾飘回桥头。

可口拎着两扎青菜走过桥头回家，整好了菜，见可乐还睡得昏昏沉沉，鼾声如浪，也就不叫醒他。走出门口望海，已经有渔船返航了，可口能认出父亲的船，那是一只船头高翘、漆着大红油漆的机帆船。但现在海面上三五成群的船只没有一只是可口最盼望的。淡淡余晖下，渔船像贴着海面飞翔的风筝，被岸上的视线牵引回家。可口看到海堤边的邻居，老太婆或中年妇女牵男携女站在岸边看海面的归船，或者坐在堤上，一脸柔和的笑容，指指点点，跳着欢快的双脚，小孩子叽叽喳喳发出小鸟般的啁啾，好像这样就成了航标灯或船墩，渔船会更快地向这里靠拢。

可口问经过身边回家的一个老渔伯见到她老爸没有。

老渔伯嗬嗬一笑，说他刚上岸了，鱼也不卖，跟我后头回哩。

很快，踮高脚尖的可口就看到远远山岭犄角移出了老爸的影子，可口笑着看着这个影子一点点变大变粗，她迎着影子跑了几步，又停下。老远她就喊爸，你怎么知道我回家？

可口的老爸笑呵呵地走近来，说下午那些鱼贩出海收鱼，说你家闺女回家了，还带回来一个金发男朋友，我就全过了鱼给他们，早点回来。

他们胡说！可口娇气地吊着老爸的肩膀迈进家门。

可乐刚醒来，可口的妈已经开好了桌，一个一个菜上来。大家就围着桌子坐下，可口的老爸瞭了可乐一眼，嗨了声，说好小子，还是中国人。

可乐挠着后脑勺笑笑。

可口说爸，你喝两盅。

可口的老爸对可乐说你喝不喝？可口说他不会喝。

可乐看了可口一眼，说，我就喝一点。

这是木瓜大虾酒。可口说后劲很足。

可口的老爸笑呵呵地为可乐斟满，说年轻人，没来过渔村吧？

第一次。

晕不晕浪？

坐过客轮，不晕。

可口的老爸喝了一大口自己浸泡的木瓜大虾酒，说那是平底船，我的可是尖底船，风浪抛得起来，人就荡秋千啰！

可乐眉飞色舞地对可口说那就是蹦迪吧！

什么叫蹦迪？你得说中国话！可口的老爸酒下肚就话多，做海佬不留情面。

可口夹了一条石斑鱼给老爸，说爸，那是城里游戏，跟你出海一样。

那我天天蹦迪啰！老渔夫擎着酒杯，瞪圆了炯炯有神的大眼睛，豪爽地哈哈大笑。

夜幕好像最后才依依不舍地在海角渔村降临，一抹余晖在西边的海面上不得不熄灭。海上的云霞仿佛烧过了的炭，粉碎成灰。夜色就像灰烬悄无声息地纷纷剥落，越积越深，却没有重量。蕴藏着太阳温度的海水在淡淡的星辉下泛着幽雅蓝光，油亮如绸，深不见底，在海天寥廓中空鸣着，一阵紧似一阵，涨潮了。渔村的夜晚是疲惫而放松的夜晚，是属于渔民的夜晚，他们世世代代做海打鱼，生儿育女过来了，又将坦然地打着潮头鼾声进入海的梦乡。

可口和可乐往西头的半岛尽头走去，斜搁在墙头的船桨差点绊了可乐，可口拉了他一把。可口是闭上眼睛也能摸出海滩的，就像她随时溯流而回浪花里的童年一样。他们踩着黑暗中的沙砾小路，星光下像一挂漂在水面上的海藻，他们是两尾戏耍夜色的沙钻鱼，钻进厚重的夜色撒野寻欢。可口勾着可乐的肩，咿咿呀呀哼着渔村咸水调，偶尔发出一串哧哧的低低笑声。渔村的灯光跳动如豆，渐渐地被他俩丢在了身后。路两旁是平铺的宽叶草，坎坷不平，青黄杂芜，透过马尾松林，涨潮的夜海吹长号一样怆然悲愤，动人心魄。

可口牵着可乐，穿过一丛一丛低矮的灌木丛，她让他踩着自己的脚印走，不断提醒可乐注意半埋在沙滩里的仙人球。可乐说沙滩里还埋有地雷？可口说这是唯一一条通道，从别的地方下脚，你就会说是仙人球上面还盖着沙呢。

海水般湛蓝的夜色里，一枝巨大的仙人掌高擎头上，可乐从来没有见过这么巍然耸立的手掌，不是仙人的，就是魔鬼的手掌，五米多高的顶上依稀可见一个个拳头大肿瘤般的仙人球，那些芒刺像铁钉一样粗硬，看一眼也觉得疼痛。这是沙滩上不会走动的刺猬。他俩猫着腰从一块巨大礁石的侧面探到一条隐秘的狭窄小径，几乎垂直地一步一步小心吊进潮湿的海滩，吊进一个他们期望中的黑洞。满滩的鹅卵石在黯淡的星光下宛若恐龙化石，汪着一摊摊海水的坑里蓦地斜出一只拇指大的螃蟹，犹豫了须臾，又横行过去，发出沙沙响的足音。无论是海水和夜空上的云，无论是沙滩上的螃蟹、海蟑螂或寄生在礁头上的尖米螺、石头螺，都是这岑寂世界的可爱生灵，给予这个最孤独的世界以生动和灵魂，一切看起来是那么暗藏玄机，生机勃勃，那么的唇齿相依，阴阳互动。这儿是背风一角，一扇凹进来的山岩巧妙地藏身，顶头的路上看不到这个半圆拱洞。转过山岩，就是白花花的浪头张牙舞爪扑腾上来。这儿的海风温柔，海水也不再咆哮逞凶，而是很体贴地涌上来。半夜时分海水将上涨到这儿。

到头了。可口松开可乐，说。她有意夸张地像勒住脱缰的野马一般拉住可乐。她双手屈向后脑勺，撩了撩海风吹乱的长发，眯着眼睛面向大海说，可乐，你知道吗，我除了上镇中学几年，天天都来到这个海崖，你不是问我有没有理想吗？其实呀，我最大的理想，就是勾着一个人的肩，走到海涯尽头。

我从来没有想过，生命尽头是在这儿。可乐撩开温湿的海风，轻轻将可口全部抱在怀里，说我也没有想过是你……

不是第一个，可口没有睁开眼，任由他吻，喃喃而说，也不是最后一个。

可乐跪在一块桌面大的赭黄色岩石上，可口含着泪光，搓着他的一头金发，他的眼睛、鼻子、耳朵、嘴巴和下巴。他埋进她如海涨潮的小腹深处。

云是透明的月光，星是晶莹的纽扣。他们一件件剥去衣裳，舌头没有弹开，像两尾贪玩的海豚。他们将衣服裹成一团，塞进干净的岩洞。他们怕冷般互相摩擦着身体，直至把海水摩擦温热。可口调皮地低低喊着，她感到自己在他的手指里，像一条剥皮鱼一般被剥光了，她收拢双腿，双臂交叉护着坚挺勇敢能装下整个大海的胸，她害羞地像鱼鳍一样摇摆着剪开水面，从他手心滑脱，泅游开去，浸在隐匿月光星光，却倒映在夜色的海水中，只是露出小小的肩头。

海水比夜色浅。她朝蹲在岩石上的可乐喊，快下水来，水里暖和……

可乐蜷缩身子，海豹般试探了一下水温，就蹬着海水朝她游去。他感到脚下的沙滩平坦而细腻，像一张海水下的充气床垫，他恍惚中接近坐在床沿的可口。他从水面上也看见她晃悠在床下的双腿，像蹼一样拍打着海水，拍打他的心跳，让他靠近，也让他远离。

月星隐耀，涛声呢喃。海水在漆黑天幕下，只是一面锈迹斑斑的铜镜，但他只能看清她模糊的轮廓，礁石也会温柔，平躺在海水里，听任海水搔痒般的安抚。他尽力不将海水划得太响，他闭紧双眼用手在海里打捞她。她衔着一绺发梢转过身来，她在水里没有躲避。他潜进水里，双手向前摸索前行，也许温柔的礁石他也会去拥抱，但他拥抱了的竟是她撅起要逃跑的臀部。他没有紧紧去拥抱，只是一路跟着一路摸索，就像摸索海流的曲线。他不需要光亮。他猜，她也关紧了自己的窗户。

他从身后贴上去，他没有压迫她，只是轻轻点触她，像两只没有鳞片盔甲的章鱼，他们在水中，每个毛孔都是吸盘。

他们其实更像两条鳗鱼缠绕着翻滚到水浅的岸边，她转过了身来，让他舔着自己圆溜的小肩头，她好像快要融化的冰，他一把抱住她凝固起来。

可口说你不能抱我——不，岩石太滑……

可乐的脚已经被削尖的礁石割痛了，但他走下岩石，抱着可口趔趄地走在铺满鹅卵石的沙滩。可口双手勾着他的脖子，说不要下海，我带你去华清池……

可乐松开她的嘴唇，笑问华清池？

对，就在山岩边。

可乐用舌头将她的眼睛粘上，用气息说，我的爱妃……

可口唉了一声，垂落眼睫毛，宛若花瓣收拢她的粉脸蛋。漆黑中，她只是指挥着叫可乐，左边，再往前，向右，看到那块尖嘴螺岩？就在一旁，鳄鱼石后面。

可乐被棱棱角角的鹅卵石硌得脚板生疼，说你是导游……

有这样的神游？

可乐说还不能睁开眼。

可乐准确地找到了。他将她轻轻放在一块酷似鳄鱼的岩石上，只见这块独立高出礁石群的岩石下面是一个隐蔽的大洞穴，里面充满着一池宝蓝色缎子似的海水，涨潮时回不去大海的海水，倒映云层后刚刚隐约闪亮的两粒星光，仿佛倒映海里的双子星座，显得神秘而传奇。这是海水千回百转泄涌进礁石群的缝隙，历经千百年，潮涨潮落的雕琢镌刻，巧夺天工，居然灌注进这个岩石围成的池里。可口已经不用睁开眼，就能像一尾鱼灵活地从他的怀里滑脱出来，溜蹿进绸缎一般的水池里。

可乐吃惊地探长脖子往池里张望。

可口冒出头来，吐了一口海水，抹一把脸，说，我以为我跳你也跳。

可乐的双掌撑在池边的岩石上，看呆了。

可口浮出身子，两只海螺一样丰满洁白的乳房被缎子般的水流缠束着，她说不管它是深渊或者——

她咧嘴一笑，说其实不会深不见底。

可乐沙哑地说，我不知道这都是你少年时代设计好的陷阱——甜蜜的陷阱。说完，他双臂一撑，跃进了这眼陷在礁石丛中的大海水井里。

脚下全是粗糙的沙子，还有各种小如米粒的海贝和尖米螺壳，它们都在海水的千百年冲刷后变得纯粹洁白，晶莹剔透，吹弹可破。海水在这片鬼斧神工的岩蚀礁石丛中冲刷出了它自己的涨落通道，在这个可口与可乐难忘的星夜里，他们听到了海水奏响的华章，那是海水松弛有法、运纳吐吸在礁石丛通道里面发出的共鸣，有如林间松子落，有如山谷古筝秀，有如清泉吟诗韵，有如散发弄扁舟。他们紧紧相拥，将随着天籁咏歌，手舞足蹈，唱满池里的海水春暖花开。

海水也是皮肤，它也会呼吸，也会抚摸疼痛着爱。

他们的肢体合着这个音箱似的水池，缓缓移动星座的排列，水流声缓缓响起，海风在外面小憩，海水在他们的皮肤上一个毛孔一个毛孔地上涨，像一片灌木丛漫进了一层天边碎步跑来的清凉薄水，广阔天空，无边无垠。唉了一声，她只是唉了一声，屈起双腿，盘上他迎上的胯部，宛如两只蟹钳，紧紧地钳紧了他，让他借着海水的浮力寻找她比海水还温暖的熔岩，也许在石缝间，像一枚成熟的螺贝，因为海水，被诱惑而开合。他挺起自己的小腹，像一只弹虾一样有力地喘息、抗争。她后仰着脖子，长发已经像海藻漂浮在海水里了。他在她半边脸埋进海水里时，随着海水的冲动而潜进海底深处。星光宛若一颗拽着蓝色火焰的陨石坠落水池，溅起一海昙花似的水花，在他们的眼里是那么灿烂地一明一灭，璀璨夺目。他一点儿也没有感到她的重量，她像一叶美丽的蚱蜢舟，半沉半浮在水里，任由潮水牵引和漂荡。他纤夫一样拖引着她，海水变成温泉，还在他俩之间鼓涨潮水，在这个水池里，是整个高昂的大海。他们全部浮在海面上，相互牵引携带着一同飘，他们贴成一扇共同开合的日月贝，重叠成一枚烁烁发光的海星。然后，她和着浪头的节拍吟唱起来，像飞翔起来的海豚，划着弧线的声音，挑动每一根沉睡海底一万年的神经……

海水静下来的时候，他们已经一同在上涨的海水里睡过了。

水泡声仿佛流星，破灭的星光，俯射海面。

直到海水发凉。也许梦到珍珠插核，沉放海底，冒着水泡醒过来的可口说有点疼，有点冷……可乐虚脱般地吻了吻她。她在水下颤抖了一下，松软了双腿，扶着一块岩石，从他身上跨下来。她急喘着大气说水太大了，我们出不去。可乐早就踮高了脚尖，他想把她抱得高一点。

但借着浮力，她几乎爬上他的肩膀。他托举着她，说坐稳了。

她终于坐上他的肩膀，脸色苍白地说为了这一次，你不怕遭受没顶之灾？

有点虚弱的可乐哆嗦地说你站起来，我先托你出去。

不慌不忙的可口却顺着他滑下来，可乐急忙挟着她的胳肢窝，她说你捉着我的手，我带你游出去。

说完，她潜进海水里，他捉着她的手也潜了进去。他俩紧闭眼皮，眼前一片水汽朦胧，耳膜在海水的压力下，不断听到海水发出的咕咕低音，像男高音用鼻子喷出的气息，又像萧萧斑马鸣，浑厚而宽广，低沉而慈爱。但这丝毫不能影响，反而更让他俩感觉到的，这是一个除了水声，就无须声音的世界，只有水的声音，似乎就不算声音——或者益发沉寂。在水里面，忘记大地，在水里面，暂别大地，在水里面，拥抱水。沙滩也算另一种大地的话，就让水永远覆盖沙滩。水底下的人都会梦想变成鱼。可口感到，生活在大地上，不如生活在与大地保持一段距离的水里。她更喜欢沙滩，只有沙滩这种大地，她才能找到浮起来的力量，那就是水。水是她另一种生活的氧气。如果能一百年在水里，他俩也喜欢一百年在水里。冥冥中，可乐感到可口在等他，她的手给他传递热流信息。可乐猛地睁开双眼，整个宇宙的尘埃好像都在眼前漂浮，满海都是微尘弥漫，它们细微到跟海水融洽无隙，混合进海水里不能分离。而茫茫海底里，磷火闪烁，如灯笼，如萤火虫，提示着生命的另一种延续光明，只有看清黑暗，才能发现有光的生命。爱如果是盐，那么生活就是海水，需要煮熬和蒸发。人本来就是生活在水里，生活在海水里，怎么好好的可能提炼出盐来，却要上岸来直立行走，过上那种吃含碘的盐来？过去的生活在现在海水里看来，是没有盐分的生活，淡而无味。

如果两腮不退化，可乐会在海底里想得更多。

礁石丛下的光线后，他终于看清模糊中他的同伴的双腿和臀部，腰肢、双臂和披肩长发，他跟着她双蹼般的脚板拨出的水波，她的手一刻也没有松开，他有时蹬一脚擦身而过的石壁，于是，一片磷光眨动，飞鱼般拽着一道道绚丽的光线。他想他们是海底里没有鳞甲的鱼。

可口像一尾被海水抛弃、蹦弹上岸的鱼，而可乐的胸膛像船底刮了一层沙砾才知道自己搁浅了。可口咯咯笑着一个前滚翻，水淋淋地跃出了洞穴，躺在一片铺满碎石花的斜坡沙滩上。她一边喘气一边喊喂，你拉着我的脚，我拖你上坡……

虚脱般的可乐顺着可口的脚踝升上死亡珊瑚堆积成的陡坡，升上了可口的腿，升上了可口的胸，他的身后刮下一道深深凹痕。他累得犹如一只无骨火蜇，整个火辣辣地趴在可口的身上吐海水，但可口一边笑，也是一边大口喘息吐海水，在沙滩上打滚。他跪了过去，像掀开盖头一样掀开笼罩着可口脸庞的湿发，他将海水从她脸上像抹去云翳一样抹净。他甩了甩一头金发里的海水，像浪舌一样舔她的胸脯，那上面满是珊瑚碎花，像还飘着芬芳的干花，在她胸前的水珠里还会绽放的花。她举高手臂，环抱他的脖子。他们和着海潮声一起喘息。她偏过身来，搂着他上来。他轻轻地将海潮蹬回了海里，脚趾把沙滩刨成一个一个沙窝。她一边心疼地唤他，弄乱他的湿发，也一边将珊瑚亿万年来死亡的尸骸一层一层推往沙坡，送回大海。

满身沙粒碎珊瑚的他俩再次滚回海水里。

他像一块坚硬无比的礁石，牢牢地陷进她那一片丰腴的沙滩里，随着潮汐的进退缓急，波涛的翻卷舒展，他越陷越深，留在岸上。而她，张开她温柔的沙滩，迎合他的抵达，一同陷进去，没顶极乐。海天相融，分不出你我。

寥廓天穹，海水似乎掏空了它掌握的天地，它的溃退仍是那么一步一回头。

可乐仰望着已没有星星眨眼的穹隆，似乎他们猝不及防地从头穿越，他从来没有想到是在这个地方，和这个女孩，以这种方式。他有点难过地喃喃自语，我从来没有过这么美丽的夜晚。

可口已经坐了起来，薄薄的一层海水浸着她小小尖尖的臀部，像一枚鼓起腮帮吹圆的丰满角螺，海水灌进来，回荡着低沉的呜呜声，把整个海岬角吹得沉入甜蜜的梦乡。

天地大海并非漆黑一片，在可乐的眼里，是忧伤的黛蓝色。这种并不透明的黛蓝凸现出的只是山岭、灌木丛、礁石林和海那边的红树林，它们来自又冷又硬的世界，没有任何一种颜料可以漂染暖色它们。星星早已下了夜班，像渔火早已歇息，云层却如海水，在风的呼哨中，急匆匆朝东方涨潮去了。

可口的下巴支在双膝上，痴痴地看云，跟着云瞎跑，天空旋转起来。她躺下来，叠起双腿，双臂紧紧抱在胸前。现在只有西头山顶的那盏航标灯还在眨眼，她数着它的闪光，慢慢地就感到了自己血液回流，心跳恢复。这种心跳是在皮肤下，还是在海水里？她感到强烈的震撼。

他们并排躺在细碎的珊瑚上。两具洁白胴体，躺在无数细小圆柱，也是浑身洁白的珊瑚身体上。他们会给它们温暖，用人的体温唤醒它们的梦。而碎珊瑚们用逝去的身体，盛托他们今生的梦想，有多远就走多远，如潮声远去……

他们并排着，感受身体里血液的退潮。他们心里的海滩一望无际。无须星光月色，海水拥着海水。

恢复了体力的可乐单膝跪起来，被海水泡得苦涩的嘴唇艰难地张开，他说，可口，我觉得自己快结晶成一块盐了。

可口侧过身来，说我们去过泉水浴。

可乐瞅着她。

不信？她笑了笑，伸出舌头，舔了舔苦涩的嘴唇，赧然地弯下腰弓起身来，一下子双臂不知护在胸前还是抱着小腹好。她回头看了一眼他，蹑手蹑脚地踏着沙沙作响的碎珊瑚，来到头顶几步远的一个森黑洞口。她准确地摸到一块光溜溜的扁形椭圆岩石，坐下来，张开嘴，从天而降一串又一串的泉水滴答有声地砸进她的嘴里。那是滴水岩的山嘴里流淌出来摔落悬崖的山泉水。她的皮肤像一块韧性的海绵，吸吮清凉，也将一个个水光反溅，浑身顿时充满了银光，犹如绽开的花蕊。夜色银光闪耀，霎时重见光明。

可乐神奇地看着，愣了足足一分钟，这才欢呼雀跃着连滚带爬过去，可口纹丝不动，说这是单人座。

挤一点。他涎着脸皮挤她，粘上半个光屁股。

她偏了偏头，那一串串珠链般的泉水就不断滴落在她的肩头、胸脯、背脊和腹部上。

甜。可乐哽咽地说，清甜……他尽情地将那一串串水珠贪婪地吞进肚子。

风吹起，水珠如帘，像银杏树叶一样洒满了他俩全身。

可乐干脆将可口搂起来，坐上自己的大腿，这样，一颗水珠两人同时分享。

甜丝丝的味道渗进了血脉和骨髓，他们在对方的身体和皮肤上滑动，就像在海水中畅游。可口夹紧结实而光滑的双腿，突然从可乐的腿上跳下来，笑嘻嘻地说你等等，我去摘仙人果给你吃。

可乐张开怀抱，拥抱一颗硕大的水珠，说这儿不会是人间仙境吧？

可口低头寻觅着走远了，说古时这儿叫作蓬莱岛。

可乐笑了，水珠不断绽开他的笑容。

不一会儿，可口回来了，她双手掬着几颗粉红的果实，递到可乐面前。

可乐说禁果？

那是我们小时的叫法。

早就偷吃了？

与你分享……

可乐凝视着可口，默默掰开她交叉在胸前的双手，她一对结实而可爱的胸就像雪白的海鸥，愣头愣脑抖动起羽毛，扑棱一声就飞向夜空，飞进月亮，愣头愣脑地就做了寂寞嫦娥的小白兔……但他的双掌早就织成了一张天网，撒向夜空，撒向月亮，他颤抖地罩了过去……

她满手的仙人果不知搁在哪儿好。好在他只是捧还她一双雪白的海鸥，并没有关她们进樊笼。

只有小白兔噗噗的心跳，仿佛要从月亮跳下来。

他揽过她的腰，说，这儿还是伊甸园？

可口借着夜色，更多是凭着经验和感觉，把从仙人球上摘下来的果子拔光了毛刺，一颗一颗送进亚当嘴里。

可乐吃得满嘴血红，说你也吃，不要老是引诱我吃……我会想起蛇的。

做你的美女蛇？

可乐用手抚摸，“看见”她的身上沾满了草叶和泥沙，忙让开位置，说你躺下来洗一洗。

可口就将仙人果搁进可乐的手中，微弓着腰躺下来，掬着手掌等泉水，然后浇向身子，一遍一遍地拭抹。

可乐俯下身去，挑了两颗最鲜红的仙人果，孩子气地轻轻种在可口的胸前，这样就多了两只奶嘴，他像潜水一样泅进海底，在她泉水般的轻微叹息中，将她们一起衔进嘴里，融化。

岩石似乎也被身体的火浆熔化了，泉水一滴滴、一串串从天而降，好像杯水车薪，没能将火山口的火焰扑灭。砸在日月贝般的皮肤上，好像淬火一样刺啦一声，一股青烟袅袅上升，散成了云絮。

可乐搂着可口的脖子坐起来的时候，仙人果早就在他俩相互用嘴喂食中吃光了，好像要成仙羽化似的，与天地星月和大海做伴，化为它们，就化在它们中间。可口接了几掬泉水，一边为可乐揩了揩嘴角的仙人果血色，一边看着前面的礁石丛，说可乐，那里有一个无底洞，听说是明朝反清将领们藏身的，可能通到几十海里外的火山岛。

海底隧道？……

只是传说，从来没人探险过。

你们也没有？

可口说我们小时一大群孩子摸进去了几十米，道路被石花和岩石封死了。

可乐回过头，从黑咕隆咚的墨色中，一眼就能从遍布礁石丛的海蚀洞穴群中，找出可口说的那个差不多一人高的无底洞洞口，他目不转睛地盯着那个比夜色还黑暗的无底洞。

可口推了他一把，说是不是想我们两个光身子进洞？

可乐点点头。可口说起来，我带你进洞。

他们猫着腰探进洞里，可乐说我们没有灯。

可口说你看我的眼睛，我看你的眼睛，是不是亮着灯？说着，可口捉着可乐的手，来到洞口拐弯处的一块平滑岩石顶部，说用手摸摸，看能摸到什么。

可乐的手指感到粗糙弯曲的凹痕，大约是一幅刻在岩石上的岩画，他从第一笔摸起，摸出了第二画，从左至右，从外到里，他顺着笔画，像顺着一点点丰满起肉体肌理来的骨头，摸下去。

可口鼓励他，说把摸到的说出来。

乐艺……可乐用手指读了出来。

这差不多是我前世的名字了……可口说我想把自己的一个个名字都刻在上面，可乐。

可乐举起双手，轻轻摩挲着镶进岩石里的美丽身体，说，我想，也把我的名字写进去，我们做两条珊瑚虫，并肩躺着，幸福地死去一万年，最后快乐地变成石花，骨骸相守……

第三章
“黑社会”陈叔叔

第二天午睡后，揉着惺忪睡眼，重回地球似的可乐睡醒后突发奇想，立马走人！他似乎是被一个追杀噩梦惊醒——细节他记不清楚了，只记得昨晚泡在大海水缸里，日月星辰也泡满池，相互擦出火花，满池满海的火花，火灾一样的火花，最后火山爆发，整个海岬角都喷发成了火山口，长长的烈焰连接上了天穹。他害怕了……最后他逃跑到腿抽筋，蹬着酸软的双腿醒来。他浑身湿透，这个酷热午后，他被从汗水里打捞出来，不动声色地定了定神，去洗漱好，收拾行李。屋里阒无人声，大木门虚掩。

他轻轻推门，迎面阳光、大海和海风扑来，闭上双眼，深深深呼吸，他感到温暖中海风气流全身通透，大海漫遍了全身。久久他才张开眼睛，一个美丽的世界呈现在他面前，但他刚才合上眼皮时浑然不觉：柔风里，马尾松树下，可口和她的妈妈停止了忙碌晒鱿鱼的双手，吃惊地看着门开后的一幕。他有点尴尬地笑了一笑。

早餐放在饭桌上了。可口小声朝他说，看到他睡这么长时间，脸色还是那么苍白，她有点担心。

不饿，不想吃。他说着，想移步走向这对母女，这对沐浴在海风里，大海前面，马尾松树下的母女。

得吃早餐的。可口的妈妈说，动起了手，接着翻晒起巴掌大的鱿鱼来。

可口起身，说我帮你……

回转身来的可乐说不是在饭桌上吗？他回到屋里的饭桌前，说给你们这一说，我真的有点饿了……

看到他埋头扒稀粥，可口帮他夹了两块红鱼巴，他吃得香喷喷，还请她再来一碗稀粥。这时，她猛地看见楼梯下，他收拾好的行李箱。

他也乜到她看到了行李箱，但他没有停止喝粥的速度。

你要走了？

他有滋有味地嚼着一块坚硬的红鱼巴，越硬越嚼越香。

单飞？

轻轻搁下粥碗后，他沉重地飞了她一眼，说我不是一边吃咸鱼粥一边等你吗？……

明白。

阳光下的马尾松树，海风轻柔地吹送海水清爽的味道，翻晒的越南鱿鱼和北部湾虾米已经在太阳的怀抱里感受到了成熟的快乐，鲜美的气息正吱吱往外溢漫。可口的妈妈抬起头来，出现在她面前的是各拎着一只行李箱的女儿和女儿的金发朋友。

涛声来回穿梭在马尾松林间。一位老渔民在林间的一条木壳船上捣着稠结的灰膏，要填补船板间的裂缝，那船板间的一道一道灰路，像砌墙砖走的灰路一样灰白整齐划一，无须批灰刮泥子，直面生活就像直接进入大海。似乎整条古朴的渔村就是一座船坞。

坐在乡间三脚猫拖拉机上，可口可乐一言不发。三脚猫拖拉机突突突的声音，伴随着浓黑的柴油烟味，呛得海风四处乱窜。还是那山那海，像昨天来时的回放，那么亲切和新鲜，还夹杂着无端的伤感。但因为有一个未知的前途，压抑着可口充满期待又充满迷惘的心脏，她有点凌乱，甚至刹那间冒出犯罪的感觉，自己这是往哪儿逃呢？她，可乐，或者任何人，都没有想到她这一别，是小别还是暂别，或者是永别？她不断给自己打气，安慰自己这不过是一次远足，大不了的十天半月就回来，如果不能十天半月回来，那也是人在何处，就在何处安身，没什么大不了的，她那些姐妹不是长年在外打工吗？不是过年才回家吗？有的甚至过年也不回家，两三年才回一趟家，这不是再正常不过的吗？这样吹着腥咸海风想着心事的时候，她就还算安心地和着拖拉机脚下大海涨退的海浪节奏，去迎接她的苍茫延伸的前路。

是的，三脚猫突上山岭最高处，她还眺望到昨天被海水湮没的那片红树林森林，现在又把野性的生机展现出来，阳光下几乎翠绿了一半大的海湾。胎生的树通人性，这是她小时候就听老人们说过的。

在镇里倒一次车到县城，再从县城直接乘二运大客车到首府绿城。他俩很少搭话，可口见可乐心事重重的样子，有时跟他说一句关于天气人多车多的话，他也心不在焉，自己也心绪不定，也就不想多说了。他俩的高度默契是到县城不去火车站，而是选择不用身份证购票的汽车站。

从可口的家到县城五十公里，从县城到绿城二百公里——这二百五十公里，对于可乐来说，几乎是二万五千里长征，表面上他几乎都是恹恹欲睡的样子，其实他冷漠之下的内心却更是凄惶。他只有一个电话。

他默记住这个电话号码。貌似粗心对一切都满不在乎的可乐，是把这个电话记在心里的，不外十一位阿拉伯数字，一天默读一两遍就 OK。为防万一，他还把这十一位阿拉伯数字分作三组，分别用圆珠笔写在行李箱暗袋里层的白布上，前面两组分别是四个阿拉伯数字，后面这组是三个阿拉伯数字。

但下了客车，他不用翻找行李箱，就到车站东侧一百米外的一个公用电话亭，顺利地打通了这个电话。

本来可乐想打了电话，就带可口去吃点东西，等对方来接自己或者自己去找对方，但电话里的声音却热情万分，说你在这儿等十多分钟，我马上叫车去接你。

他俩吃不成饭了，对方知道可乐没吃饭，说接他先去吃饭。可乐只能买两瓶营养快线，和可口咕咚咕咚先解渴。

正好十九分钟，一辆黑色奥迪打着双闪停在路边，可口可乐刚把喝光的营养快线扔进垃圾桶。他俩上车。

陈叔叔……可乐关上车门，对回过头来的中年男司机恭敬地叫了一声。

呵呵，我不是陈总。司机笑了笑，发动了奥迪。

可乐有点不好意思，可口朝他宽容地笑了一下。

陈总有事，叫我先请你们去吃饭，晚上他来会你。

可乐忙道谢。司机说声客气，就对后座的年轻情侣随口介绍着车窗外一掠而过的景物，笑说你们可能听说绿城大家都叫她“东盟首都”，现在是不是“首都”我不敢说，反正差不多算是“首堵”了，到处挖地铁，扩公路，建楼盘，搭立交桥，你看十分钟的路至少得走半小时，有时去办一个事，路上堵一两个钟头也是有的。

可口可乐哦哦着应和。窗外真的是一堵百堵，挖地铁把一半公路占用了，四车道变成两车道，绿化带成了非机动车道，十字路口更是人车横行，互不相让，人车都是不让一秒，宁堵三分。

知道绿城为什么修地铁修得这么慢吗？司机侧过头来，谈兴正酣，自问自答说那是多大的一笔拉动内需经济和基建投资，但国家规定多大城市规模才能上地铁项目，绿城就一边做一边等呗，反正耗得起……

奥迪右转弯也等了足足五分钟。哈哈一笑的司机果然是绿城人，对绿城前世今生很熟悉，说以前绿城是全国摩托车最多的首府城市，现在是全国电动车最多的首府城市，这个之最几十年当仁不让啊！

可乐呵呵笑了两声，他一直不太喜欢绿城，他生长的银海市与广东接壤，银海市自古以来都是粤文化天下，二十世纪六十年代初才划归广西管辖。但银海市人民心底里只认同花城，不待见绿城，只把花城当作“南方首都”，压根儿抵触处于桂西北和桂东南中心的绿城——无论是绿城鹦鹉学舌的普通话混杂桂西北的桂柳话音，还是绿城油腻大味的日常饮食——文化，其实就是生活习惯。

穿过一条长隧道，司机又来了谈兴，说这是广西城市最长的隧道，穿越东湖，两千多米……

重见太阳光后，奥迪驶进东湖宾馆，在餐厅前停下来，可口可乐下车，司机泊好车后，请他俩进餐厅，说想吃海鲜就点，还有别的湘菜川菜鲁菜潮州菜的。

司机没有和他们一起吃，给他们点好菜，付了款，就说还有事先走了，临走掏出一个门牌电子钥匙，说你们吃了后回房间休息一会儿，陈总来前会打电话给你。

这是一个神秘的老总！——吃了饭回到客房，可口先洗了澡，对可乐说。

可乐只是呵呵一笑，说我也没见过他。

啊！可口啊了一声，她有点不可思议，没见过面，就将自己交给对方，这……

可乐不管她的啊啊的，去卫生间洗了澡，倒头就睡。这是一间套房，只有一张大床，可口见可乐睡了，就睡一旁，她也有点累了困了，这倒不是路途遥远，而是从家里出来到县城的五十公里山海颠簸，现在把身体平稳地安放在大床上，让脑袋肚子和心肝胆肺回归原位。

不知过了多久，天黑了没有……可口是给可乐用身体触须末梢弄醒的……她睡够了，醒来的时间恰到好处。窗帘外泄漏一线光斑，她侧目看出不是阳光，而是灯光，那么现在应是晚上了。她抚摸着可乐的背脊，让他在上面多休息一会儿……然后他下来，她吻了吻他，起床去卫生间冲洗一番，把被脱到床下的睡衣捡起来，刚穿好，房间的电话就响了。

这也是恰到好处。

十分钟后，陈总来到客房。

可乐已穿着整齐，可口也端庄大方，并给神秘陈总沏好了一杯十万大山野生绿茶，这是宾馆客房提供的。

见面就哈哈大笑拥抱了可乐再熊抱可口，看样子十分豪爽的陈总五十岁上下，中等身材，没有肚腩，皮肤像马来西亚人黝黑明亮，一嘴黄牙，小脑袋，短发，黑长裤，淡灰纯棉 T 恤，老人头黑色皮鞋，没戴手表，左手无名指箍一个小个子平常的金戒指。看样子就是一个精明商人。可口只从可乐口中听说，陈叔叔是一个矿商。

陈叔叔……

这回可乐喊对了。

罗公子……

陈总好像成了可乐的忘年交，两人有点惺惺相惜，甚至称兄道弟的样子，再一次热烈拥抱。

可口在一旁发自内心地为他俩这一对父子年龄的兄弟高兴。

休息好了吗？……陈叔叔撤回拥抱问，可乐说好了，一点也不困不累。

那就好。可乐没有听出陈叔叔不是客气问他们休息好了没有，而是下面接着还有一句那就好……我们跑一趟。

跑一趟？可乐信任地盯着陈叔叔，心里还在努力地辨认，希望自己的记忆深处有这个人的影子，哪怕是模糊的一个剪影。

是的，花城。陈叔叔只是端起了茶杯，并没有喝一口茶，说完就起身，对可乐可口说马上起飞。

可口可乐相视片刻，点了点头，随陈叔叔阔步走出房门。

东湖宾馆门外，三人上了一辆黑色奔驰，半个小时后到达绿城机场。

晚上十点五十五分正点起飞，目的地花城。

——可口可乐到达机场领到手登机牌，才知道当下的确切北京时间。下午这一觉睡得太久了，不能不信任陈叔叔，包括陈叔叔肯定地说他俩都休息好了，咱们跑一趟，红眼航班。

大型客机，红眼航班仍是坐满乘客，大家找好自己座位，飞机还没起飞就睡了一大半，好在航空小姐一贯的耳边风般轻声细语，没有打扰到所有乘客的睡眠。飞机从地上滑行拉高冲上万米夜空，机舱轻微倾斜，发出细小的颤动声，然后平稳，没有了飞动的感觉。只见小圆洞的舷窗外皎月当空，似乎飞机向月亮飞去，月亮这时像一面古人的铜镜，山川河流背景之外，还照出一脸擦肩而过的无奈和苍白。可乐他们包括大奔司机四个人正好坐满一排，可口挨近舷窗，可乐坐她一旁，陈叔叔坐在可乐旁，最外面是那位年龄更老一些的胖大叔司机，这位胖大叔司机跟白天开奥迪去车站接可口可乐的那一位截然不同，胖大叔司机只是对人微笑点点头，不到万不得已，不开腔。

机舱昏暗下来，气氛就是营造睡房的，胖大叔司机屁股一沾座位就合上眼皮睡了。陈叔叔和可口可乐也没有过多的交谈，好像在公众场合，他们都心照不宣地不愿多说话，陈叔叔至今也没有说此行目的，只是一开始就说出目的地。可乐信任地合上双眼。陈叔叔伸长右胳臂，联结着可口，一起抱着他俩的肩膀，说都休息一会儿，两三个钟头呢。

可口嗯了声。她闭上眼睛，可她还没有睡意。她留意到陈叔叔伸出的胳臂没有收回去的意思，像一条铁箍般的蟒蛇，一直紧紧箍着她和可乐，时不时伸出蛇芯子一样的手指头动几下，直到一个多小时，连她也犯困了，就忘记一切的存在……她醒来的时候，是给舷窗外的月亮照醒的。她忘关窗板了，万米高空上的月亮圆得出奇，像客厅的吊灯，通体透明圆满无瑕，山脉水系清晰，这才不愧是地球的明镜。她觉得离月亮近了一万米。她已经忘记陈叔叔伸长的胳臂已经随着他的熟睡而垂了下来，缩回他自己的身旁。身旁的可乐也勾下头睡着了，重重地枕在可口身上。

赏月，令可口宁静下来。这是新感觉，一路赏月到花城。空姐像一只猫，闪过狭窄的通道，消失在门帘后。后来可口就感觉飞机逐渐下降，月亮就消失了，她甚至看见了窗边的云，月色中的云絮，悬停在半空中。她感到了下降的揪心……

入住酒店快凌晨四点了，门童来接手行李，陈叔叔一边说歇一会儿我们就去早茶，一边请门童把自己的行李和可乐的放一房间，见可乐不解，可口也以为弄错了，就对可口解释说借他给我几个钟，我有事跟他说，可以吧？

可口疲惫地一笑，点点头。

在飞机上睡了一个多小时，在陌生的城市陌生的床，可口毫无睡意，她心里有点不踏实，一个城市比一个城市大，一个人比一个人陌生，她就不仅仅是睡得不踏实了。她睁着眼躺在踏实的棕床上，电视开着小音量，耳畔还回荡着飞机起飞的轰鸣，如浪潮拍岸，还有海鸥的怪叫声，划破海面上的漫漫长空，穿过蕴藏闪电的云层，频率奇快地颠簸……

梦乡是真正的家乡。可口不知道自己什么时候梦入家乡，蜷曲的睡姿变得舒展起来，身边躺下可乐——躺在身边的是可乐吧？勾着她的脖子，抱着她的腰，她听到了粗重的气息，像一条獠牙青鲨……可口迎合着可乐的拥抱，微微张开眼睛——她被惊醒了，不是可乐，是陈叔叔！

可口惊得弹坐起来，像鲨鱼游到床上，准备要吞噬自己。

但鲨鱼没有追击可口，还是躺着沙哑地干笑了一声，看着逃下床来的可口，伸手指了指床头柜上的一部平板电脑——

啊啊低声叫的可口直摇头，步步后退。鲨鱼没有追击猎杀的意图，仍劳累地躺在床上，笑了笑就瞬间变回了陈叔叔，像一场荒诞噩梦。在可口定神掐自己大腿感觉到疼痛时，陈叔叔责怪地轻声问你怎么不关心他了？

他？——可乐……可口紧紧攥着睡衣的领口，瞥了一眼床头柜上的平板电脑，似乎可乐在里面。陈叔叔点点头，示意她走近平板电脑，于是她挪近半步，看到电脑里的可乐，像一条被剥光了皮的剥皮鱼，痛并快乐地被十条没有鳞的骨鱼一样的美女温柔地合围，销魂地将他舔食撕咬……

你坐。

她不敢坐。还是站在床头柜前，窗帘已被拉上遮光布，不明天色。

介意我抽一支烟吗？陈叔叔习惯性地礼节性问一句，已抽出卷烟，点着了火，他没有看她一眼，吐了一口香烟。

看得出来，你喜欢他。陈叔叔不必等她回答，接着说，你得帮帮他。

我……她抬起头来，又迅速低下去，低得更低。她愤怒地想到的是她和可乐中了他的圈套，而衣冠禽兽、道貌岸然和人面兽心等全数套向这个黑社会陈叔叔，朋友之妻不可欺，长辈更应有廉耻之心……她已是咬牙切齿，开始做最坏打算，但知道对方实力，只能欲哭无泪。她的不踏实预感，千真万确！她此刻后怕起来，想起无数网络上常见的案例，强暴轮奸，卖身，逼良为娼，割肾，挖眼……她又惊恐得直往房门口退。

放心，我陈中实从不强迫任何人。穿着绸白睡衣的陈叔叔坐了起来，坐在床头呵呵大笑，呛着烟味央求道我给他腾出房间，你总得收留我半宿吧？

看到她止步门廊，陈叔叔接着温和地开腔了，说我做矿做了十多二十年，什么事没经过？你知道吗？我做的是金矿，八桂首富。你放心，我见过的仙女千千万，你想我会为你落个强奸犯恶名吗？哈哈哈哈……

可口知道现在逃也逃不出他掌心，且听他说。

喜欢一个人，就要帮助他，患难见真情哪！陈叔叔说着坐回床沿，斜了一眼床头柜上平板电脑里的实况直播，说男人，这是正常男人！

可口接受不了这样的正常男人，尽管是她喜欢的男人。

记住，我喜欢真，真实，真心，真相，真理！陈叔叔坚定地宣示，想不到他是如此健谈，还跟刚认识的可口谈起了真理。所以，我最憎恶撒谎，我的手下不止一两个因为撒谎被我断手肢解的——哦，你不必惊慌，你是一个比珍珠还要真的女孩子。

说到珍珠，可口又一阵反胃，胃酸涌上来，她想吐……

陈叔叔细心地看到了，问要不要喝一杯水？

可口憎恶地摇摇头。她不让他走近，保持安全距离。

陈叔叔也喜欢这样——他说你这个时候这个样子跟他跑出来，就说明了一切。你知道吗？他晚来一天太明智了，就在昨天，为他爸妈的事，银海市还有人追来绿城，但鬼使神差地，他就晚来一天，错开他们的时间，甩了他们，所以，晚上我请你们连夜飞出广西。放心，在我地盘，我能保护得了你们顺利离开。一路上我发现你们骨肉相连似的黏糊糊，唉，落难也是公子啊，难得还有佳人追随……我喜欢你这样的人……不是说什么不离不弃吗？说得到，做不到的人，现在太多了，所以，你肯跟他跑出来，跑这么远，不打算回头，这本身就说明了一切，这叫作，任何语言都是多么的苍白无力！

抒情起来的陈叔叔，除了哲学家的真理，还有诗人气质和表演话剧的激情。

然而，可口还是绷紧自己，像一枚螺，关闭螺壳，除非敲碎她，别人休想侵犯。但藏身螺壳里的她不断提醒自己不要麻痹大意，放松警惕，不要张开哪怕一条小小的缝隙，千万千万！

我刚才说的话，你明白？陈叔叔说着，不见她点头，就知道她听明白了，嗯了声说，罗公子忘记了我，说没见过我，呵呵，他小时，我常上他家门，那时年轻的我只是一个包工头，一个出身低贱不如狗的泥水佬——喏，你有兴趣听听我的故事吗？告诉你，只有听了我的中国最励志故事，你才有勇气走遍天下，你也才了解罗公子多一些，也知道我记住罗公子一家恩情，在墙倒众人推的这个时刻，还要做观音菩萨拉他一把。

这个，可口嘴上不说，心里也是愿意听的。

陈叔叔说你旁边有一张椅子，你坐下来听，陈叔叔不食言，不会强暴任何动物当然包括你。

面对一只猛兽如老虎狗熊，可口也知道暂时顺从是智慧解决困难逃避危急的不二法门。

我一生传奇——呵呵，半生、半生，还没到盖棺定论一生是不是？陈叔叔还是有文化的，词语丰富。果然，他说我以前是师范学院毕业的，做过乡村老师，后来发不出工资拖欠工资工资发得太少，反正就是穷得生活难以为继，我就辞职跟村里的建筑包工头出来混。呵呵，我是客家人，知道客家人吗？地道的中国人，中国的吉卜赛，嗯，公馆客家人，致富大部分是包工头，我跟着包工头做泥水工，什么脏活重活不是人干的活都干过——呵呵，不说那么多了，唉，现在你们年轻人不懂，不懂得生活艰辛，揾食艰难……我就说和罗公子一家的那一小节吧，尽管小到不能再小，但改变我的一生，这样说吧美女，我的第一桶金，是与罗公子一家有关——你不要误会，不是行贿受贿，我最憎恶的就是行贿受贿，我要的是仗义江湖，义薄云天，两肋插刀，替天行道，有人说我像《水浒》的武松，我哪有，没武松身架，更没打过虎，呵呵，说的是那种豪气，我承认是有，因为我喜欢，我喜欢真，不喜欢假，潘美人是嫂子，怎么能乱伦？怎么能出去乱搞，毒死亲夫?！现在的人说什么爱情、人性，放屁！不喜欢的你叫我干，我先干掉你！

陈叔叔又从前乡村教师变回黑社会了。但可口不能不承认，他说得很动听，故事很动人，不愧是师范出身，此刻把客房当三尺讲坛，只有一个惊惶待毙的软弱学生。

这时，陈叔叔的手机响了，他接了只嗯一声，就说长话短说，我第一次出师做包工头，九十年代初吧，就是在银海市，做建委办公楼，那时叫建委，现在叫建设局，罗公子父亲当年只是办公室主任，我为最后的尾款求爷爷告奶奶，建委主任就是不睬我不见我，递话说我的工程这不行那低劣，这偷工那减料。我刚才说过，我不是一个喜欢行贿的老板，我觉得是我劳动所得，一分钱一滴汗，我凭什么要送百分之几给你主任？——一定是卡在主任这关口，后来这个主任被查判刑就是因为贪污走私，这就是贪得无厌的人性。但我当年年轻气盛，就是不送礼行贿，所以拖得我几乎破产，那阵子我简直疯了，老婆孩子要养，上有老，下有小的，工人也欠薪——如果第一次做包工头就砸了，我就得回家种田，老老实实在公馆做一辈子农民，打地里刨食，不做人，做一条虫，行了吧？我是这样拍胸脯甚至割指滴血向老婆保证的。你在听吗？

陈叔叔看见她没有看着自己的眼睛和嘴巴，但正面对着自己的方向，就冲动地站了起来，动情地说我永远记得那天是八月九日下午，我最后抱着侥幸的心理，再去建委办公楼找主任，打算跪求他给我盖章结账，救我一家大小几条命。但主任出差不在，这回是真的出差去绿城了，是办公室罗主任接待我的，就是罗公子父亲，罗主任也知道我的情况，他是建委主任亲信，他们是老乡，罗主任也是建委主任亲自调来做自己的办公室主任接班的。罗主任听到我的惨况，可以说是惨况了，就沉默着犹豫了一会儿，悄悄对我说这样吧，我给你盖章。建委主任的一套盖章生效的东西全在罗主任保险柜里，他易如反掌地给我办妥了，我要请他吃饭，他说不吃，没时间。我只能抱了抱拳，说罗兄，后会有期。从此，我就拎着这只是五位数的第一桶金，离开银海市上首府绿城，从包工头建筑和装饰到房地产，到矿老板现在……呵呵，怎么样我的故事？听说后来主任出差回来臭骂了一顿罗主任，但也不能因这小事把亲信撸下来，毕竟培养了这么多年，也掌握了自己不少秘密，一条绳上的蚂蚱啊……

见陈叔叔站起身来走向自己，可口忙也站起来随时逃跑，陈叔叔却笑了笑说说了那么多，说着说着把正事说没了，火也消了……真他妈见鬼，我从来没说过这么多，这件事第一次对别人说，就是你，你叫什么我还不知道呢……去吧，去卫生间换衣服，我们下楼去餐厅吃早茶。

看也不看她一眼，陈叔叔旋开门要走出去，又收脚走了回来，跟在后面的可口本来想抢在第一时间关门的，所以离陈叔叔就有点近，陈叔叔踅回身来，她就躲不及了，但陈叔叔只是礼节性地轻轻抱了抱她，她如惊弓之鸟一样发抖着……他紧了紧怀抱，迅速松开她，大大方方开门走出房去，还哼起了一支她没听过的《最高峰》歌曲。

可口抚着自己突突狂跳的胸口换了衣服，洗漱好后就出去饮早茶。她不能现在就拒绝他的邀请，更不能半途而废逃跑，那将会把可乐处于更危险的境地。尽管她不知道现在拿可乐怎么办，她不知道可乐怎么就一夜之间被驯化为兽。她宁可相信这是陈叔叔的药物作用，一点也不励志，而是迷情乱性。

餐厅人不多，进餐厅时，可口看到挂钟的时间已是上午九点多。陈叔叔和司机已在喝第二泡茶，可乐没有来。

司机眯着细眼皮笑肉不笑地对落座的可口说，罗公子可能困得起不了床。

我……我先去看一下他……

陈叔叔摆摆手，说你先早餐，他等会就来。

可口坐下来，有点委屈地端起白瓷茶杯，水很烫，她轻轻吹了一口，茶香扑鼻，她强忍着闻了闻。

可乐一直没出来，他是叫侍者直接送去客房了的，他得赶时间去国贸大厦请一个贵妇人午餐——那是陈叔叔布置的工作任务。可乐也是几年不见这位干妈了，在可乐依稀的少年记忆里，干妈长得很漂亮，曾是深圳电视台主播，有一回父亲带他出差深圳还是广州了，他忘记了敲门误进父亲的客房，见到干妈——那时候还不是干妈，父亲叫儿子叫她王阿姨——和父亲叠在一张巨大单人皮沙发里，尽管那张单人意大利皮沙发很巨大，可以旋转，可以平展，可以冲浪，但叠上两个大活人，还是不胜负荷地呻吟起来了。见孩子不礼貌地直闯进来，做父亲的骂了一声，王阿姨飞红了脸蛋，忙起身去卫生间整理衣裙。这一次“事故”后，父亲就感觉儿子长大了，把王阿姨认作干妈，以后再也不带儿子出差了。

昨晚几乎通宵，十个美女模特可不是表演，而是真刀真枪地肉搏走T台，可乐也见识了陈叔叔的新潮玩法，手脚并用像沾浸了辣椒水的皮鞭，在丛林里驱赶这一群雌性大发的母兽，虐待她们像所有动物般的瘆叫，茹毛饮血，却是饮鸩止渴……可乐不是全线崩溃，因为他根本无须设防……司机来观摩一会儿，后来随陈叔叔走了，留下可乐做不可一世的恺撒大帝，那是他前所未有的称霸天下，独步肉林……

肉体被奴役的感觉消失后，他必须走了，陈叔叔点燃了一支烟递给可乐，毫无表情地说女人是给男人准备的动物，男人是做大事的，精力不能浪费在女人身上。送进客房的早餐他吃不到一半，就下楼了，司机刚好开着车恭候在楼下，意味深长地瞥了他一眼，像同伙一样不用多说一句废话。

宝马车里，可乐不想说话，司机也一路有着同谋的心照不宣，只是罗公子罗公子的恭敬地叫，到了国贸，可乐自己上观光电梯，宝马径自离去。郑重地叩了叩月兔包厢门，听到里面哎的一声，请进，可乐才略一停顿，轻轻推门进来，只见一位可以说丰满可以说发福的白皙贵妇人站起身来，冲上前来就来一个狼吞虎咽式的熊抱，“小鲜肉小鲜肉”的尖声叫唤着，还响亮地在可乐冰冷的脸蛋上狠狠亲了一口。可乐感到了腥味的唾沫，正要抬手擦时，听到了包厢里发出欢快的笑声，银铃一般洪亮，似乎自己是关进动物园里的公羊。

可乐被贵妇人干妈拉着手，领着紧挨一起坐下来，介绍了同桌的七个或八个贵宾——可乐软软地被干妈搂着，哪有精神看清楚是几个人，只是听介绍都是什么局办夫人哪位上市公司老总，还有一位，干妈一再强调并且提高嗓门说是自己的闺女叫小蜜的，蜜蜂的蜜，蜜糖的蜜，甜蜜蜜的蜜……这又惹得一厢人大笑起来。干妈忙招呼小蜜和干儿子打个招呼，一个丰满颀长身材的女孩子就拥上来了，坐在可乐的一条大腿上，胸脯压上来亲了亲面颊……在座的浪笑声更潮了，一位局长夫人指点着这两位帅哥美女说现在的90后玩得真嗨……

饭局在谄媚哄笑中开始，可乐被干妈和小蜜夹在中间，她俩轮番夹菜给自己，他不想吃，但不能不吃，碗里可以不吃，但她俩送进嘴里的，你敢不吃？可乐不吃，她们就笑说要嘴对嘴喂了……可乐乖乖吃了喝了个撑。

席中，干妈问得可乐此行目的，就笑说你来花城就靠干妈了，来对了今天，在座全是地头蛇，咯咯，不好听这个？那就是土地爷，土地奶奶……干妈装嫩地咯咯笑，还手掩血盆大口，一旁的小蜜是真的嫩，笑着乘势滚进可乐怀里，可乐只能将就，他并不陌生逢场作戏，只是他人在戏台，还没全入戏，他得了解别的角色。这时，干妈对可乐点一点头，看着座中一位旗袍贵妇人，雷厉风行地说你刚才电话说的那个桂粤交界金矿，她老公冼局长一句话的事，你现在就敬冼夫人一杯，放心挖你的金矿。

人脉真的是矿脉，而且是金矿脉。可乐想不到这一杯酒就办成陈叔叔重重托付的艰巨任务，他恨不得敬这位徐娘半老的冼夫人三杯，可惜冼夫人不胜酒力，喝的是红酒，还像喝药酒一样皱紧修剪过的假眉头。

敬了冼夫人，别的贵妇人也得敬，不然的话就落下有求才敬的话柄，可乐不喜欢这一俗套，但今时今地，木已成舟，什么柄都有了，还在乎这一杯酒？豁出去了，他是醉了，红酒也醉人，这不是后劲，而是冲劲……他是走出包厢的，还是被扶出包厢的，后来宴席上乱哄哄吵闹闹的怎么收场，他一概不知。他深夜醒过来时，干妈侧着身子敞怀侍候在旁……

可乐忙起身找衣服穿，干妈“开怀”大笑道是不是喜嫩厌老？……

刚套好短裤的可乐倒不是全是乱伦的感受，而是大不好意思，他支支吾吾的不知从何说起。干妈拢了拢粉红真丝睡袍，仍是开怀大笑说你酒后泡温泉就舔净了小蜜……

我……

真是人家的小蜜蜂，老娘的小鲜肉……

看着干妈老枝乱颤，可乐也是醉了……但他还是咀嚼了一下，嘴巴真的有甜味，然而，他真的一点也记不起来前几个小时的事，只记得敬酒，喝酒，交杯酒……诱干、强干和轮干了一杯又一杯酒……只有在这种场合，大家才华横溢，语出惊人，谐音妙用，意味无穷……矜持的一面撕下来后，可乐也会疯狂，但怎么狂也不至于和干妈睡一张床，还把酒宴上刚认上的干妹妹身上的蜂蜜舔干净了……有这回事？可乐有点对自己不可思议，只是这一天发生不可思议的事情太多了，有人明白，有人还蒙在鼓里，像那位股市第一骗子手说的谁在裸泳，只有等潮水退了才知道。

夜宴阑珊，只有记起最后一杯酒，是倒进喉咙还是胸口，才知道谁是酒肉朋友，谁是添香红袖，被抽干了的可乐，却一片空白。彻底完了，这是没办法的事儿……可乐心底里叹息道，他对干妈递来的手机录像和自己与小蜜的艳照一点兴趣也没有，干妈说你不觉得画面很魅吗？我的干儿干女儿……干妈亲昵地拧了一把可乐的脸颊，叫声我的小鲜肉，像耸肩甩掉战袍一样，挣脱裙袍，骑上可乐这匹骏驹……

先是觥筹交错，醉意蒙眬，然后回温泉房，将一位美女涂满身体的蜂蜜舔干净，像一只公蜂嗡嗡飞啊飞……他忘记了不久前还舔过另一身的蜂蜜，他只是觉得现在口干舌燥，嘴里塞满了黄连……他不知道怎么回事，最后居然还上一个人老珠黄的奶奶的床……

目睹这一切令人不愉快的事情发生，陈叔叔搂过可口的小肩膀，沉痛地说，唉，好孩子，这个世道，只有自己才能救自己。

面目可憎的可口仰起脸来，她第一次朝他仰起头来……也许在她心目中，不是救自己，是救可乐……

第四章
被修改的航线

翌日中午，可口才在酒店的泳池边遇见萎靡不振的可乐。他们都没有穿泳衣，也许前几天那个“华清池”夜泳后，再也不泳——根本不准备游泳，当然不必要穿泳衣到泳池边了，他俩只是偶然相遇在酒店泳池边，在珠江入海口，面前的大海是淡蓝色的太平洋，不是可口家乡的印度洋——或者说是印度洋和太平洋交汇处，一个纯洁的深蓝海湾——北部湾。那儿如果用新闻术语定义为良港的话，那么不知道是谁谁谁的始发港，或者是抵达港。而他俩离港之后，还能一起在某地抛锚吗？而此时面前的珠江入海口，半圆形外拱的海岸线，太平洋开阔无边，彼岸是美国西海岸，似乎给人抵达就是一个帝国的兴奋或者压抑感，人们常说的跨越就是这样吧，对面是一个强大的伙伴。

可乐来得早一会儿，坐在白色沙滩椅上，刚喝了两口咖啡。可口也要一杯咖啡。

不过是短短的两三天，他俩却一下了不知从何说起。廾头——开头是怎么样的了？从前的开头，不久前的开头，现在的开头，还是以后还有开头？每一天都是一个开头，都是伟大的一天！

对不起……可乐这样开头，开场白令人误会——至少歧义丛生。

对不起……可乐见可口没有面对自己，只是淡淡一笑，说这几天，我没有好好陪你……

没事，我知道你很忙……工作很忙……

可乐一怔，见她强忍眼泪，也就只能紧抿着嘴，淡淡一笑，再一想，咧嘴一笑，开心地端起咖啡杯，灌一大口苦咖啡，突然哈哈大笑起来，笑到咳个不停，甚至把咖啡喷了出来。这刻泳池边没有人，刚才有一个老男人在游泳，前几分钟像水獭一样爬上岸了，但小木屋前的侍者疑惑地看了过来。而可口，勾着头一动不动，根本没有回应他的狂笑。

可口接过侍者的餐巾，递给咳嗽后不断打嗝的可乐，可乐一把抢了过来，谢谢也说不出来，一个嗝把他打得趔趄，这下，逗得可口咯咯一笑。

良久，平静了的海水似乎不再流动。可乐抚着肚子，朝她摆摆手，请她止住不怀好意的笑，安静了一会儿，克制着自己，站起身来，说我们走一会儿。

可口也随他站起身来。

海边没有沙滩，全是吹沙围海制造的巨无霸海堤，干净的海堤，高大的钢筋水泥，仿木水泥护栏，画上的木纹像女人画上的眉毛无精打采，低落垂下的铁锁链，散尾葵、南方棕榈和剑麻、铁树、喇叭花。他俩穿过一组假山石林，迎着太平洋的海风，可乐恢复了神态，自嘲着说工作忙，哈哈哈哈，忙于周旋女人堆……可口，你骂我吗？你骂过我吗？你现在心里还在骂我吗？

在可乐一迭声的追问下，可口紧紧抿着嘴唇，可乐急了，摇着她的双肩，像她在童年看见台风摇落龙眼树上的龙眼，她听到耳畔响起了一地龙眼的坠落哭声。她长叹一口气说，不骂了……我们……

是的，可口，我们这样的处境，都得牺牲……可乐一把抱着她，似乎怕她溜掉，牺牲掉。

他们拥抱在一棵海边的玉兰花树下，这棵参天入云的玉兰花树长得像梧桐，低处的树干就分开了树杈，像一只套着只有拇指和四指连体手套的手掌，扇向大海的耳光，响亮如涛声。而树上零星开着象牙一样的白玉兰，引诱雪白的浪花盛开上岸。海退潮了。可口低泣着，说这两天的事，我都看见了，我知道你身不由己，我不怪你……

嗯嗯……可口，我不傻，我知道陈总这样连夜叫我们飞来这儿，今晚又将飞回绿城，是在打时间差——在我父母被宣布“双规”前，非法利益最大化地榨取我最后一滴血……可口，我从一开始就明白，我一点儿也不傻，他用美女控制我，还让我勾上我干妈，我干妈在银海市和绿城都有地产开发，靠的就是我父亲，而我干妈还不知道她的前情夫我父亲已被“双规”，送上门来的小鲜肉令她笑逐颜开，还贴上她干女儿……可口，你听明白了吗？我不傻，只是为难你了，为我牺牲，付出这么大的代价……我知道陈叔叔用心良苦，他能从我干妈那儿拿到矿产开采一系列证件，我还能给他提供交换条件——说不定明天就不能了——所以，陈叔叔问我办成事后，是提取报酬还是留在他的公司工作以便给我多少多少干股，我一口价说了提取报酬……哈哈哈哈，陈叔叔夸我聪明，说还可以帮我走得更远……

他俩紧紧搂抱在一起，泪水融合着，仿佛要流回大海，流回他们熟悉的港湾，注进他们一起沐浴的“华清池”……尽管他们不得不裹挟着沙石淤泥，但只能相信大海的自净能力了。

今晚我们回绿城？他们松开拥抱往前走时，平静了的可口疑问道。

是的。

那陈叔叔的事情办妥了？

是的，有足够分量的我和足够分量的钱，他但求速战速决！

那如果以后——或者明后天大后天，你干妈找你，嗯，找你父亲办事，知道真相怎么办？

真相？谁知道真相呢？可乐铁青着脸，说我干妈肯定先找我——但我爸出事前，她为什么不先下手为强呢？

可口点了点头，她有点乱，捋一捋，要理出一个头绪——这几天发生的事情，都不是她以往经验所能参考和解决的——现在他们不是在进攻，而是在防守，至少在守住这个“真相”，这也是陈叔叔无言中的要求，是他们共同利益捆绑一起的唯一基础，任何人过早暴露底牌，无疑会引来杀身之祸。

既来之，则安之。走一步，看一步，算一步。他俩只能这样，商量好之后，就往回走。这时，硕大的太阳西斜，将落未落，它离开大地后犹豫不决，与海水藕断丝连，它不是像红色的救生圈逃生在海滩，而是漂浮在无望深水区，准备把黑夜交给月亮和星星照看。回到泳池时，司机坐在刚才可乐坐的沙滩椅里等他俩了，谄笑着说陈总等你们晚餐。他俩不知道陈叔叔怎么知道他俩走的这个方向，更不知道酒店的海景房落地玻璃门前，司机一直在观察他俩，得到陈总指令后，才下来泳池等他俩回来。

西式晚餐。可口可乐坐一块，陈叔叔和司机坐一块，尽管同桌，但两个方队的阵势很明显。既然能相互牵制，就能更好合作了，西餐就吃得自然多了。陈叔叔切着七成熟的牛排对可口说，本来想让你逛逛花城的，亚运会后很久没来过嘛，三阳开泰，三元里，越秀山，小蛮腰……哈哈哈，只是今晚得回绿城，我们下次吧，怎么样罗公子？

可乐喝了口芒果汁，同意道，没问题。

可口轻轻点点头，她不怎么想吃，肚子不饿，她不知道还有没有下次，但肯定的是下次除了可乐她不游。陈叔叔一边刀叉并用，一边讪讪地笑。司机像一个主持人，热情地招呼大家这好吃那好吃，这只是刚泊岸的澳洲大龙虾，那只是南美鲍鱼……

晚上九点，选择地铁，很顺利快捷到达机场，换了登机牌，四个人找个喝咖啡的小圆桌，才喝了半杯咖啡，就看见开放安检口了，各自或拉或拎行李排长队安检。这当口，一个穿着时髦黑短裙的丰满中年妇女，溜旱冰一般急匆匆地冲过来，瞧了瞧安检电子屏幕，撩了撩额前刘海，走到蛇形等待安检长队旁边，一眼就认出了满头金发的可乐，哎了声——

干妈……

可乐的干妈有点异常地干笑了一下，向可乐招招手。

陈叔叔、可口和司机都看到了这突然出现的一幕，就差半步跨过安检了。

可口莫名其妙，司机用眼睛向上司请示。陈叔叔不动声色，只微微向可乐点点头，可乐就出列，走向干妈。可口紧张地也要走出安检队列，但前面的陈叔叔伸出胳臂，暗暗用力稳稳搂住了她。

剩下的三个人都不再回头，走向安检门，听从安检员指挥，掏出口袋裤袋的手机，举起手来，从上到下都给摸暗哨一般摸一遍。陈叔叔的脸上一直挂着自信的微笑，司机有点木讷僵硬，但绝对服从写在他刻板的脸上，只有要单独安检，可口才被放开搂抱，她知道回头不仅没有一点用处，还将增加可乐的担心，她也知道就算可乐被扣下来，对陈叔叔也是大功告成的“花城接手”——但她没有办法，只能选择像陈叔叔一样的自信，她不知道怎么处理这件突发事儿，这不是她经验之内的，也不是她能力范围之内的，但她相信可乐有这个应急生存能力——说得明白点，对方还是笑脸招呼，对方只是一个人，一个女人，一个干妈……

安检后，走向只有机场才有的漫长豪华通道，一路上步行电梯，两旁风景照片缓慢往后，灯火辉煌中，巨大玻璃幕墙后是机翼机头机尾，再细看是五颜六色的机身和各种航空公司的标志，它们是静止的，像一只鸟，栖息在鸟巢般的机场，孵化出的却是人——有一架飞机无声降落，双翅闪着星星一样的灯，隔着巨大宽厚的玻璃幕墙，这架飞机似乎要俯冲进来。一架飞机在滑行，比自行车快不了多少，好像在十字路口一样在十字跑道上彷徨停步。陈叔叔领头，三人随着人流，乘步梯到登机口，这个漫长的待飞通道，谁也没有说一句话。走到另一个更漫长的安静通道时，一架飞机起飞了，机翼上闪烁着灯光向大地和天空提示自己的宽度和高度，仿佛它也是在宣示自己的势力范围……

每次看见飞机起飞，陈叔叔总是意气飞扬，他的强者风范在脸上表现无遗，他要一飞冲天，不惧任何风险，他知道人生和飞机一样，起飞和降落是最危险的两个节眼。他也知道，落在后面的岁公子，自己有自己的航线，不自己飞过，总是依赖领航员，他是飞不过高山，穿不过云层，避不开雷电的——当然，这一切都是基于强者——如果想成为强者的话，不可避免地就是要开启自己的置之死地而后生的处女航，这是没办法的事情，谁也帮不了你的，甚至是去迎接这一天早点到来，也就是说，这一天，他和罗公子就要有分道扬镳的航线。

而落在后面顿时孤独的可乐，也突然感到自身的强大，他从陈叔叔的眼神和同伴三人不回头的背影，知道这事只能自己一人应付。他们是一个单兵作战超强的团队。可乐也知道陈叔叔对自己现在的态度，也就是自己能不能飞回绿城，陈叔叔不插手。但他坦然面对这个凶多吉少的场面，底线就是保护人质一样的可口，也是自己得承受的代价——哪怕为可口牺牲，他也得深入虎穴，这是他此刻准备为可口做出的不计一切后果付出一切代价的决定。他镇定地拉着小行李箱，故作惊讶地问干妈怎么来机场送行了？

干妈对罗公子这样一句不慌不忙的问话愣了愣，支支吾吾地说是……是的，来机场给你们送行……

谢谢，谢谢干妈。

呵呵……我的车还在外面，我们上车谈。

上车？……可乐意外地问，有事吗干妈？

当然，是的……干妈说话的口气开始硬起来，脸色也变了，罗公子不再是她嘴里的小鲜肉了，而是鱼刺。

干妈，有什么事在这儿不能谈吗？可乐笑着走近干妈，但干妈一脸冷漠，他就为难地说安检快要关闸了……

我给你改签了。

干妈你？……

干妈沉下老脸来，干巴巴地冷笑道，你一定以为我没有你身份证，我就不能改签叫停你的飞行？咯咯，我的干崽儿，你太低估你干妈了，只要是花城地面上的事，我都能搞掂，别的地方和上天了的事，我就不敢夸海口了，呵呵……

认真聆听的可乐心里顿时凉了半截，但仍把快乐笑在脸上，他知道干妈的能量，但不知道干妈的能量是原子弹量级的能量，现在回想也是的，陈叔叔那个两省交界的金矿，干妈不用出面，不用见陈叔叔，遥控着就能办妥，这是非人所能，只能说干妈是“老女神”！可乐被自己发明的这个称呼逗乐了，不禁笑出了声音，干妈疑惑地盯着他，感觉长大了的罗公子有点皮，也有点痞。她拿不定罗公子所想所思，但在她的地盘，临近飞上天的当口，她叫住了他。看见罗公子这样轻松地笑，她就先往外走，可乐只好拉着行李跟上来，还叫干妈你等一等，别走得太快我跟不上……

干妈头也不回，说你的小蜜还没和你话别呢。

哦哦……可乐追上干妈，悄悄拍了一句干妈的马屁，低声说干妈你屁股比小蜜的还结实……

这回干妈放松警惕地笑了一笑，脸皮不再绷那么紧了，凭她的经验，男人好色就对了。

黑色的凯迪拉克果然违章停在候机楼禁停区，但保安面对这辆豪华加长轿车不敢驱逐，原因当然还有看见车牌号全是 8……

小蜜果然窝在车里面，娇滴滴飞吻招呼后，给走到车前的干妈和小情人罗公子开车门，可乐的行李给机场服务生殷勤地送过来，轻轻一抱小心地放进凯迪拉克性感大屁股后尾厢。干妈坐进驾驶室，可乐钻到小蜜身边，小蜜像蜂一样就粘了上来。

黑色大霸王般的凯迪拉克在机场安保的保护引导下，缓缓驶出候机楼前车道，干妈开得很慢，似乎在把玩一件霸气大游戏机。可乐知道干妈比陈叔叔更自信，车里再没第四个人，干妈和干女儿，再加上一个干儿子，差不多就一家子了，如果此时去哪个旅游区玩玩，夜逛哪个农家乐乐一乐，可乐感觉蛮惬意的。

但干妈驶出机场后，差不多看见机场高速公路入口时，拐上了另一条一级公路，并且把车速再次减慢。从车内后视镜，干妈看得见后座紧挨着的这对年轻人，罗公子坐姿显得有点僵硬发直，小蜜不再用嘴蜇人，而变成了小鸟依人。

干妈不紧不慢地说，罗公子，很对不起，你这次来花城强作欢颜陪干妈……

可乐听出了干妈的弦外之音，只能干笑两声，等干妈下文。

唉，我知道，很难为你……干妈恰到好处地顿了顿，接着说罗公子，我是从小看着你长大的，只是这几年少了来往见面，但你问小蜜，我王某人是不会拐弯抹角做人办事说话的，我喜欢直率，外人看我是大大咧咧，知道我王某人的就知道我是粗中有细，女中豪杰，但做事做人，我都把握好分寸，宽以待人啊，老话说的得饶人处且饶人，是不是罗公子？

可乐忙点头回答是是是，渐渐松开搂着小蜜肩膀的手，就像松开一枚人肉定时炸弹。凯迪拉克开得蜗牛般慢吞吞的，同向的车辆都超车而过，可乐从窗外看见的路牌知道他们是往市区走。

罗公子小小年纪，不知道能体会到家道中落的意思吗？干妈侧了侧脸问。

可乐就知道不可回避的事情来了——从干妈突然杀到机场，他就知道出事了，在最后要安检的一刻，他像孙悟空一样，多大能耐，也飞不出如来佛的掌心——好在他没有尝试去挣扎着飞。

唉，我很难过……实话实说，我是刚知道罗局长出事的，就连忙赶往机场——当然不是告诉你罗公子，因为我知道你早就知道了并且不便对我说——你不要争辩，我知道商场江湖、红黑两道，我也不想用陷阱来说这两天的事儿。干妈的车子已驶在最靠右的慢行车道，她有点伤感地说罗公子，你不信你问小蜜，我这人还是重感情的……罗公子，你对你老爸被“双规”身陷囹圄难道一点同情心也没有吗？

借着路上少有的灯光和车内微弱的光亮，小蜜的脸色凝重起来，不解地看了看可乐的脸，可乐微低着头。

那个怎么说了？兔子死了，狐狸也伤心……那是你老子哪！你的陈总是打时间差……干妈一声短促冷笑，说但我不为难你，也不打算追回那些办好的文件执照，说得狠心点，现在矿老板都是过度开采自己一生，弄得塌方连累亲朋好友，伤天害理我还不敢说，但……罢罢罢，不说这些，另一个，我也是对过往罗局长对我好处的总结，我是一个懂得感恩的人，老话说的滴水之恩，涌泉相报，罗局长他接受不了，他的儿子替他领受吧……

默默地听着的可乐就像一只老实的狐狸有点伤心起来，他知道干妈不想卷进跟陈叔叔的争斗，因为她也知道陈叔叔绝非等闲之辈，开矿文件执照等拿到手后，要想再拿回来，虎口夺食无异火中取栗，那干妈要付出的代价可不是金钱的数目，干妈是计算过成本才做的，甚至就是一个徒呼奈何的顺水人情。两难，必要取其一。既然这样，可乐就猜出干妈果断打断自己飞回绿城的行程，是何用意。责备？惩罚？报复？看来都不像，也不是干妈他们这种人的风格——可乐突然在车子的拐弯中猜到了，可能是弥补损失。但可乐不知道自己还有可供利用之处吗？父母刚被“双规”，远在千里的干妈刚刚获知了，陈叔叔抢在“双规”前办了一件大事，也实在了不起，留下可乐，算是这头的人质，而可乐怎么办，就得考虑陈叔叔那头的人质了。想到这儿，想明白这个，可乐反而坦然了，他现在也只能这样了，还是让干妈看着办，忍得了就下手，念点旧情，就放个活口。但陈叔叔可能也预想不到，干妈是要找回损失，不然她的账面亏损，这可是要商人们寝食不安的一笔烦恼数目。但悲哀的是，可乐本人也不知道自己现在还有什么潜能。他得靠干妈开发，他为此压抑着自己的好奇心，等待干妈的挖掘，等待干妈考评他这个矿脉的成色，只要他稳住干妈这头，陈叔叔那边的可口就安然无恙。这样思前想后，他甚至忘记了可能出现的险境。

远远看见花城不夜天的楼宇灯火，干妈却把凯迪拉克开进一幢别墅，近郊的一个别墅区，车子绕过几条小区道路，一旁全是丹麦童话式的红尖顶别墅，望到一小片小树林时，车子就停下了。干妈说下车吧，饿了，我们休息吃点什么。

别墅就像度假式酒店，干妈不冷不热地在前面走着，闻声而来的侍者像见着主人的哈巴狗，点头哈腰，听着主人的吩咐，准备什么什么的消夜。什么什么的消夜，干妈不再尊重干儿子的口味，请可乐点几款合口味的，当然干女儿也顺带被连累，不能点自己喜欢吃的。好在可乐和小蜜知道这个敏感时辰，不要多嘴，有什么就吃什么。可乐看得出来，小蜜是这儿的常客，有时朝低眉顺眼的侍者点点头，低声问一句客气话今晚上班？可乐认真看着近在眼前的小蜜，竟发现小蜜今晚的眼睛很大很亮，如果有上进心说不准就是另一枚赵薇，因为她还兼有柳岩的胸怀。在栽着郁金香的别墅露台上，简单的消夜上来了，只是海鲜粥和四小碟咸菜。干妈说消夜不要吃太多。可乐笑笑，干妈是怕胖。很正常，这是女人的通病，何况干妈这种“临界年龄”的女富婆。海鲜粥很鲜美，主要是有新鲜沙虫，可乐喝得很香，干妈皱了皱眉头。可乐觉察到了，心里想，是不是干妈要我表现悲戚一点，爸妈进去了，做孩子的得号几声？想到这儿，可乐突然想发笑，但碰到干妈的犀利目光，又突然想哭——他给自己这种神经错乱弄得手足无措，后半碗海鲜粥就吃得潦草，也没了好心情的胃口。其实是他吃了两碗，也饱了。

一大锅海鲜粥，就可乐吃得多，小蜜才吃一碗。吃饱的感觉很好，也是压惊的好感觉。可乐在机场凯迪拉克里看见只有干妈和小蜜就感觉不紧张了，而他走出机场还没上凯迪拉克时，居然想到港片，那种绑匪的烂片，枪战片，撕票片，凯迪拉克里有没有两个彪形大汉？戴着蛤蟆墨镜，上车就面对一把闪着寒光的匕首或者一眼黑洞洞的枪口？但一切都没有，只有小蜜天真的笑靥。

安全感，来自女人。可乐现在还这样想。海鲜粥也安慰好了肚子，可乐放轻松了，但还是礼节地抑制了妄想打出来的饱嗝，犹豫再三，他试探着问搁下粥碗的干妈，干妈，你批准我几时飞？

过多几个钟头。干妈用餐巾抹了抹嘴巴，抹下口红的餐巾再折一折，说你们休息一会儿，我快天亮再来叫你去乘机。

干妈说完，看也不看这对年轻狗男女一眼，就径自走下露台。

等到听不到干妈的脚步声，可乐忙掏出手机，上网查了一下航班，不错，早晨七点多有一班飞往绿城的航班。小蜜亲昵地偎过身来，像常春藤般攀过可乐的腰，说这么快就归心似箭？是不是想你那位小情人了？

是啊是啊……可乐说着拧了一把她的小脸蛋，伸手进她的衣服里面取暖，小蜜忙哎哟一声，说痒……

可乐呵呵笑着故作放浪地站起身来，拨打陈叔叔的手机，关机，再打可口的，同样是关机，他就知道他们飞上天了，正在天上飞。他就发同一条短信给陈叔叔和可口：放心，没事，机票已改签明晨七点多，中午前可会合于绿城。

说着痒的小蜜已小跑回别墅浴室，把入室的温泉注满一个大圆形杉木桶，可乐来到跟前时，她正好宽衣解带，像一条美人鱼一样直插入水里，不惊醒一朵浪花……可乐收住脚，站在木桶边沿，像站在悬崖旁，他感到身体被抽空的虚无感和无穷无尽的疲劳，像大海涨潮一样向自己袭来……

似乎重回进出那条古朴渔村必经的爬山道路，他可以居高临下尽收大海于眼底，也可以一失足成千古恨地摔下欲望之海。可乐却像给爬山公路绕晕了方向，他知道自己已经是一只漂流瓶，被突遇海难的父母在最后一刻扔进大海，下面的事情由不得他了，只能是听天由命，由潮汐的摆布，看大海的流向。无助的他沉沉睡进海底……珊瑚花，磷火，红树林的根须，雪白的贝壳尸体，同样沉睡海底亿万年的石英砂……火山口上的华清池，会把一朵现代的爱情礼花弹喷上夜空，像人类的嘴唇，咬着欲望，鲜血淋漓……但一片森林中的杉木，拥抱箍成桶，装进他的疲劳和他的喘息，同流合污向昨天吐射气泡，幻灭的气泡，鱼腥味的气泡，一串接一串，从雪白到粉红到鲜红到大红到紫红……他感到的是鱼皮的腻滑，没有鳞的骨鱼，柔软的骨，酥香的骨，在紫红的水中舞蹈的骨……

夜也沉入海底。可乐不知道自己怎么又睡上了一张大床，身上还沾着几朵玫瑰花花瓣。他睁开眼，想了一想，只记得他和小蜜趴在杉木桶边，干了一杯又一杯红酒，把自己和对方还有红酒瓶干到底，红酒淌了一脖子，淌了一肚皮，把温泉洇红……这是酒精作用，也是潮汐帮助，可乐可以肯定，但他不知道怎么肯定身边躺着的不是小蜜，而是干妈。

因为干妈戴着小蜜的面具。但这骗不了可乐，干妈和小蜜相差的不是脸庞，而是气味，还有身体，脖子、胸膛、腰身、肚子以及往下的腿脚……干妈像一只瘦肉猪一样翻了翻身，把干儿子当作猪饲料，一下子就拱倒压在身下……可乐感觉被吃掉了，像猪饲料一样被吞噬，很粗糙很糟糕的感觉，他只能像一袋猪饲料一样直躺着，饲料袋口也不愿解开，反正饥饿的猪会变成野猪，用长嘴獠牙拱开饲料包装……干妈给可乐的最终感受是，母猪一旦变野，比虎豹更甚！

勉强围得过干妈肥厚的背脊，可乐却是感到干妈身体不仅长了硬毛鬃，还生了鳞片——想到这儿，他想发笑，但忍住了，干妈正在努力拱食工作呢，这时候打扰她，只能延长她加班时间……而这，绝不是可乐想要的。他只能谛听门外窗外的声响，最期望的是一声雄鸡天下白……

好像又昏睡过去了……可乐再一次醒过来的时候，天还没白，或者是厚重的窗帘遮挡了白天黑夜。他最想的是用自己的黑眼睛寻找光明，但他只能摸黑猜度黑夜还有多久。他现在只感到浑身酸痛，想了想，侧头哦了声，不见干妈了，他忙屈起身，却看见干妈跪在自己的下面喃喃自语，看样子就是处于半睡半醒之间，双手却奉承着自己，好像要抱在怀里，衔在嘴里的婴儿……可乐艰涩地睁大眼睛，发现干妈是那么虔诚，是不是正在崇拜自己呢？他不敢动弹，而且双腿也麻木，一下子动弹不了，他像尘封已久的红酒得醒醒，缓缓气，有劲了，才屈起了双腿，这样干妈就清醒过来了。她扑上身来，说谢谢干儿子……可乐被拧了一把脸颊，像他拧小蜜的。

小鲜肉，妈的小鲜肉……干妈还在喃喃自语，谢谢儿子让妈恢复了女性……多少年了，我的小鲜肉心肝心尖儿肉肉……

而可乐只想到改签了的机票，自己一定要按时起飞。长了翅膀的可乐在干妈又要忙乎得手忙脚乱的时候，翻找到枕头下的手机，一看才凌晨四点多，有短信未看。他挣扎着干妈的纠缠，打开看了可口的短信，只有超短的七个字：好的明天绿城见。

尾声拖了一阵又一阵的扑腾，干妈终于伸了个懒腰，伸得很长，像母猪一样四脚朝天，痛快得长号两声，突然又疯狂地扑倒可乐，咯咯咯地逗可乐。

可乐可是斗不过她，不说别的，他最怕干妈的大屁股，一旦被她坐实，永远不得翻身！小鲜肉，你知道老娘厉害了吧？比你老家那白痴少女风情吧？咯咯，小蜜是不是也不过如此？老娘保持中国传统特色，比你那些 90 后经典是不是？

可乐一迭声说是是是，领教了领教了……

敷衍干妈？

不敢不敢……

你不知道干妈在花城的外号吧？见干儿子摇摇头，她说女南霸天。

可乐这下子忍不住哈哈大笑起来，干妈以为见效果了，自管得意着，其实她不知道干儿子哈哈大笑是因为心里想的是另一个外号：大母猪。

儿子……干妈像吆喝一条家狗一样对可乐说，真不是轰大炮的，在花城我办不了的事，谁也办不了，在我的地盘，谁敢咬你，我不叫他面瘫，至少得叫他掉门牙！

这个可乐相信。他和干妈都坐上床头，歇一会儿，过渡性聊一会儿，让血压降一降，这就是起床的前奏了。

喂，干儿子，你不了解你干妈——你别说话，我知道，你是真的不了解你干妈……干妈和干儿子亲热地肩并肩靠在床头，语重心长地教导儿子，为人做事，要讲良心，懂得感恩，这就是你干妈的人生宗旨。你不要看你干妈现在老了，比不上你那 90 后和小蜜，但你干妈比她们老辣——哪都是姜老的辣蛇老成精呵呵呵呵……咳咳咳……

兴奋的干妈说得起劲，呛了起来，坐起身来的大肚皮和下垂的大胸脯连成了一块，加上把大床压凹的猪屁股，三坨大肉不辣都要腻死人！可乐是领教了，不敢再惹干妈，怕她再出什么阴招，就只得什么都孝顺她。

我们上次见面你还是小小少年，你小时我见得多，买过很多玩具给你，你都忘了，这叫你干妈心寒不心寒？咯咯……不过，说实话，这次再见你，小鲜肉长大了，刚合干妈的尺寸，刚合干妈的口味，你就是干妈要的款，你就是干妈的菜，呵呵，我们母子心心相印，不要怕，倒下你亲爹娘，还有干妈在，女南霸天可不是自封的，他陈老板漫说开金矿，就是钻石也得让我三分，再给他一个胆，谅他也不敢在老娘头上拉屎撒尿，自然也不敢欺负你啰……

想干妈尽快结束长篇大论的可乐只能陪着干笑几声。

突然干妈话锋一转，问可乐跑这趟，陈总应承如何分配，可乐如实回答一百万。

一次过？

可乐点点头。

你这个笨蛋！干妈狠狠再刮了刮干儿子的鼻梁，说这个怎么能只拿回扣的？这得占股份，终身分成。

可乐哑然，见干妈好像是为自己好，现在就为自己着想，出计，就底气不足地说陈叔叔他愿意吗？我不能保证以后的事……

你干妈吃干饭的？她又推了他一把。

可乐望着干妈，欲言又止。他想到了如果靠山是干妈，那就夜夜笙歌，晚晚这样子孝顺了……他宁可只要一锤子买卖，一百万，成交！

见干儿子吞吞吐吐的样子，干妈操的去了声，问儿子不信任干妈？漫说你一百万，你一千万一个亿，干妈也不要你的，干妈只是教你做精仔，不要被人欺负，出到社会不要被人吃到连渣也不剩，老话说的被人卖了还帮人家算钱，你这人是笨卵泡不成？

干妈的粤语骂得鸡飞狗跳的，可乐似乎要平息她的怒气，一再承认自己是够笨的，干妈于是得意地又趁机亲了干儿子一大口。可乐擦了擦干妈留在嘴角的口水，那种隔夜的臭酸味，使他差点要吐。他忍住了，因为等下就天亮，挺一挺就行，然后就能在干妈手里获得一张改签的机票。

干儿啊，以后你有什么事情，都事先跟妈商量，妈绝不让你吃亏，像陈老板这个金矿，炸山开采也够他开十年八年的，十亿百亿没问题，你这一百万，还不够一条龙一餐饭钱几个三陪女……

可乐只能百依百顺，洗耳恭听。

干妈却不说了，起身说去洗个澡，早餐准备出发送你去机场。

OK！可乐想不到干妈这么干脆，一个鲤鱼打挺就起床了。

干妈却像一条直立行走的大母猪，三块大肉联结一起，全身颤动挪去浴室。干儿子只喜欢淋浴，干妈就叫可乐孝敬一下接满浴缸热水。可乐照办了，干妈迈进浴缸时，就像大海涨潮……可乐踩着满溢出来的热水，百无聊赖地再孝敬干妈几下搓背，就淋浴起来。干妈合着眼睛享受浴室的幸福时光，低声说天下男人都这样，满足了就把女人当拖把扔一角……

盛大水柱中的可乐想笑，却笑不出来，他怕水直接灌进嘴里。“话祖”般的干妈总是语出惊人，但语言调配得恰到好处，比如公众场合叫他罗公子，私下里就是干儿子小鲜肉，等等。

我告诉你小鲜肉，你老爸年轻时也不差你现在的身材，老娘也年轻过灿烂过，青春一部分激情为你老爸燃烧过了，咯咯，现在我最想的是燃烧脂肪……你放心，放心洗澡，我绝不叫你父债子还，哈哈哈哈……你老爸啊，罗局长爬得过快了，可惜快到省委领导门槛却轰声倒下，树倒猢狲散啊……我的干儿，这时你才想到你干妈吧？是不是，是不是这样？别多说，事实证明是这样，我要的是干货……你干妈给你办了多么漂亮的一件事，可惜全为陈老板做嫁衣裳……唉，商场情场都如战场，但大家最后都得清场，古今中外，不过如此……

不想听干妈抒情怀古，可乐三两下连忙冲了个凉就走出浴室，不愿多看一眼涨潮中露出一个猪头呼吸的干妈。合闭双眼的干妈在热气腾腾的蒸汽中红光满面，肥肉红粉花艳，使庆幸逃出浴室的可乐想起听说的出栏肥猪也是这样漂洗过再拉进屠宰场……这真的有点不孝，甚至大逆不道，但这个想象把可乐逗得差点笑出声来，他没有去过猪血和猪屎混合味道的屠宰场，他只亲历过和那些女人一起时看见的玉色生香的“屠宰场”，这时恍惚间，他不知道男人和女人之间，谁是被屠的宰的，或者相互屠宰？——穿衣服时，为这个“谁是屠宰物”又想发笑。

蒸汽氤氲的大浴室里，一直不断响着干妈的喃喃自语，梦呓似的哼哼，后来是温厚的歌声，干妈的歌喉倒是不错，长年累月泡浴缸和歌房，怎么地也练出一丁点星味。外面的可乐感觉有点饿了，他四处张望，家徒四壁没吃的，他只能等干妈出来，不敢开门出外，更不敢去打断干妈的吟唱，他只想等下就能飞走，哪怕把早餐吃到飞机上。这时，干妈水淋淋地披着浴巾出来了，不用可乐等得太久。干妈泡了浴浑身乏力，死塌塌陷进一张楠木大沙发里，叫干儿子给自己吹干头发，可乐只得照办。一边吹头发，干妈一边打瞌睡，还在自嘲起来，说看来上年纪就是上年纪，通宵加班可不是闹着玩的……小鲜肉，你得感谢我陪你一宵，人生难得一个这样的夜晚……你呀，比你老爸还虚情薄义，男人，都是这个德行……

天色熹微，干妈的头发吹干，她也打了一个瞌睡。早餐也在楼下餐厅准备好了，只是小蜜没有准备好，还赖在床上起不来。

吃早餐时，干妈打了鸡血一样又精神百倍了，她满嘴奶油，兴奋地说老娘本来还要在银海市大干一场的，干儿子你知道你打乱了干妈的一盘棋了吗？花城绿城，老娘都紧跟万达广场，万达在哪开广场，你干妈就在哪做楼盘，接他万达的地气，你干妈说这是跳广场舞，豪气冲天地跳万达广场舞，这回好干儿，你让干妈卡壳了，以为小鲜肉自动送上门来，谁知这小鲜肉是带钩的……唉，本以为万达在银海市开的首个广场，老娘能拿下，谁知到头来，只从你老爸那拿了个蓝线图意向书，关键落实这一槌，落空了，到头来，蚀了把米还不算，我真是赔了干妈又折了小蜜——你说是不是你闯的祸！

干妈啪的一声，把牛奶杯往餐桌上一蹾，牛奶白花花地溅出来，侍者闻声忙低着头走过来，擦干净桌面。可乐也吓了一跳，看来，干妈闻鸡起舞，上班很早，一天的工作就从这淫威发怒开始了。

但可乐还想争辩，干妈看到他想争辩了，粗暴地拦下他，说我知道你没那么大能量闯祸，是你的陈叔叔！——你知道吗罗公子，我是白送一个金矿给你！！

塞了满嘴三明治的可乐目瞪口呆。他想坏了，坏了，大母猪要在我上机前最后一刻再次发威作难！

那不是我王某风格！她提高了分贝，给可乐吹干的头发直竖起来，随着晨风，飘出窗外。

可乐只能惴惴地停下早餐，坐以待毙。

以前你老爸的一笔勾销，我也不想多说了，现在这个势头，你这个做亲儿子的看着办吧，唉，如果罗局是为我进去的，老娘拼死也要捞他，但他事儿多着了……我王某只是花城一条花船，从珠江入海就茫茫然了……老罗啊老罗，早知今日，何必当初，如今只能看你亲儿子长不长志气了——喂，干儿子，你真的没动过心想捞你老爸老妈出来吗？

可乐两眼惘然一头黑，只能看大神似的干妈表演哪一出了。

唉，也是啊，现在这阵势，这风头，看样子就是要坚决反腐……干妈一声浩叹，哼了声说你别迷信你那陈叔叔，屁！当地老大，也不知道捞恩人，就是一心想着吃你，还吃了老娘，哼，走着瞧！

这样反复诅咒，就有点家庭妇女唠叨了，可乐厌着呢，撇了撇嘴，就把面前的早餐推开了，他也吃饱了。

罗公子，你别厌烦我——现在，只有我念旧情——谁叫我是你这个不争气儿子的干妈呢？唉，患难见真情，你以后会记得我今天对你说的话。干妈坐正了身子，恩威并重，说你得开始计划捞你亲爸亲妈出来……

可乐一头雾水，他不仅看不懂干妈的戏，也看不清她的戏路了。

你别这样，我知道你不懂，所以，我刚才说了，只有我念旧情，我给你提供捞人线路图，嘿嘿，你相信你干妈，嗐，你干妈捞过人，不是白当女南霸天的噢……听着吗？明白？第一步，你马上飞北京……

北京？……可乐心里一惊，一凉，看来，又被修改航线了，是早有预谋，还是临时改变？他愤怒得脑袋发胀，像外星人一样看不懂干妈了，红眼睛瞪着这条机灵敏捷的大母猪。

我们出发！干妈干脆利落地站起身子，一级战备一样快速，冲出楼外，奔向凯迪拉克。这会儿，她从一头大母猪变成了一头野母猪。

去机场的高速路上，干妈三言两语就把第一步计划内容中心思想提挈宗旨灌输给干儿子了，也就是说跑在时间前面，或者说和时间赛跑——从银海市跑到绿城再跑到花城，最后跑到终点站首都北京，都是因为要跑赢时间，第一步计划就是找可乐一个在卫生部当副司长的表姨夫，运作给干妈的一个朋友做广东省卫生厅副厅长——干妈一再强调这个交易对下一步捞人成败生死攸关！只有把这个卒子捅过了河，纪委才有内线。干妈说只有自己人，才帮自己人！

工作效率超高的干妈说着，腾出一只手，拿起驾驶座下的手机，摁了几下，发了一个手机号码给可乐，面无表情地说这个就是你表姨夫的手机号码。

表姨夫？表姨——这个对于可乐久违了的名字，让他伤透脑筋也想不清楚，肯定有这个亲戚，但记不起他们长的模样了——这让可乐佩服干妈，干妈记得他的族谱，比自己清楚多了——等等，哦，等等，记起来了，可乐记起来前几年听母亲说过表姨，母亲前几年说起表姨，是因为表姨得什么癌去世了。很好笑，现在去找一个去世的亲戚的老公，以前叫表姨夫的人，真是难为干妈的人老心事好，人事用尽，鬼也不放过，比商人更商人。想着这些有点乱七八糟的城南旧事，可乐郁闷得恹恹欲睡，好像被搁在传送带上，送进机场，电子机票领取登机牌，被干妈猪抱一个，就迷迷糊糊通过安检，上了飞机在漂亮空姐帮助下放好行李坐下来后，才有点清醒过来：绿城的可口怎么办？

早晨……这是空姐对每一位乘客问候您好之后的早晨。的确是早晨，从小就被告知的充满希望的早晨。开满祖国花朵的早晨。好好学习，天天向上的早晨。时刻准备着的接班人的早晨。

左右座位都没有人，可乐就挪到最里边靠近舷窗的座位，掏出手机打给可口。

铃声耐着性子响着，可口睡得这么死——最后一声铃声，可口沙哑的声音接上了——是你呀——我在卫生间……

干吗跑进卫生间接？可乐刚问出口，就后悔了，悔青肠子了，他怎么明知故问？换成自己，就算跑进卫生间，也不会接她的电话……

一时大意失口的可口在那边的卫生间怔住了，她无声落泪，小声饮泣，听着可乐告知临时改变的行程，还有狗屁的保密原则……

挂了电话，泪眼婆娑的可口望着卫生间窗户透出的亮色——那是来自天空的脸色，天空上有他，在飞翔，飞离她，越飞越远……

第五章 首都的地气

北京。首都机场。巨大如迷宫的 T3 航站楼，天穹般的凡间，人流如梭，仿如裸露在天空下的蚂蚁，还是东张西望拉着行李箱的蚂蚁。四处闪亮着巨大的电子显示屏，提示着天空有机器起落架次架数和属性型号，当然还有人类约定俗成的时间。好像经纬度一旦被时空打破，落地即自行修复。

仰望俯视间，一切都是无限放大的陌生新鲜感，可乐想到银海市机场的一架飞机到绿城的十架飞机再到花城的几十架飞机，最后来到自己面前的是上百架飞机，而且他还在候机楼侧边看到一排排私人飞机，这个其实与自己没多大关系的场面却令可乐内心震撼，空中如此繁忙，看来人间有多拥堵。他蚂蚁一样小心走在镜面般的地板上，想：就看这“天空之城”，北京真他妈的够大，足以给我无数的秘密慢慢去发现。

上午在飞机上睡了一觉精神百倍的可乐，在机场候机楼二层一间精致的小餐厅吃了午饭，歇一会儿，顺手从身旁报架上抽出一张《京华时报》，又搁下，什么时候开始不看纸质报刊了，可乐都忘记了。他想起“洛阳纸贵”这个古代成语，现在是不是得改成“北京纸贱”？他又一笑，看着报架上无辜的《京华时报》，好像还有《新京报》《北京晨报》和《北京晚报》……他突然无聊地想起一个酒席上听来的笑话，有记者采访一位妇女大姐，问她最喜欢什么报，妇女大姐说我最喜欢“解放军抱（报）”。记者再采访一位工人叔叔，问他最喜欢什么报，工人叔叔说我最喜欢“中国妇女抱（报）”。现在可乐是不是最喜欢“北京晨抱（报）”，这是一个充满希望的早上好的拥抱……

他掏出手机，摁下一个陌生的手机号码，打给表姨夫。

出奇地顺利，表姨夫接到了可乐的电话，好像刚睡醒一样混沌了好一阵，才长长哦了一声，静默的电流声似乎穿越时空隧道，最后一线曙光刺眼地露出出口，这位表姨夫发出隔夜馊味的咂巴，惊诧地问你、你现在人在什么地方？什么？首都机场……

说起这个表姨夫，不是干妈挖出，可乐也忘了，他们至少好几年没联系过，不是迫于现在自己的窘境，还有就是干妈的“淫威”，可乐会继续忘记这个京都的远亲表姨夫。

可乐对京都还是懵懂的，他以前跟出差的父母来过游玩，可能童年某次游玩于京城，这位久未谋面的表姨夫请吃过一顿前门大街全聚德烤鸭——这应是北京人或准北京人或伪北京人的标准招待招牌菜，听说炸酱面就是自己品尝，而老北京只爱喝豆汁。所以，多年之后的今天，还在机场的可乐和表姨夫说好，可乐自己乘机场快轨到东直门，再倒十号线，到地铁双井站出来，在广渠门桥南全聚德烤鸭店见面。

又是那只老鸭。

想想，自己为吃一个烤鸭从大北京东边开始跑起，像土行仙一样钻地下，钻出地面时北京夏天的阳光铺天盖地，把中午也堵在环路上的轿车全体照亮。没有雾霾的华北大地，京都可以独善其身。马路上阳光灿烂的日子，人来人往，一地匆忙。拉着行李箱走上天桥的可乐，看着正反方向行驶的轿车，像看着无数的镜子在蜗行——他想起哈哈镜，生活在北京的人就像天天照着哈哈镜，怎么堵都相互哈哈一笑。首都就是如此人气、包容和厚德。

广渠门北京烤鸭店中午也得排号，所幸前面只有三桌。取了号的可乐打个电话给表姨夫，表姨夫说正堵在光明桥下，请可乐稍等。可乐刚在等候区的沙发里坐下来，手机又响了，他掏出来一看，是可口的，她说下午飞来，晚上九点到京。可乐说好的，我去接你。

直线距离千余米，表姨夫却走了半个多小时，但一点也不抱怨，更没有衣冠不整、匆忙赶到的狼狈。一个叫表姨夫的陌生人很淡定地与可乐握手见面——可乐不敢肯定面前这个小老头就是表姨夫——毕竟可乐有好多年没见过表姨夫了，他盯着表姨夫打量着，慢慢丰满自己记忆中的面貌，不一会儿，就觉得这就是苍老了的表姨夫，有间疏的白发，满脸皱纹，但精神气度不凡，一看就是一个大大小小的领导人物。

烤鸭就像新鲜的木乃伊，吃的就是撕下的皮，再包裹京味小菜黄瓜酱料。可乐勉强可以吃饱，表姨夫倒是吃得从容，像片鸭师傅一样干手净脚，吃得不露声色却满嘴油光。电话里本来表姨夫说很忙的，但问知可乐上京要办的事后，就勉为其难地“这个这个”一通后，答应推掉一个活动安排，忙里偷闲请客烤鸭店，这种一百八十度转弯的亲戚态度，让刚下飞机的可乐体验到暗藏玄机的人情冷暖，但他没有洞察另一层秘密——他本来就一点也不了解这位表姨夫，更不用说几年前去世了的表姨之后的表姨夫，他的生活和工作，比如是否续弦？官至几品？贵府何处？吃烤鸭时表姨夫说起女儿在美国读研，计划考博，可乐才记起表姨是有一个女儿的，但长相什么的干脆完全忘掉。如果说女大十八变，那么人老至少也得三十六变，这个变不仅是外貌，更加严重的是内在，一句话，就是人越老越想得多，皮下皮上组织就得增厚，神经末梢上天入地地不成样子，惨不忍睹……不然怎么有那个老奸巨猾、老而不死是为贼？……手指沾着鸭油的可乐这样胡思乱想着，面前的表姨夫就有点人模狗样了。

腰板正直的表姨夫细嚼烤鸭言谈间，很明显却不留痕迹地拒绝可乐来投靠自己的想法或者可能性，当然一如北京人的京腔很婉转，隐约透露，十足客气，给足面子，这种客气文化也像北京人面对空气和拥堵一样成为常态。

这让心里阵阵发出冷笑的可乐一语中的突然无意点中北京人的死穴，那就是你不要拿北京人的客气真当客气。这是因为可乐刚透露要做一个北漂，还没有多一句励志的话，表姨夫就知道除了运作那个副厅长的事，可乐可能想以此为契机，来投奔自己，他可是担当不起。在这个明显各有所图的烤鸭店见面，表姨夫就得给对方表露出自己不是“落脚点”的意思，这是不能含含糊糊的。然而，这位表姨夫没想到可乐对自己的讨厌，边吃边聊时，可乐就感到认错人了的疑惑——尽管他本来就不清楚这个表姨夫，但面前这个人不是官人，而是商人——如果是纯粹的商人，也好办，问题是官商结合体，水陆两栖动物，鳄鱼就爬上烤鸭餐桌，就有点面目可憎了。

两百万。表姨夫将裹成卷尸布的北京烤鸭送进张开的大嘴里，含糊而清晰地低声说，现在都不止这个价——我们……我和你是这层关系，呃，所以我就不注水了……告诉你干妈，先到位五十万去运作，事成之后交齐。

可乐嗯嗯着点头称是，暗忖：干妈已说过，钱不是问题，花钱能办成的事不叫事。表面不喜欢，但表姨夫的干货，还是令可乐暗地欢喜，毕竟可乐不想过多和这个表姨夫联系，就像可乐也想早点摆脱干妈一样。

走出烤鸭店，表姨夫说你住哪个酒店？我车停后面了，我就不送你了，明天你把费用和那人资料给我——哦，账号和邮箱等下我短信发给你。

可乐轻松地说好的。一锤子买卖。终于摆脱这位可疑的表姨夫。在附近找了一个连锁商务酒店，洗个热水澡后可乐大字形躺在床上，像躺在可口家里那天大海大的沙滩上，大海鼓起腮帮，风儿像海浪一轮一轮起起伏伏徐徐吹过，耳轮像老式唱片，灌满了涛声，搓洗过的蓝天或者长满棉花一样的白云，都和天空一样俯首放低到人的眼前。如果是夜晚，那是星星和渔火打成一片的“群众路线”，把天和海用光串成普天下都可照耀的夜明珠。月亮无论是圆月钩月眉月镰月上弦月下弦月或者水浸月，躺在沙滩上都像玉兔一样平静下来，不必高扬主旋律，只可遥听吴刚砍桂树的执着喘息，嫦娥忏悔落泪的无望泣声……北京，北京，关在窗帘外的北京，只能是人间制造的天堂，隐藏那么多美丽而神奇的隐秘，覆盖着新鲜的早晨，也压垫着糜烂的子夜，但生活就是要自动分拣，所以一切才都是那么生机无限、莺飞草长，令有梦的人蠢蠢欲动、喜不自禁。

躺在舒适的大床上，可乐还想起网络上谁把老口号“人有多大胆，地有多大产”改编成“人有多大胆，就来北京闯”——北京有那么凶险吗？他现在终于可以一个人静静地待在一个房间里，躺在北京的一张大床上，初来乍到，只能通过想象把大床幻想成沙滩——只能这样，可乐想想这几天发生了什么，是怎么回事，以后怎么办，……最后想到神秘的表姨，他想是不是打个电话给妈妈？因为他好像记起这位表姨的身世了——可乐明知不通仍打了个电话给妈妈——果然是关机，和爸爸一样失踪——应当准确地说是失联——失去权力的“双规”，对于刚才见面的表姨夫是没有意义的，他不会关心一个断了姻缘维系的远在南方六千里的亲戚，只关心另一笔买卖——可乐也看出来，表姨夫说过两遍女儿在美国读研的开销，感叹用中国的低薪去美国高消费，那是要命的汇率和玩命的游戏……打倒美帝！……可乐慢慢地记起这个表姨了，为什么这个远亲更疏远，当然不是因为地理，而是因为表姨的外婆和可乐妈妈的外婆是妻妾姐妹关系，妻妾共侍一夫，那是新中国成立前的事情，可乐云遮雾罩的，仿佛从古代开始想起，从父母长辈饭桌边的零零星星的“道听途说”，现在突然想起来，也不记得哪个是妻哪个是妾了。可乐只记得妈妈说过这个表姨开始是挺风光的，尽管上山下乡辛苦劳动过，但表姨是“文革”后第一届高考生，考上了中山大学，后来调来北京工作，嫁给北京人表姨夫，可乐似乎听母亲说过，表姨和表姨夫一直不好，闹了几次离婚，都是因为女儿尚小离不成，前几年女儿考去美国读研了，表姨可以无牵挂地离了，却不是离了丈夫，而是因病离开这个世界……

那些年，在大学从事行政工作混得不好家庭也不和的表姨很少回老家，她给可乐现在终于记起来的，是有一年清明节回老家时，送给刚上小学一年级的可乐一个当时最时髦的多功能文具盒，会拧发条唱歌、录音，还能三百六十度旋转，可乐因此在班里成了抢手人物……童年，多么遥远的上辈子记忆，但可乐此时躺在北京一家连锁酒店的床上，望着天花板，就是因为这个美好的童年记忆被唤醒，然后快乐无忧地沉沉入睡……

傍晚，生物钟唤醒可乐，距他调好的手机叫醒时间提前五分钟。他洗了一把脸，下楼吃碗兰州拉面，就钻进地铁站。他要提前赶到机场，可口是刘姥姥进大观园首次进京。

落地的眩晕还在令可口旋转，像大海退潮，她赤足立在沙滩上，吸足了海水的沙滩也在向大海倾斜后退，整片足下的沙滩在下陷，在沙沙地响着移动，每粒湿透的沙砾在往大海里跑，拼命奔跑，带着她赤裸的双足，沉醉之中的她感到自己将随着海风葬身海底。她定了定神，是幻觉中的机翼轰响，已被巨大玻璃幕墙一手挡在外面。好在机场人流准确地把她送出来。找不着北的她在等行李被传送带送出来的时候，在外面等候的可乐就看见她了——憔悴清瘦多了的她。她，一个愿意随波逐流向上的女孩子——而可乐自己就是波就是流，就是谲波就是暗流，她是追随着，不问后果，天涯海角或者祖国心脏，她都来了。可乐一直抱着可口在怀里，踏实的感觉真心安。走出机场候机楼，上快轨乘地铁，一直到酒店客房的床上……可乐感到怀里的可口一夜成熟了，像一颗叫妃子笑的荔枝，从南方的青皮到北国的红衣，那种穿越滚滚红尘的人生，回眸一笑的苦恋，是能叫人瞬间脱胎换骨、化蛹成蝶。

坚拒了陈叔叔的挽留和对自己人生的规划安排，一句话，就是她可以不北上，而是往东飞，飞越太平洋，去那个星条旗飘扬的合众国留学，当然这一切都得在一年之后，她的付出就是做陈叔叔一年贴身秘书。她一口回绝，毫无回旋余地。她喜欢陈叔叔明白无误的要求，陈叔叔也喜欢她的不玩暧昧如小葱拌豆腐一清二楚。陈叔叔没有拦她，只是心里说可惜了一个好孩子。

好孩子可口给可乐带来了一百万，那是可乐花城之行的报酬——现在，可乐还得为之善后，而可口呢，已经在前站风尘仆仆……他不愿多问她，那是锥心的疼！

无尽的夜空，只盼在北京破晓。就像人生的底牌，有时非要到一个叫远方的豪赌之城揭晓。

一晚通宵，他俩都紧紧相拥而眠，可口听着窗外呼啸不止的车声，呢喃着，闪烁其词，问抱着自己的可乐这就是北京？可乐嘴对嘴肯定地告诉她，是的，这就是传说中的北京。可口用手平按着怦怦狂跳的心脏说，睡在祖国的心脏就会这样激动不安稳？是不是自己的心和祖国心脏连在一块了？可口她从小就是听着呼啸不止的海浪而睡，现在换成了车声，她会失眠的。她问可乐其实是问自己，自己是谁？为什么出现在这儿？海角小渔村，涛声拍沙岸，与这儿风马牛不相及，这是哪跟哪？是不是戏排错了？还是主角走错台了？如果是真的，那么是不是切换得太过于急遽，一只珍珠螺还没有备孕好，就要她的结晶，这可不是大浪淘沙，而是杀螺要命。轻轻拍着可口的背，可乐说这是一座为人民服务的不夜城。七朝古都，蓟草茫茫，故事都堆成森森白骨了……说着，可乐把她围得更实更紧，让她不要害怕那些人类制造的钢铁和橡胶声音，安慰她说明天我们换一个偏僻安静的宾馆……他自己也是提心吊胆，但知道她更需要打气，要给她励志，喂多点鸡汤，不行就打一支鸡血针，梦想有多大，舞台就有多大，年轻人志在四方，水往低处流，人往高处走，告诉她树挪死，人挪活……一直说到她听累了入睡，下半夜可乐醒来，发现她的泪水湿了自己整个胸膛……

第二天，可口可乐的整个北京在他们心目中活泛起来了。

上午，可乐把干妈转来的资料和五十万，一块分别转给表姨夫给的邮箱和银行卡账号，银行卡账号不是表姨夫的名字，但表姨夫在邮件里说明了，就转入这个账号，可乐照办。接到可乐的电话，表姨夫好像正在开会，简短地说一句好，有消息我立马告你。

下午，可乐就和可口搬到东四环边另一家远离主路的商务酒店住，然后就带可口去看天安门，登上天安门城楼，绕着人民大会堂、前门、国家博物馆和国家大剧院，逛了一大圈天安门广场，还去大栅栏遛弯吃饭看电影坐叮当车。这之后的几个白天晚上两人都玩疯了，长城、十三陵、故宫、天坛、颐和园、北海公园、北京动物园、鸟巢水立方、恭亲王府和南锣鼓巷，第五天晚上在世贸天阶仰头读着爱情祝福时，可乐的手机响了，是干妈的，问可乐有消息了没有。

可乐说还没有。干妈说你催一下你表姨夫，告诉他这个副厅长空缺是有期限的。

可乐嗯了声，马上打电话给表姨夫，电话没人接，等几分钟，表姨夫打过来了，可乐转达了干妈的意思，表姨夫呵呵笑说这不能急的，人事司领导出国还没回来。

可乐挂了表姨夫的电话后，接着打回给干妈，干妈听说后只说知道了，就挂了。

又是一个星期，这个星期，可口可乐爬了香山、八大处和凤凰岭，逛了北京很多胡同，还去什刹海划了船，去欢乐谷玩了一整天，吃了两三次全聚德烤鸭，涮了三两次东来顺，甚至去国家大剧院听一幕音乐剧，去一条胡同的蓬蒿小剧场看一场荒诞哑剧，瞎逛了一通国家博物馆、自然博物馆和首都博物馆……晚上躺在床上，可口睁着大眼睛说北京就这样子了？

可乐亲了亲她的肩膀，说当然不是——我也不懂，但猜想肯定不是这样子的，让我想想，哦，对了，我知道了，你说的北京这样子，是旅游这样子，但北京并不是旅游的这样子。

那是怎么样的样子？可口被逗得要开怀大笑了。说我只奇怪天安门那片天空总是蓝色的，像海水一样……

嗯、嗯……金碧辉煌再配上蓝天，那是满城尽带黄金甲才配的，是不是？可乐对可口的这个新发现随口附和。他正绞尽脑汁地想道：快了，当我们花光百万巨款的时候，就知道北京是怎么样的样子了——但他不能这样告诉她真相，那是会吓死人的。他用手指梳着可口的秀发，说其实，一千个人，有一千个北京。

这句话是谁说过的？你是不是套用别人的名言？

这个——嗯，我想也许是的，但我们是第一千零一个人的北京……

电话这当口响起来了，可口忙噤了声，果然又是可乐干妈的，声音很冷淡，问可乐你表姨夫是不是玩我？

可乐吃了一惊，还没想到怎么说，干妈在电话里接着说不可能半个月没有一点回音的，你近距离观察一下你表姨夫，看他是不是你的表姨夫。

干妈，表姨夫也有假的？可乐又要吃惊地被逗乐了。

此一表姨夫，彼一表姨夫啊！干妈脑筋绝对灵活过无数人，常常能把成语俗语在日常生活中灵活运用。

是啊是啊，我表姨不在后他不知道干什么，鬼才知道……

什么？你表姨不在了，是不是？

前几年病死的……

我怎么不知道？干妈突然恼火地厉声问，听得出，她在那边暴跳如雷了，指责可乐为什么不把这个告诉她。

可乐委屈地说是我躺在北京的床上才回忆起来的——我现在也不敢肯定百分百是这样子，因为我不能打电话给我老妈求证。

算了，你这个进水脑子……干妈大失所望地说你再打你表姨夫电话，看他怎么给自己擦屁股。

挂了电话，可乐不想马上执行干妈的命令，可口担心地说你干妈不会杀上北京来吧？

这是可乐最担心的。

这晚，他俩又一次夜不能寐了，商量来商量去，快天亮了，他俩才想出了一个办法，但这个办法要等明天可乐打通表姨夫电话，看表姨夫再怎么忽悠才决定实不实施。

第二天上午，可乐打表姨夫电话，却没人接，中午再打，也没人接，下午第三次打时，表姨夫接电话了，有点不耐烦地说我已跟人事司领导打招呼了，告诉你干妈，那些钱不够打点，让你干妈再打五十万来。

可乐掂着手机，不知道怎么跟干妈汇报了。可口说我的预感是有问题……

我也是……可乐感到不好了，两个人都有同一预感，尽管可口还没有见过可乐的表姨夫……但谁是旁观者，都会清到不能再清的。

思前想后一阵，可乐还是决定如实告诉干妈。干妈听后一言不发，最后才说现在再打五十万，那我就是傻 × 了……你告诉你表姨夫，得让我们省委组织部来考察这位副厅长人选，我再打款给他。

表姨夫听了可乐战战兢兢的转达，居然说那就让我等着组织部来考察吧。

可口看到可乐的电话被挂了，皱着眉头说你表姨夫难道要耍赖了？……

捏着手机的可乐手心全是汗水，他想对于表姨夫来说，五十万不过是区区的一小笔数，怎么就葬送了这个关系？一定另有蹊跷。但可乐也想到，表姨夫既没有请可乐来家认认家门的意思，也一直以工作忙为由再也不出来吃饭见面，整个儿眼看就要蒸发——现在就在表姨夫这滴水吱吱声就要蒸发掉之前，可乐得用最笨的办法去堵他了。

第二天上午，可口可乐就去卫生部大门口斜对面的一家上岛咖啡店，一边喝咖啡一边盯着卫生部大门口出入的车辆人员。守候候鸟一样，守了表姨夫三天，可口命名为“挖螺”的行动眼看要失败，第三天下午快下班，突然发现目标出现，可乐的表姨夫疾步走出大门，上了路边一辆黑色奥迪。可口可乐忙追出去招手打的，但奥迪不等人，呼的一声开走了，正要捶胸顿足的可乐被可口扯了一把胳臂，说的士来了，你看，奥迪被前面红灯拦下了，我们快追上去……

兔子一样敏捷钻进出租车的可口可乐对出租车司机说，请跟上前面那辆奥迪。出租车司机哎了声，以为他们是一起的，分乘两辆车，这是很平常的事情。

堵车比红灯耗的时间多得多，出租车很容易就尾随上奥迪。只过一条立交桥，就顺利地一直跟到一家高大上的郭林餐馆，可口可乐看见表姨夫下车，奥迪开走后，表姨夫和同车的两位男子走向郭林餐馆门口。可乐就慢悠悠点着钱给司机，等表姨夫一行人进入餐馆，拿了发票谢过师傅下车。表姨夫他们上二楼，合上电梯门后，可口可乐就决定在郭林一楼找个角落吃饭，等表姨夫一行饭后出来。今晚，可口可乐必须弄清楚表姨夫贵府何处，哪怕他狡兔三窟，哪怕面对面“对质”，哪怕扯破面皮……

刚想点菜，一位漂亮的女服务员走过来，微笑道两位好，楼上贵宾 4 号包厢请你们上去一起用餐。

可口可乐啊了一声，瞪大了双眼。

俩人心虚地一前一后跟着服务员乘上电梯，硬着头皮来到贵宾4号包厢，服务员轻轻叩了叩门，推开门，点一点头，请他俩进去。

可乐打头阵，忸忸怩怩进去了，只听里面响起了笑声，一个男声嘲笑道大姑娘啊，还这么害羞？

跟在后面的可口进退不得，如果不是可乐转身看自己一眼，用眼神催促自己也跟进来，她可能就要脚底抹油——开溜了。

嗐，后头真的跟着个大姑娘——嘿，还挺俊秀的……可乐的表姨夫这回睁大了老眼，对着身旁的两位中年男子大笑说。

可口可乐僵硬地坐下后，服务员给加了两套餐具，表姨夫笑呵呵地打量着可口，对可乐说带女朋友闯荡北京来了？

可乐勉强点点头，他不想说得太多，因为他知道自己“错”了，他不是表姨夫的对手，但不知道自己错在哪里。表姨夫仍是笑呵呵的一副嘴脸，今天看来似乎有喜事，浑身轻松、笑意友善地给可口可乐介绍了身旁的两位中年男子，那位高点儿的中年男子是国家药物研究所领导，另一位胖一点的是上海肿瘤研究所领导。表姨夫对两位医药研究专家说起可乐，调侃自己这个表姨夫不称职，也怪这阵部里人事调整忙得一塌糊涂，把表姨夫的身份弄掉了……来来来，我自罚一杯。

两位医药研究专家也满上酒，陪着喝，可乐也只能客气地说着对不起喝了一杯，可口喝椰子汁，第一次见可乐的表姨夫，这个机灵干瘦老头，有点阴鸷，适合在丛林生存。

菜逐渐上来，大家一边喝一边聊，表姨夫和两位医药专家聊得火热，上海北京广州深圳苏杭等地卫生部门和药物研究成果还有谁谁升迁哪个落马，等等，都是他们业内新闻。可口可乐也渐渐听得惊心动魄，陪着吃喝，心里很是七上八下，尤其可乐，不能当着客人主动问表姨夫那个事办得如何，更不能请表姨夫说他是如何识破他俩的跟踪计谋的，这真是弄巧成拙，丢人丢大了……

海喝神侃一个多小时后，表姨夫对两位医药专家说不用打的，我叫一位朋友开车送你们回宾馆……

两位医药专家说不用这样客气的……

表姨夫嗜了声说你们来了就听我安排，车已经在来路上了。这时，表姨夫的手机响了，他一看号码，说这不，说曹操，曹操就到了，呵呵……

进来的是一位五十岁上下的白净稍胖矮个子，表姨夫向大家介绍这位朋友姓胡。两位医药专家就招呼喝过了吗？再喝一杯？

姓胡的矮个子脸皮绷紧紧的，不大善言辞，说吃过饭了……说着看着可乐的表姨夫。

可乐的表姨夫说那坐下来喝杯热茶吧。

这位姓胡的矮个子就谦逊地坐下来，谢过了服务员斟上的茶水，掏出软盒中华香烟敬各位，得知大家不抽烟，就收了手，不好意思地说我也很少抽烟的……

那位上海医药专家顺着话头说酒可以少喝点，烟还是不抽好。

是是是，是这样……这位姓胡的朋友非常客气地表示赞同，看样子有点像可乐表姨夫经常照顾生意的代驾司机。

一杯茶工夫，大家相互保存了手机号和扫了微信，客气地说有空常联系，就都起身离开包厢，走下楼来，姓胡的矮个子说去停车场开车来，一会儿，一辆黑色大奔驶来，稳稳地停在大家面前。可乐的表姨夫招呼两位医药专家上车，两位医药专家却看着大奔惊诧万分，这倒不是大奔的崭新程度和豪华标配，而是车牌，这辆看似普遍的大奔居然是京 A 几个 8……

可口可乐发现了两位见多识广的医药专家的反常，也留意起了车牌，而矮个子的胡司机仍是一副乐呵呵邻家大叔的谦卑样子，看着可乐的表姨夫，一副侍者听候吩咐的勤勉神情。

可乐的表姨夫拉开大奔车门，请两位医药专家进去，说我就不送了，我家就在这附近，我和他俩走走……胡师傅送你们回宾馆，明天见……

京 A 几个 8 的大奔缓缓开动，拐出环路辅路，融入彩色车河……

可乐的表姨夫这才叫上可口可乐，说我们走一会儿，喏，我就住在公路对面那边不远的小区……

可乐哦了声，就算表姨夫的巢穴近在马路对面，他也不敢主动造次或者想表姨夫邀请他去坐坐了。

三人吹着北京夏夜凉风，慢慢地走在绿化齐整的路边人行道上，此时晚上八九点，几乎没几个行人。表姨夫说对面天桥下面就是一个地铁站，你们可以乘地铁直接回到宾馆。

可乐不想告诉表姨夫自己换了宾馆，表姨夫不会关心这个，何况进了地铁，哪不能到达呢？表姨夫在喝酒时已经非常关心问了可乐来北京这阵去哪玩了。还第一次关心可乐地说，你想了解北京，不能总是打的，就乘地铁乘公交，知道吗？

可乐有点不解地点点头，落在可乐半个身位的可口也是似懂非懂。

你俩都看到了吧，胡师傅是多么低调的一个人，不说你们就以为他是代驾司机，但说出他身世家境，恐怕就要吓你们一跳……

可乐这时也感觉“不同凡响”，那个京A几个8的车牌，不是谁都能开的，他不久前见识过，就是干妈也有这车牌，但也只是“女南霸天”……

我告诉你——表姨夫看到人行道前后都没有人，凑近可乐，说你那件事，就是胡师傅办的……你这小孩，别和你表姨夫做游戏，虽多年不见，但你几斤几两我都清楚，南蛮子啊，一般见识，就是格局小……

表姨夫恨恨地低声说，好像恨不得要揍可乐一顿，教训他初识北京第一步。可乐唯唯诺诺的，头垂得更低了。可口故意落后多两步，不去听他俩的对话。

哼了声，表姨夫接着打量了一下还是车河汹涌的三环路口，说我能随便相信你吗？一个误闯误撞上京的陌生人——你先别朝我瞪眼，做人要实在，面对现实，你比陌生人更陌生，我能信你？你怎么就不会是钓鱼暗线？你以为我这么容易上钩吗？我不拖着你试探你行吗？好家伙，还从南方搬来一个美女救兵，要跟踪你表姨夫，真是不识好歹！

说得可乐脸色一阵红一阵青，最后一句还叫可乐彻底绝望了——你以为我不知道你父母出事了？告诉你，这是什么地方？这是北京，北京！知道吗？北京！你表姨夫是北京人，又坐着这个不算大也不算小的位置，一查啥不知道？你还想瞒我，接受你上司的好处和指派，和我耍手段，好家伙……不是看在你死去的表姨分上，我不仅不帮你，还得把你们一网打尽……

说完表姨夫哈哈大笑，冲着环路边高入夜空的街灯哈哈大笑，但很快就收住了笑声，使劲拍了拍可乐的肩膀，领他俩上了天桥，看到地铁站入口了，停下脚步等可口走上来，说这两天胡师傅就办妥那事儿，余下的费用还是打进胡师傅那卡里……你们乘地铁早点回宾馆休息，我就不送了……最后可乐的表姨夫站在两个惶恐的年轻人面前，郑重地清了清嗓子，对可乐说，呃，不要再耍小孩子脾气，诚实低调点，这事也不要跟别人说……这几天胡师傅会联系你。

可口可乐默默地踏上地铁电梯，向地底洞口滑去，可乐对可口说，看来取得一个人的信任，真他妈的阴险……

可口莞尔一笑。地铁刚好来了，他俩走进车厢。人不多，坐满但还没站满。一会儿就到一个站了，前面一个人到站离座下车，可口坐下来，说还是亲戚呢……

见可口身旁的一位小伙子又要下车了，可乐就挤着可口坐下来，叹了口气说，想不到是这样的……怪不得大家都说北京的水深……不来不知道水多深，来了就差点被淹死……

可口扑哧一笑，偎着可乐的肩头悄声说我是你的救生圈……

身心疲累的可乐现在可没了诗情画意，他还在地下铁默默地琢磨回味表姨夫刚才说过的每一句话，每一个字，甚至语气和表情，眼神和戾气……

可口可乐躺在床上，刚洗过澡后，每个毛孔都清爽地张嘴要说话，倦意全无，可口突然说你表姨夫老奸巨猾……

可乐笑了，说我们从乡下小城市一路走来，接触的都是一个比一个老一个比一个奸一个比一个猾……

那是不是我们也得变成他们一样，甚至比他们更甚否则会被吃得渣也不剩……

……也许……是得这样？……

可乐梦呓一般，侧过了身子，拥过她，他俩嘴对嘴相互吮吸着，像空气中的鱼，水中的人……

第二天下午，干妈的电话来得风风火火，哎哎了几声，说事情办妥了，省委组织部下文了，说明天就宣布……你那表姨夫，我没看错……

可乐不敢告诉干妈真相，现在人在北京，万事得听地头蛇表姨夫的，这是可乐刚学会的一手，他装出不在意的语气说是啊，我表姨夫就是一个办事稳妥老成的人……

干妈干笑了两声，说是啊，你得多跟着学点，你那是北京哪，办大事得沉住气……嗯，余下费用等下我还是打给原来那卡？

可乐说是的。

挂了干妈的电话，可乐得意地望着可口笑，可口说你笑什么？还不马上主动打个电话给你表姨夫？

对对对……可乐忙打电话给表姨夫，想不到表姨夫只是冷漠地回了两个字“知道”，就挂了。

可乐不禁埋怨道，好像不关他事似的……

你还看不出来，这的确是不关你表姨夫的事……

怎么说？

我也不知道——可口想了想，说钱打到胡师傅卡上，肯定是你表姨夫不方便用自己的卡接受这笔钱……

聪明，他是公职人员——但这谁不知道呢？可乐不服气地分析道，他们再分成？

可能是这样。

可口也不懂，她这才开始涉水，能不能泅水前行还不知道，首先保证不要溺水才是最重要的，她也这样为可乐提供“救生圈”，同舟共济那是一定要的。她本来想到的是鱼和饵的关系，就是鱼和钩的关系，裹在饵里的钩不管大小型号，饵不管是啥料配成，都是饵，都得下钩。只是她还不知道钓钩有时也可以是姜太公的直钓，甚至不需要钓钩，鱼就会因为声音或者水质甚至因为喜欢，自己跳上水面，蹦上岸来，你信不信？反正北京信了。

斟酌再三，可乐听从可口的意见，晚饭前主动打了个电话给胡师傅，先多谢胡师傅的帮忙，然后问胡师傅查收到打进卡的费用了没有，最后请胡师傅什么时间有空出来吃个饭喝个小酒。

这一整套台词都是可口可乐合计编排好了的，两人还预演了一次，胡师傅果然是一个外冷内热的老江湖，不动声色也不多言辞，却一字一句没有半个字是多余的，没有半句是废话。两人约定明天下午到西三环边的湘鄂情吃饭，胡师傅还说叫上个朋友。可乐说好呀好呀，太多谢您了，来北京就是想多认识朋友……

和胡师傅约好了这个饭局，可乐打个电话给表姨夫，说了这个饭局，问表姨夫是否有空一起去。表姨夫说现在在外面出差，已和胡师傅说过了，请他多关照可乐。表姨夫也不多说什么，只是说胡师傅这人挺仗义的，但你得对人家多客气点，有时不能把人家的客气当真，就是说不能把人家的客气当客气了，这是北京人的习惯，你知道吗？……

一旁的可口又开始发表评论了，因为她总是受可乐的鼓励，说女人的第六感特准……可口对可乐表姨夫的评价还是“老奸巨猾”，而对胡师傅的评价则是“神秘人物”，有待观察。这叫可乐不禁大笑起来，搂着她说好吧，让我们去揭开他的神秘面纱！

这晚胡师傅带一位相仿年纪的中年男子赴宴，介绍说是姓林。林主任。可乐这样称呼时，胡师傅笑眯眯地补充说他可是那个什么机构主任呢，就是前一段给葛丽丽一句话毁了一百年红十字会的那个机构……怎么来着，林主任，你得说说……

这位林主任很白皮，中等个子，大包头，看样子就五十岁，他啜了口清茶，撇着蛤蟆一样的大嘴巴说就那回事吧，那美女是“歪打正着”，其实与我们八辈子也打不到一竿，就是在网上胡乱造了个红会商业机构 CEO，害得我们融资到手的两三亿打了水漂……

看林主任的样子，就是现在喝下的也是苦酒，不说也罢。胡师傅还是一副笑呵呵憨厚的样子，安慰道小财不出，大财不入，兴许下一轮你更发达！

但愿如意吧！

可乐先给胡师傅敬酒，胡师傅豪爽地干掉杯中酒，说今儿个我是真好好喝一个，车也不开了，我们都打的来的，为的就是喝酒，认识小罗和这位小美女……

胡师傅说着，对可口笑了笑，体贴地说等下我敬你，你就喝饮料得了……

刚来见面时，胡师傅就对林主任说谁谁谁是小罗的表姨夫，林主任只是不经意地哦了声。林主任也能喝，蛤蟆似的大嘴巴喝一口酒就咂巴着，有滋有味忒享受的样子。可乐敬酒时，林主任哎了声说小罗，你来北京，认识胡师傅就对了，不然的话，在北京没法混……

胡师傅忙摆手说不、不，不能这样胡说……

可口以饮料代酒，她喜欢做旁观者清，看他们三个男人的对饮对话，回头和可乐好好分析，好像他俩天然地做了分工，现在是可乐进入战斗，她在一旁记录、观察和督阵……

酒过三巡，胡师傅和林主任像卸下了包袱的苦力，就放得开了，露出了北京侃爷本性。胡师傅那张厚嘴皮上下翻动，说林主任懂五国语言，是我国改革开放后第一批援非专家……给酒染红了脸的林主任直摇头，嗐了声，说还说那些陈谷子烂芝麻？胡师傅借酒笑道，是不是怕我在两个孩子面前揭你？你那五月花号是啥意思？我这个大老粗可不懂啊，今天我倒是得问问你……

看他俩借酒斗起嘴来，往狠的揭，可口心里想有戏看了。

取了张餐纸揩了一下嘴巴，林主任笑说啥五月花号？别瞎说，那是我们国家非盟战略，说了你也不懂……喝酒喝酒……

是不是？您两位瞧瞧，是不是欺负我这个大老粗？给酒灌青了面皮的胡师傅笑呵呵地看着可口可乐，指了指林主任哈哈大笑起来。

你是大老粗，那我们都是文盲了……林主任开始回敬胡师傅，也对可口可乐往高大上损起胡师傅，不慌不忙介绍道，告诉你们两位年轻人，这位胡师傅可是当年中国第一书商，这二十多年来，全国司法考试的所有教科书辅导书资料什么的，几乎是他干的……

这倒是真的……胡师傅对这一功名一点也不低调，大声说都是我雇人干的，而且没有一本是我编的，也没有一本署我名……

你那是出卖署名权，多赚几个黑钱……林主任揭他三层皮，逗得胡师傅哈哈大笑得要从椅子上颠下来。

可口可乐只能表现出很新奇很有趣地听着，不时插问一两句，看看这个，睇睇那个，以助气氛。一个京爷就能侃一晚了，不要说俩京爷，那个神耍嘴皮子，天上人间，皇城胡同，绝对比得上唱成一台戏的三个妇道人家。刚去卫生间回来的可口嗅到了四周的酒精味道，挥发着微醺和烂醉，气味刺鼻却又是那么混沌地提神，好像一顿酒下去，热血沸腾，世界一片通透，许多从前看似高尚的事情都得剥下一层衣裳，或者给她的不适是时装店里的塑料模特光起了身子，让路过的自己侧目之余想到如果穿上衣服就更好看的感觉。酒是一件外套吗？好酒就是名牌外套？酒是管脱衣的还是加衣的呢？她这样心不在焉地瞎想着，听不到他们的插科打诨了。

上水果盘的时候，胡师傅说上一趟洗手间，可乐把玻璃转盘上的水果转到林主任面前，请林主任先吃水果，林主任也不客气，用小叉子叉了块大兴西瓜，送到蛤蟆嘴里。突然，可乐灵机一动，他乘胡师傅不在的间隙，问林主任的手机号码——因为吃饭到尾声，可乐都纳闷胡师傅不详细介绍林主任，也没有给自己和林主任建议相互留下联系方式，这令可乐暗自联想很多——至少一条是胡师傅不想可乐和林主任建立“单线联络”，是不是怕自己有好处都给林主任了呢？可乐得自己多长个心眼，凡事得主动点。林主任告诉了可乐手机号码，可乐摁在手机上，拨给林主任，林主任咂巴着蛤蟆嘴，看了看手枪一样的手机，说好了，我有你号码了……

好一会儿，胡师傅才回来，说在外面抽了根烟，说着挑了几个青枣和圣女果吃，还用小叉给可乐叉了块哈密瓜，给可口叉了块苹果，看了眼林主任，说怎么样，今晚就吃到这儿吧，等下我还得去一个地儿，近八大处呢。

大家就说好的，可乐叫服务员埋单，胡师傅忙说我来我来……就要掏钱包，可乐忙拦下他，恭敬地说胡师傅，您和林主任是老大哥，我们以后还得多请教你们的，这第一餐见面宴，非我请不可！

胡师傅又再客气一番，这才让可乐顺利愉快地结了账。

四人一同走出包厢，湘鄂情门外就停有好几辆出租车，四人分乘三辆，挥挥手就告别了。

紧挨着坐在后排的可口可乐穿过北京夜色，一时沉默不语。看到德胜门城楼时，可口的头靠了靠可乐，问今晚是不是喝得有点多了？

可乐摇摇头。

有收获？

你不觉得蹊跷？

什么蹊跷？

胡师傅好像不想我和林主任联系——我不是趁他上卫生间才问林主任要了手机号码吗？

我知道……是不是胡师傅有他的理由？

废话！可乐不满地嚷道，谁做什么没有理由的？

我的意思是——

这时，到宾馆了，他俩给了车费三十元，下车回房间，也没有接上刚才的话头了，可口其实也是想不明白，还没有想通，她的意思还是以待观察。

但有了心事的可乐躺在床上时还睡不着，可口问是不是喝酒喝清醒了？可乐笑着拧了她一把，说真是这酒越喝越清醒。他侧过身，支高头了问可口，你还记得林主任无意中说过他夫人是音乐学院招生办主任？

这又怎么着？

上京前，我干妈就托我有机会在北京做个实业，嗯嗯，我干妈年轻时就是一个文青——文艺范，听明白了吗？

我明白了，只是我们得谨慎……可口尽管睡意浓厚，还是睁开了眼睛提醒他。

我知道，我只是一个想法罢了，要接触要谈的，成不成，那是以后才知道的事情……

嗯……

可口含糊应着就要混沌了，可乐却兴奋得睡不着，他要褪她的睡袍，她挣着说太困了……你这是酒精闹的……要不，我睡沙发？

可乐就退潮了，背过身去嘟囔道先睡吧……

第二天，天气晴朗，北京少有的蓝天白云，听得出风从树梢过，欲解千千结。空气一洗蒙尘之霾，清新得让人饭也不想吃，只想喝东南西北风。可口可乐决定去八达岭野生动物园玩。人困在汽车笼子里看狮子老虎在外面撒野，真的是地位一变，感受就不同了。雄狮猛虎金钱豹们野地园子里盯着人这种直立行走动物，被关在铁笼里，还穿着多余的衣服，感觉很新奇怪诞，它们边瞅边溜，有的就坐着躺着假寐打盹儿，斜着眼乜视汽车里的人傻不拉叽地直眼瞧，有一头棕熊还趴在汽车笼子铁条上朝可口可乐喘气，真是臭气冲天……

在飞禽区游逛时，惬意的可口可乐在一张合欢花树下的长板椅子里坐下来，身后是一片如肺泡一样咕咕冒着水泡的沼泽，生命力都藏在地下，朝着云端上的天空张嘴呼吸。一只丹顶鹤像雕塑一般，保持着单腿独立的站姿，引得来来往往的游人把镜头定格在这儿。可乐打个电话给干妈，干妈小声说正在外面和朋友说事，可乐知道干妈正忙，就试探着先是轻描淡写简单说了林主任这事。干妈办事一向干脆，一口就咬定，说我看可以，你先和他详谈，有什么进展随时跟我说。

可乐打这个电话是冲破可口重重阻力的，因为可口经过前思后想，说你不是一直想摆脱陈叔叔和你干妈两人的吗？现在又自动送上门了？

对于可口的忠告，可乐也反复想过了，他们要在北京的话，就得打开局面，冲开一条血路，不能坐吃山空，而打开局面就得抓住机会，主动出击，他对可口总结道：不入虎穴，焉得虎子。嗯，我承认你的担心有道理，但明知山有虎，偏向虎山行——我们来北京，就是上虎山，看，我们身边都是猛虎，你不上了吗？

上！可口斗气一样吼道，你上，我也上！

第六章
你是流氓你怕我

趁热打铁，可乐第二天上午就和干妈打电话详细说了林主任，说林主任的夫人是音乐学院招生办主任，这可以一起做一些事吧……干妈刚饮好早茶，嗯嗯唔唔地听可乐说完，令可乐痛快的是，他和干妈一拍即合。

一直皱着眉头的可口问挂了电话的可乐，你干妈遥控？

她精着呢！可乐哼哼冷笑道，她让我也一起干，合股和林主任夫人干一单……嗯，我得看清楚林主任和他的夫人了，这可不是玩笑，我干妈出两百万，我也是出两百万……

可口吓了一跳，说这不是我们家底了？……可口知道他俩现在还有两百万多一点，一百万是自己从绿城陈叔叔那儿帮可乐带上京的回扣，一百万是可乐的老爸临走时给的卡里的钱，那些尾数几万元只够他俩在北京几个月的开支。

喂，没大投入哪能发大财？可乐不当一回事地说着，好笑可口没见过大钱，他鼓励着搂了搂可口的小肩头，说你以为我干妈吃干饭的？哼，她可是老妖精，还自封为女南霸天，嘿嘿……

听到女南霸天这封号，可口不禁扑哧一笑道这号起得……

若有所思的可乐却只是嘿嘿干笑，说干妈在北京有一家合资做的文化传媒公司，甭管她是独资还是合资——其实就是私家会所，拉拢腐蚀中央部委有关领导——如果我这次冒险和她做一单……反正她的意思是我先调查清楚确切落实了，她就以北京这家文化传媒公司名义先出资两百万，后期看情况再追加投资，因为她一直想做音乐方面培训，这可赚钱着呢，艺考生音乐比美术更花钱如流水……

怎么个做法？可口可不懂这个艺术活，一点也摸不着这门儿。在可口看来，最天然艺术活儿就是珍珠螺插核，放养大海一年半载，那收成也是大海馈赠，从不拖欠。而现在上京，沾这个艺术活，她就觉得隔行如隔山，无从下手。

一改从前无所事事的可乐，这回决心“实业救国”了，他托着腮帮，充满希望踱步到紧闭的窗前，老实招认道我也没做过，呃，但听干妈的意思就是在音乐学院做个培训机构，她在那边招生往这个培训机构送，干妈的思路很明确，就要把培训机构设在中央级音乐学院里，聘请的老师也是音乐学院老师，这样就相当于是音乐学院培训机构了，参加这个培训就是准音乐学院学生，你说说这可是多大的吸金能力！

听得有点明白了，照这个思路，可口也不得不佩服这位女南霸天，说你干妈一说就一套一套的……

她一直想干这个，这不，送我上京，就办妥两件大事了吧……可乐也不禁得意扬扬起来。

心里还在嘀嘀咕咕的可口不想这时候给他泼冷水，像在绿城和花城一样——刚开始在银海市也是这样，可口总是不断怀疑，但可乐总是险过剃头地一个险滩一个危滩地越过，你说他运气好，但他总是倒霉到极点才反弹——用股市来比喻，就是他每每下滑到底盘才跌停，然后企稳，觅得生机，尽管至今没有到达过涨停板，但至少平仓——就是可口平头百姓希望过的小日子。也就是说可乐有时在死都有可能的情况下，死而复生，甚至又捡回了一条小命。是不是冥冥之中有什么神灵在保佑他，还是可口在身旁的提醒和帮助？上辈子积了什么阴德？或者说他干脆是出门遇到贵人，上天及时雨，尽管这所谓的贵人随时可以化贵人为敌人，套用一句国家性质的大话就是：“没有永远的朋友，也没有永远的敌人，只有永远的利益。”

其实，生性悲观的可口还没有想到，这一切，都只是这个时代的需要——有时并不发自内心，所谓如鱼得水，清澈和浑浊的水，适应了的鱼哪怕逐渐不像平常一般的鱼，它也是“得水”了。——这是临渊羡鱼者所领悟不出的。可口只惯看秋月春风，哪怕海潮退得远天远地，也有同样大的沙滩奉献给阳光。

可乐打电话给林主任，林主任爽快地答应，两人约好时间，明天下午三点整，林主任说了一个邻近音乐学院的地铁站，让可乐出西南口，他泊车在路边等他们。

可口听到可乐这样轻易暴露自己的企图，笑他说是不是就这样开始项目考察了？

这叫考察帝都！可乐大笑着说我们现在下楼去吃大餐。

前怕狼后怕虎的——这是可乐对可口的综合评定。可口有时也神经质地以为有道理，自己毕竟和可乐不一样的家庭和教育背景，一句话，就是自己见过的钱不多，如此大手笔投入，不是她保守的思维所能一下子接受的。她也想过前路，她是一个向大海谋生的人，而他，是一个向人海夺利的人，她肯定有陆地接纳她为岸，而他，只能要别人的肩膀停留做他漂浮的岸……但既然京漂，就只能相互为岸……她有点悲怆，而他，看样子无疑是正逐步鼓满风帆，要准备大干一场的节奏。

第二天早上，受干妈指派，北京风云文化传媒有限公司老总打电话给可乐，两人在电话里招呼交谈几句，说好下午见面，也是在邻近音乐学院的地铁站西南口，见面详谈。下午两点五十分，可口可乐就在邻近音乐学院的地铁西南出口见到了风云文化传媒公司的四十多岁的王总经理。握手寒暄后，走出西南出口，就见到路边松树下停着一辆白色的丰田轿车，车窗开着，林主任正坐在车里面，见可乐他们一行三人来了，就打开车门，与他们一一握手问候，林主任话不多，很干练，请他们上车后，就开车拐进一旁的一条山桃夹道的柏油公路，前面就是那所著名音乐学院了。

林主任的丰田轿车只在音乐学院大门口稍停一停，保安身旁的长栏杆就升了起来，保安给丰田轿车行礼，坐在副驾驶座上的王总经理一边和林主任闲聊，一边打量车窗外的环境，他和可乐一样，看见林主任车前挡风玻璃，也就是自己的面前贴着一张音乐学院通行证。

可乐紧挨着可口坐在后座上，对于这座如雷贯耳的著名高等音乐学府，他现如今算是踏上圣地啦，心情像弹着五线谱的琴键，激动而快乐。驶上校园林荫道路的丰田放着轻音乐，夏日的阳光被金黄的树叶摇曳地筛过，斑斑驳驳地滤进车里，晃得人陶醉在电影慢镜头的光影里。迎面的学生像小鸟一样轻盈飞过，他们的笑语短促到突然中止，似乎让路给可乐一行。副驾驶座上的王总兴致勃勃地历数着这所音乐学院培养出来的歌手明星，笑说林主任这是音乐世家……

哪里哪里……林主任一口否定，说我可是大老粗……

后面的可乐呵呵一笑，开句不伤大雅的玩笑道，林主任夫人的枕头风也能熏陶呀……

林主任哈哈大笑起来，丰田停在一幢巨大的灰色楼宇前。

他们一行四人乘电梯上到十八层楼，林主任随意地说参观一下，这层全是招生办的……

四人从楼道走廊慢慢地走着，办公室门上一旁都是标明哪个部门科室的小招牌，五脏俱全，偶尔办公室进出一两个人，都和林主任点头打招呼，看样子，林主任也不是很少来这儿“踩点”的，夫人坐镇，肯定是狐假虎威。但坐在宽敞明亮的接待室里，林主任说我也不是经常来，嗐，各忙各的多……

这时，一位年轻女工作人员给王总和可口可乐端来三杯清茶，林主任不知道什么时候手里已端有自己的小茶壶，喝了一小口茶壶里的茶水，掏出手机，打了一个电话，低声说嗯，是的，在接待室了，哦，好的。

喝了两口茶，就进来一位高个子中年妇女，三十多岁样子，雪白的圆脸上化着若有若无的淡妆，长发扼在脑后，穿着宝蓝色职业装。林主任对都站起来的三人说这是这儿的招生办主任，呵呵，我太太，姓方，坐，坐，大家都坐……

看样子工作忙碌而严肃的方主任难得对客人一笑，她招呼大家坐，用公事公办的口吻说欢迎各位来参观指导……听到王总问每年招生人数和范围以及政策走向等问题，她都对答如流，好像一位称职的新闻发言人，但她不断被手中的电话和来汇报请示的下属打断，她只能一再抱歉地说对不起，这阵有点忙……的确，方主任被催去开会了，她起身时切入正题，说王总刚才说的院校外培训招生，我们说实在的也是鞭长莫及，心有余而力不足……

王总反客为主，送方主任出接待室门口时一迭声说谢谢，我们有空再联系。可口可乐也站起身送方主任，方主任前脚走，大家也跟着后脚离开接待室，看来实地考察是真有那么一回事，王总踏实了，可乐也放心了。林主任仍是坐着，京爷的沉稳，不慌不忙喝着他手中茶壶里的茶水，一副笑眯眯的乐佛样子。

一行四人走出大楼回到楼前停车场，一直到站在林主任的车前聊天说事，三言两语就基本达成了合伙培训共识，由王总负责筹措资金，林主任负责音乐学院大门左边一幢五层楼的一二层租赁，装修成音乐培训机构，争取两个月内运行。

林主任说还有事，就不请王总你们的饭了，说大家合作以后机会多得很。然后把王总和可口可乐送回地铁站，林主任就开车告辞了。在地铁里，王总就打电话和可乐的干妈汇报了实地考察情况，地铁驶了三站，王总挂了电话后，笑着对可乐说这是个好机会好项目，我们抓紧做……

地铁报站到了呼家楼，可口可乐要下车了，王总还要往东，可乐就谢过了王总一起吃饭的邀请，王总也是说今晚可能还有事，回头打电话……

与这位办事干练的王总匆匆地铁 别，可乐感觉像轰隆隆往前奔跑的地铁一样有劲，他挽着可口的手，一起乘电梯走出地铁口，迎着不断上升的刺眼阳光说北京机会多，站在随便一块地皮，都是一个高地……

可口侧了侧头，看着一片椿树树叶的随风飘落，说也许吧……

对可口一向缺乏斗志的精神状态，可乐习以为常了，他把即将要和林主任合作这事捋了一遍，很简单的，就是林主任利用太太是音乐学院招生办主任的关系，和王总投资在学院里办一个音乐培训机构，全国招生，为音乐学院备料——这当然全凭林主任这个关系，没这层关系，就是八字没一撇，甭提了。干妈的唯一考量是正确的，就是林主任这个资源的真假，今天下午实地面对面看出来了，凭王总在北京经营文化产业十多年的经验，他可乐还有什么顾虑呢？不外是两百万入股，而产出呢？像王总说的，有可能就是另一个新东方，他们这几个也许不久就成了传奇的“中国合伙人”——可乐发现自己有点想入非非了，但这一切都是有根有据的，不像可口说的有点“海市蜃楼”——至少目前他看不出有什么可疑之处。

但可口听了他的缜密分析，赞成地点过头后，还是“死鸡撑硬颈”，担心地说有这么顺利的发财通道吗？

没有，的确没有——可乐还是想用事实来说服可口，这时他俩已经吃过晚饭，慢慢地散步回旅馆，可乐说换成其他人，真的没有这么顺利的发财通道，你说得对，但你想过没有，我们顺利吗？我们从银海市奔绿城，再赶花城，最后北漂，我家不出事，我能出走银海吗？到绿城投奔陈叔叔，他又把我带到花城，与我干妈联系上，找到我“失踪”的表姨夫，再通过我这位我自己也几乎忘记了的表姨夫认识胡师傅，最后由胡师傅庆幸认识了林主任——你想想，这一环扣一环，是顺利的吗？而且我们也还没有走到最后，我现在真的不知道我们走到最后是什么通道，但愿不是绝路，肯定不是的！

道路坎坷，不一定就通向光明。但可口历数这阵子一串串的事儿和人物，真的颠覆了自己以往的生活。就说眼前这事儿吧，似乎再也挑不出毛病，也查不出这事儿的漏洞，可口才稍放下心来，她紧紧握住他的手，她也相信他，她的担心，只是发自内心深处，她也从内心深处告诉自己，这一切的担心，都只是因为自己涉世不深。

而可乐，已在这一段时间的颠簸中磨砺了自己，他懂得了“借力”的重要，人脉就是“矿脉”，摸不准脉就是摸爬滚打也难掘进，更妄想金山银山。他似乎学会了一些窍门，不能做无用功，要有的放矢，俗话说的不见猎物不放鹰。从以前的公子哥们生活，再亲身经历过了陈叔叔、干妈和表姨夫这类“成功人士”的部分生活甚至和他们密谋共事，他感觉就是天光白日，北京隐藏的秘密也太多了，他只是破译了几个密码，离获知打开阿里巴巴故事里的宝藏大门的那句“芝麻开门”咒语还有老远的曲折距离，就像眼下，他只是觉得摸开了社会这扇窄门——不是人们所谓的大门，因为只有这样的窄门，才能打开可口所说的“通道”。

他说服可口也就是说服自己，他用了一个借船出海的比喻，可口就知道他俩离开了家乡白龙渔村码头，就会回不去了。要停下来，就得在彼岸重新找一个码头停泊，而这个码头的名字就叫作北京吗？她不敢肯定，现在只能像父亲一样见风使舵。

很快，不到一周时间，可乐和王总见了两面通了好几个电话，就把一份与林主任签署的协议草拟好了，由王总请林主任出来吃饭时，当面呈给林主任，林主任只是郑重般地扫一眼协议，就说好的。因为事前重要内容也都和林主任商量好了，比如租赁音乐学院大门口左边大楼的一楼和二楼，每年八十万元，连租五年，一共四百万元整。林主任在电话里也一口答应，还叮嘱王总租赁合同签署后，抓紧装修，因为音乐学院年底有个全国性会议，林主任想办法把来音乐学院开会的各省市音乐学院领导顺道带来王总的培训机构参观参观，那是一个千载难遇的机会。

王总自是感激万分，与林主任本人签的合同林主任签字了，那份与音乐学院签署的租赁合同林主任负责带回家给太太签字盖章。第二天下午，林主任就打电话告诉王总，与音乐学院签署的租赁合同太太签字盖章了，已快递给王总。林主任说自己现在机场，要出差外地，就不再陪王总他们去看租赁场地了，让王总他们抓紧装修好场地，有什么事情随时联系。

下午快下班时，王总收到了林主任顺丰快递来的租赁合同，他传真一份给可乐的干妈后，多了个心眼，拿着林主任快递来的一沓合同去银行，请银行相关人员核对了公章，确凿无疑后长吁口气。第二天他就和可乐约好去音乐学院看租赁下来的场地，顺便请可乐把两百万元份子钱交给自己，由自己再加上两百万元，合起来正好四百万元，打进合同里指定的账户。

王总负责后期装饰和开张运行的资金，可乐和王总一起去银行把四百万汇出去后，干妈打电话给可乐，说你和王总干这事，也开始独当一面了，我作为一个旁观者，看样子是清的，咯咯咯……

干妈像老母鸡一样拍着翅膀浪笑，末了没忘叮嘱可乐一句，叫他俩挑这事儿的毛病，也就是跟林主任和音乐学院合作这事儿的破绽，别尔虞我诈的……

可乐是新手，北京人生地不熟的，但王总可是在商海摸爬滚打几十年的老手了，他对可乐转达的指令一笑，一字一句地说我早就思前想后，周密侦查，还真是找不出毛病。

那就无话可说。一切都是顺利进展，有条不紊。场地一层千余平方米，在京城宝地，更是在中央级音乐学院里，没有特殊关系，肯定是弄不到手的。两层楼房本来就是展厅和办公用，也就只要简单粉擦装饰一下，就可以开张了。王总还计划把风云文化传媒公司搬到二楼办公，他对可乐说农展馆那边的写字楼年底到期了，以后我们的主营业务也放在音乐学院，你怎么样？我也给你留一张办公桌？

王总是巴不得可乐加盟他的风云传媒，这个明眼人一看就知道。但正踌躇满志的可乐这时见王总这样一说，就朝他呵呵一笑，说我？我能做什么？别浪费国家资源了……

精明的王总也是哈哈一笑，他俩也有合同，分成当然按出资比例和以后运作出资出力多少……可乐对这个合同并没有什么精打细算的，因为看似一切如意，无懈可击。他感觉自己这只是第一步，也是经由这个实业，打通关系向前的一步。而可口呢，没有帮得上忙的她，谨小慎微的她乐于看到一切顺利，出乎意料地成功，盖着音乐学院和招生办公章的合同让她终于吃了一颗定心丸。她觉得可乐首战告捷，就能在京立住脚了，以后就能做长远规划，也许能在北京展开锦绣前程，至少是她想要的安居乐业。她是心动不如行动的，前几天她在可乐忙于和王总办正事和忙于装修的空子，跑了几家租房中介公司，实地看房，货比三家、讨价还价后，前天租了一个小套间，塔楼，十六层，月租两千八百元，拎包入住，今天已和可乐从旅馆搬出来了。再接再厉的她还开始估摸着是不是找个工作试试干。这个念头让她蠢蠢欲动，还跃跃欲试，既充满勇气，也有点不自信。心情复杂起来的她还没有向可乐透露这个意思，因为她看得出来，可乐对与王总合作的这个项目雄心万丈。她也看得出来，结识胡师傅和林主任等京城大腕，不说得到他们关照的好处（现在就是和林主任绑在一起了），可口最差也就是屈尊纡贵到王总的文化传媒公司谋个差事——那也是可乐所不愿优选的一步。楼层装修的时候，可乐偶尔也去转过一两回，王总手下一个副总坐镇指挥，见可乐来，一副哈巴狗的模样，征求可乐装饰这色调那格局的。可乐对这个可不感兴趣，他只关心总体进度，下一步和林主任商量利用音乐学院的名誉下到各省市招收音乐培训考生，等等，他就暗自有点“钦差大臣”的得意啦！为此，他有意无意中，一再让自己也让王总明确一点的是，林主任这个资源是他的，他是直接负责人，甚至单线，负责与林主任直接接洽开展业务，而王总只是负责培训机构管理和运行，就像他可乐是采购，王总是厨师，有什么菜，你就炒什么菜，别越俎代庖。这些成熟的计谋，甚至圆滑的策略，都是可乐经过这阵子经验教训得来的，他发现自己现在越来越走上成长的正轨了，看来走得还挺顺当的，就像那句对联说的顺风顺水顺人意，哈哈……

简单装饰，布置妥当，甚至王总开始准备把公司搬来，还请副总负责草拟一个招聘简章，进一步招兵买马，充实音乐培训师资力量，一切都是那么生机勃勃，那么令人意气风发。在一次对饮中，王总借着五十多度五粮液的酒力，“耀武扬威”地向可乐展示他的文化肌肉，有力地亮出自己下一步的一盘子计划，也就是他只是把这个音乐艺人培训作为一个跳板，他大着舌头说和老板都有向影视模特选美车展娱乐圈进军的路线图，你想想，作为这家著名的中央级音乐院校培训机构，他们的号召力那是天下美女尽来报名，三千粉黛皆入套，这会产生多大的衍生品？你想想，现在这个后美女经济时代，可以做多少美丽的事业？你简直想不到，不会想，不敢想是不是？眼睛瞪得老大的可乐听得一愣一愣的，跟饮酒醉后想法多、被高度酒烧得胸中激情澎湃的王总干光杯中酒，祝他一句美女养眼又养生，祝王总您圈养成功……王总举起酒杯的胳臂已经空乏无力，还是一个劲儿嚷道一起干一起干……

这是一个明媚的秋日，眼看开张大吉好日子就要来临，方方面面的嘉宾大名都已写上请柬“台启”——看来一切都那么称心如意，没有理由担心出什么岔子，哪怕心里一个疙瘩也没有理由犯得上。

北京的五月和十月，是一年四季最“宜居养眼”的六十天，一个是春光明媚，一个是秋高气爽；一个是花团锦簇，一个是层林尽染。虽然温差很大，但十度以下都是深夜睡眠时间，白天的工作和生活保持在十多二十度上下，冷气空调休止，暖气还不成为话题，只有这两个月北京人才活在“自然界”里，舒服得让一些讨厌北京的人停止离去的双脚——且慢，至少为这美景留步。这说短不短，说长不长的两个月，也让人看出了北京地理上的帝都底蕴，可以喷发出如此大气磅礴的万山红遍，足令人豪情万丈，激扬文字，指点江山。这六十多天，也是彩色北京最大美的日子，花是万紫千红，叶是五颜六色，都是自由地奔放，尽情地灿烂，彻底地燃烧……春天，京城无处不飞花，秋日，霜叶红于二月花。特别是碧瓦红墙之下的一枝红杏，或者街角花园的一片染黄时光的枫林，都令闲庭信步的北京人沉静地看一眼，像自家花园里的花草树木，遛着弯慢悠悠的闲情逸致、漫不经心。而外地人都是咋咋呼呼的合影和自拍，把自拍神器撑得滑稽可笑，宽屏手机镜头几乎零距离狂吻花草树木，似乎要把花朵的蕊花蕊的粉花瓣的露和树叶的脉络虫斑都高倍显示、纤毫毕露。

这天中午，可口可乐正在西钓鱼台那溜树叶黄了一半的黄栌丛里诗意地行走，踏着躺在泥土地上的黄叶，看着偶尔飘落肩头的黄叶，抬头望阳光穿不过的黄叶，他俩的心情是多么的明朗和充实。明天才是周六，今天偷闲来这儿赏黄叶的人不多，除了携手的情侣，就是“长枪短炮”的“色（摄）友”，旅游大军都拥去香山了，有点“信仰”的去跪八大处，只有市中心的地坛公园和西钓鱼台的黄叶，最讨在北京生活工作的年轻人的欢心，也最适合打算在北京逗留一段也许自己也说不好的日子的人……钓鱼台大门口威严的武警把两旁两长溜的黄栌树林断开了，他们就像防火通道，在燃烧的季节里保持挺拔的冰点。

走到黄栌树林西南头的玉渊潭西门口，正在犹豫是不是再回头走一遍看黄叶还是进入玉渊潭公园的时候，可乐的手机响了。

是王总打来的，一向稳重老练的王总却口齿不灵了，惊慌地不断对可乐说坏了坏了坏了……

可乐开始还以为王总喝多了，怎么就这样语无伦次……接着他听到王总把话说成句了，问他在哪里……出事了……

出的是什么事？和王总只能是音乐学院的事。可乐要问清楚，王总说你马上回音乐学院，我在大门口等你……

可乐就拉着可口在路边拦下一辆出租车，不是上下班高峰，一路畅通，不到半小时，他俩在音乐学院准备开张的培训机构门口见到了正在来回转圈打电话的王总。

模样憔悴脸色铁青的王总看见可乐来了，朝他摆摆手，可还像一只困在铁笼里的狗熊一样来回急躁踱步，电话里是一副哭丧相，沙哑的声音有时只能空喊，他急得手舞足蹈又捶胸顿足，看得可口可乐视线不离，心情骤然紧张起来。

紧皱小眉头的可口小声地说一定是音乐学院的事坏了……

出什么事了？会有什么问题？可乐也小声地问。至今可乐也闹不清楚，也想不明白，能出什么事，能出什么问题？

衣衫不整的王总打着打着电话，一边打　边往回走，回到刚装饰好的培训机构，踉跄地跨上铺红地毯的台阶时，差点摔了一跤。可口可乐忙跨步上去，这才看见培训机构一楼落地窗前也站着几个风云公司的员工，包括副总等高层在内，都是一副惊慌失措的苦瓜脸，躲避着可口可乐的目光，不敢吱声……直到要上二楼楼梯，王总才一边打电话，一边回过头来，招呼可口可乐上二楼他的董事长办公室。

可乐猜这个电话可能是干妈的。

三人进入董事长办公室，可口在身后关上门，又好一会儿，王总的电话才收线，他把手机一扬手就掷在崭新的意大利真皮沙发上，失魂落魄地盯着可乐说，我们被坑了……

被坑了？——可乐和可口瞪大了一双眼睛。可口掩住了嘴巴，她差点要惊叫一声，她曾经怀疑过这个出奇顺利的项目，但可乐告诉她的“资源垄断只能垄断资源”的“真理”后，看到这个精彩市场的外貌后，她沉默了，她在心里终于说服自己去相信可乐——只有相信他，才能找到希望的理由——她最近越来越感到这个可怕的念头了。

被坑骗了！王总重重擂打自己的脑袋，声音也颤抖起来了。

可乐走近来，不相信地问林主任是假的？

不，他是真的！王总红着眼睛恶狠狠地吼。

可乐似乎有点明白了，冷笑地问那招生办主任不是林夫人？

不，招生办主任是林夫人！

那——可乐不敢相信地问，那……还有什么是假的？

全部都是真的——王总拼尽全力地说，除了合同是假的……

王总的嘴还在蠕动，但一下子失语了，像被撂出水面的鱼。

可口忙去给王总斟茶水，可乐惊呆地看着面前杂乱的一切。他们坐进沙发喝下可口斟来的茶水，好一会儿，王总才回魂似的朝可乐直摆手，痛苦得咧着嘴直说这不怪你这不怪你，都怪我，怪我……但我哪儿有得怪的，你说，你说……只能说，这事，搁谁身上，谁都被坑……

王总本来梳理得光洁整齐的头发，被他自己的一双手抓得乱如鸡窝。

一点都不复杂，林主任用一纸假合同，包括音乐学院和招生办公章和他夫人的私章、招生办合同章、财务章等，也许就是街头巷尾私刻的假章，就这样公然骗了四百万，一点也不耍花招，假公章和真公章就算是公安机关和银行，也许也看不出破绽，因为林主任也许是拿着真的章去高真仿刻的……今天上午，王总拿着请柬去请国外出差回来的音乐学院的方主任时，方主任才吃惊地告诉他，没有这回事。

招生办方主任明白无误地说没有这回事，我从来没有签字盖章同意过这个合作项目，哦，你刚才说你们公司把学院门口的大楼二层装修好了，我真的不清楚你们在捣鼓啥。

末了，招生办方主任还好心地多问一句，你怎么相信他？

他，显然是她老公，林主任。早就被吓得半死的王总告辞后即到银行验章，并郑重提示银行相关人员，以前来验过，验不出假的，但这真的是假章。银行的相关人员翻着白眼就说同一个模子出来的，一先一后，你能说哪个假的呢？最后这个银行相关人员告诉显然已经气急败坏的王总，说很多企业单位都有一对阴阳章——我不是说这个公章印鉴，你最好还是到公安机关验证，或者报案。

招生办方主任果然说得对，把自己推得一干二净，很明显，下面要追究法办的就是主犯她老公林主任了。顿时感到事态万分严重的王总当机立断，立即打电话叫可乐来，然后打电话给可乐干妈。可乐的干妈意见跟王总一样，先不报案，当务之急是找到林主任，面对面说清楚，目的就是追回四百万。

被气疯了的王总气急败坏地咆哮道四百万不算很大数目，但我从没有这样栽的……丢人！丢人！这回丢脸丢得天大了……这事不摆平，我王不凡不仅要滚出北京，在中国这行业也立不住脚了……

脑子一片空白的可乐诚惶诚恐地坐在王总对面，好像他成了始作俑者，尽管一开头王总就说这事不怪自己，怪他……但刚才王总又说了干妈也很着急，也不是在乎四百万，而是从来只有自己骗人抢人的，现在反过来了，自己成了受骗者，被人公开抢了，还抢得如此大方，如此镇定，王总刚才也叹气了，说她这个女南霸天给这事张扬出去，就不要说扩张北方占领全国，在北京肯定不能混了，也得撤资，说不定也叫花城人笑掉大门牙，给人家早晚茶增加笑料……

问题的严重性已不单是钱，而是面子问题，被侮辱被戏弄问题。可乐最后得出这个结论，也把自己的那两百万看得轻了，尽管他人微言轻，不影响他在北京的“信用和荣誉”，但会影响他和可口的实际生活。他又想明白了，他们争的是一口气，而自己急的是真金白银两百万。真是合伙人也有不可同日而语的切身利益。想到这儿，可乐也有点慌了。

王总又牛饮了一大杯茶水，对可乐说你马上打林主任电话——但打也没用，我一直打，都是关机……

我试试……可乐说着打林主任的手机，果然也是关机状态。可乐灵机一动，说我问一下胡师傅，他可能知道林主任下落。可乐说完，就把通过胡师傅才认得林主任的事跟王总三言两语简单说了。

失魂落魄的王总挥了挥断了筋似的胳臂，嗓门像公鸭头一样叫着说，对、对……打、打……

可乐临时发挥，编了一个理由，打电话跟胡师傅说一个亲戚想报考音乐学院，找林主任夫人帮忙。胡师傅也不怀疑，爽快地说哦，这事可以，他媳妇是招生办主任，但也不能白帮的，如今的人都这样……

可乐说明白，就是想打听一下路数，别进错庙烧错香拜错佛……

胡师傅说着说着却临时改变主意，对可乐说要不这样吧，你直接打他媳妇电话……

可乐为难地说我不认识林主任媳妇，只认识林主任……

胡师傅明显在犹豫，片刻后才说这事都归他媳妇管，他插不上手……你要他电话，嗯，也成，你记一下吧……

可乐记下电话，谢了。挂了电话对王总说也是这个号码。

急红了眼的王总说你马上再打过去，说这个号码不通，问还有第二个号没有。

可乐就再打给胡师傅，胡师傅骂了一声这小子怎么的？就不高兴地说是不是有事？别是什么大事儿……没有，就是报考音乐学院的事儿？嗯，那行，你等下，别挂，我是记得这小子还有一个联通号，你等等，我找一下，别挂机……

可乐一迭声地道谢。

终于从胡师傅那儿问到了林主任的第二个手机号，可乐一打，就通了，只响三声，接了，是林主任，他问得是可乐，想了一想才记起来似的，问可乐有事吗？可乐说你移动那号怎么不通？

我在飞机上……林主任平静地说刚落地。

可乐看见一旁的王总凑近贴着自己的脸颊，喘息声也能传到林主任那边了，忙别过脸去，对林主任说是这样的，林主任，你和我们签的那份租赁合同，音乐学院招生办说根本没有这回事……

怎么没有？电话里林主任的声音异常清晰平静，王总也听得格外清楚。

你夫人，招生办方主任说没有这回事。可乐已经很镇定，可说得还是比较宛转，他想不能一下子扒掉林主任的面皮。

不可能！林主任一字一顿清脆地说。

一旁的王总这时掏出那份租赁合同，用手指戳着下面的几个鲜红的印章给可乐看，可乐明白，简短地说，林主任，我们的王总去验过了合同里的公章印鉴，都是假的。

想不到林主任还是这样说，不可能！

可乐只能说那林主任您现在什么地方？我们当面说清楚。

林主任想也不想地说我现在不在北京，回头我再联系你们。

嘟……嘟……嘟……

他挂了……可乐举着手机对王总说。

再拨……王总忙说。

可乐连拨了三次，也是关机。空气似乎凝固了。三个人的呼吸也停止了。林主任的两个号都是关机状态。不可能的事情，终于发生了。

走飞机了……王总咬牙切齿地把拳头擂在大班桌上，一旁的台历唬得跳了起来。

千里之外，云端之上。真亦假来假亦真，假亦真来真亦假。大千世界，无奇不有。而骗局最常见，但如此骗局却令可口可乐和王总莫名其妙——王总也算一个老江湖了，他现在想不通这个林主任如此“低级”的骗局，一戳就穿，不顾后果，真的是孩子气的弱智，假公章，假租赁，一去银行和公安机关或者最后经过出租人，一看一说一比对，根本不用争议，不都全露馅了？而且这个出租人还是他媳妇，他媳妇不敢包庇他，王总听出招生办主任口气，她根本不会包庇也不可能纵容他，那天只是看到丈夫带几个朋友来招生办转转，询问音乐学院培训合作可能性，不知道丈夫后来就真这样捣鼓着办成了。王总也想到这可能是这对夫妇演双簧，但现在没有证据，林主任出假租赁合同，用假公章骗取钱财，这是铁证，这个可以追究，别的是第二步的事情。王总绝非等闲之辈，他在京城混了二十多年，不是地头蛇，胜似地头蛇。这事让他失措，是因为他见过骗局千千万，自己也行骗千千万，但从没有过这样被骗和行骗的，骗局几乎是摆上桌面的骗你没商量。就像武林高手过招，对方使出的不是招数的招，令他怔住了。

让自己尽快恢复稳定，心里的泰山安稳，再考虑一下下面要走的一步棋。王总这样思忖，这样冷静下来，也这样做。

看见王总抱着头陷入沉思之中，可口可乐大气也不敢出一声，可口蹑手蹑脚地去接水，烧水，给王总和可乐冲茶，她知道现在是最后的补救时刻，失利的话，她和可乐那两百万元就打水漂了。

很快，王总拾起沙发上的手机，定了定神，按起了号码，可乐在对面的单人沙发里，看见王总难得一笑，但笑得很假，装得笑脸比哭相还难看，王总这是一副乞讨相，僵硬的笑容像剥落的灰沙，落下来会迷了眼睛。可乐别过脸，不愿再看这副恶心嘴脸，但他还是听到了，听出来，王总是给林主任媳妇打电话，得知招生办主任不在音乐学院，对王总预约见面时间也不能给个确定，王总一副唯唯诺诺的口气和样子，可乐不用正眼看，也感觉得到，就站起身来，来到窗前，这面窗正对着音乐学院院内，远处有三三两两的学生来来往往，绿树红花，雕塑喷泉，一切都是那么美好和洁白无瑕，但如果生活有时也需要假声唱法，这也成为一种美，一种舞台美，还得加以培养和配合，真的只能像小学生作文里常说的“我们的生活丰富多彩”。

用不了一会儿，装完孙子的王总就轻轻挂了电话，招生办主任当然比林主任媳妇忙碌，而且这与林主任媳妇没有关系，公事公办的她是这所著名的中央级别音乐学院招生办主任，只是王总和可口可乐还有可乐的干妈把她当作林主任的媳妇。别人的错位于她何干？垂头丧气的王总惘然一笑，对窗前的可乐摊了摊手臂，说她是不想见我们了，是呀，我们见她也没什么用的，刚才我说林主任这是诈骗，我们要告他，她听了叮嘱我一句，如果告的话，也得把音乐学院招生办一起列为原告，她的招生办也是被害人之一。

可口听得有点回不过神来。可乐却心里想发笑，这对夫妻，唱哪出呢？是林主任自己负责，还是合伙诈骗？——但正如刚才王总考虑过的，目前只能对付林主任，把躲起来的林主任掘地三尺也要揪出来……

但可乐想通过法律途径追回投资和讨回公道的想法一提出来，就惹得王总冲天哈哈大笑，指着可乐笑出了眼泪，痛快淋漓地讽刺道你这个愣头青，幼稚幼稚幼稚，不是一般的幼稚！走法律途径，告他？……哈哈哈哈……中国的事都能走法律途径，法律都能解决的，还是中国？……不愧是罗公子啊，养尊处优的官二代，从法律途径走出来的公子哥们……这是帝都北京啊，首都皇墙根下，藏龙卧虎之地，害虫骗子横行之地，才子佳人同流合污之地，人才人渣沉浮之地……

王总这么拍案一吼，气就出了，顺多了，嗓子也清爽，通了下水道般，精神不知道恢复没有，斗志和豪情倒是重抖擞了，一副元气复原的好斗勇士状。他接过战战兢兢的可口端来的新茶水，突然语重心长地说小姑娘，绿茶不是这样泡的，要洗茶是不错，但倒进壶里不能盖盖……

慌忙退下的可口丫鬟般的一迭声说是是是。

被激怒了的可乐不服气地问王总，你刚才不是说要告林主任吗？

小伙子，那是走程序，装样子的，懂吗？王总呷口泡熟塌了腰的绿茶，笑眯眯地回答。

那我们实质上是？可乐真的得请教这位北漂地头蛇了。

把嘴唇咬赤紫了的王总撂下茶杯，诡异一笑，启发性地问可乐，你在南方没看过警匪片吗？

可乐不解其意，回答是看着这些烂片长大的……

烂片？是烂片，赤裸裸的烂片，OK……王总哈哈一笑，打了一个响梆子，说这世道不正是配这烂片吗？你还想骏马配金鞍？才子佳人大团圆？我告诉你，罗公子，你那两百万不如扔进水里，也听听大剧院响声，也能冒起一朵爱情浪花……小伙子，你说得对，是烂片，不是正剧。

王总看也不看在烂片中长大的可乐一眼，好像可乐就是掉进粪坑也不足以伸以援手——他根本就瞧不上可乐的两百万——这在现在的可乐看来，王总是英雄，为荣誉和尊严而战！

被王总打电话叫来，或者说一直在门外待命的副总推门进来，王总三言两语就交代清楚了，副总负责走正常途径，马上报案，并准备好打官司的一套手续材料和合法程序，王总一边对副手发布排兵布阵的命令，一边接听电话，往门外走，一副眼看反败为胜的样子。

足有三百平方米的王总董事长办公室只剩下面面相觑的可口可乐了——整个两层新装饰的楼房里，只剩下可口可乐两人，王总的人马全部出动，着手一场大仗的一级备战——其实这是王总最后对副总的人马去留请示做出的命令：人家音乐学院压根儿没有租场地给你，你傻 × 地装修，还有脸儿待在这？王总也知道，装饰好的两层楼，结果未出来前，谁也不敢动。他有这个能力，让谁现在也不敢动！

可口可乐还在王总的董事长办公室发呆的时候，都不敢猜想王总的自信正是来自实力，不仅派出所和公安局有熟人朋友，辖区和市、区的公检法也有关系，但王总不想走这条漫长的也不可能成功的道路——因为他知道林主任也是有身份的北京本地爷们，只是他还不知道林主任凭什么能这样欺负人。

王总的信心来自屡试不爽的成功经验，说不定明天林主任就能乖乖跪在自己面前，把骗到手的钱吐出来——凭以往的得意案例，这是明摆着胜券在握。

而可口，王总走后，她喝不下一口茶，她是最惊慌不安的，因为两百万，是她和可乐在北京落地生根的基本生活费，也是她的定心丸，本来以为钱生钱，现在是不翼而飞，一切梦想都已是竹篓打水一场空，那真的是欲哭无泪。她为自己当初的担心变成事实而惊慌不安，甚至懊悔不已，但她现在还是相信，那个林主任能坑得王总还有可乐的干妈，就不是等闲之辈，王总那个不服输、有信心扳回的样子，是够呛的。当然，可口巴望自己的这一回担心又是多余的，但她习惯凡事都往坏处多想想，这样好有心理准备，不至于像可乐这样盲目乐观。

心里惶惶然的可乐只能服从王总的指令，每隔十分钟左右就打一回林主任的电话，两个号轮番打，一直打到手机没电，无奈地招呼苍白着脸坐在一旁发呆的可口，操了声，说我们去吃饭……

深夜的出租房里，可口可乐还没有睡，可乐正在无聊地按着电视遥控器，可口一直低着头对手机不断刷屏，好像里面有她需要的答案。他俩一直很压抑，不知道哪出错了，是不是在等王总的电话？王总的电话就是那两百万的一线希望吗？他俩同样不知道。心里最绝望的是发现北京的水不仅深不可测，而且覆盖着鲜花和陷阱，放出去的钱，想原装收回来，这想都不要想，能要回一部分那就阿弥陀佛了，就说那两百万，恐怕就是肉包子打狗，有去无回的了。苦闷和焦灼中的可乐没有电话可以打，可以向谁打听到什么，或者请教些什么，他只有漫长无望的等待。

等待，不错，是得等待。可乐手机响起来的时候，他俩反而被吓着一样不敢接，似乎是定时炸弹，要逃跑的心都有。愣了两愣，可乐才接了，不是王总打来的，也不是林主任回拨过来的，而是胡师傅。还没等可乐吭声，喘着气儿的胡师傅在电话里就带着火气地问可乐，哎，你们咋弄的？这么晚还去骚扰林主任家里……你得说清楚给我听，林主任是我带你认识的朋友吧……

气喘吁吁的胡师傅对可乐支支吾吾回答得不清楚很不满意，恼怒地说哎哎，今天你打电话问我要林主任号码，我就知道可能出啥事儿了，好家伙，还编个亲戚报考事儿……不是这样的感觉，我能告你他的电话？是什么事儿，你得跟我说清楚，别愣头青的藏着掖着，林主任他怎么了你？半夜三更的还派人在他家门前盯梢？罗公子，你得实话跟我说……我现在立水桥开车回来，我拐到你那儿吧，你具体住哪？哦……我快到了打你电话，你出来一下。

不到半小时，胡师傅的电话又来了，下楼前可乐搂了搂可口，可口问要不要我陪你下去？可乐摇摇头，说这么晚了，胡师傅看样子也有点儿上火，看见你不好发了……说罢，可乐苦笑一声。可口没笑，只说事到如今，你就跟胡师傅直说了，说不定胡师傅能支你招。

迈出了门槛的可乐回头来，想了想说我也想过这个，但你知道我是不想叫胡师傅知道的……

下楼去见胡师傅的可乐，这才发现是自己主动找上林主任的门，而胡师傅没有从中撮合，更没有给可乐和林主任搭桥——商业合作方面的谋划，只是一面之交，下面的事情全是可乐想当然的自作主张。他这才开始有所醒悟，秋风一吹，后怕起来。

果然，一见面，胡师傅就明显按捺着不快甚至是怒火中烧，厉声而“客气”地问可乐和林主任是怎么回事，怎么联系上林主任的。可乐像可口叮嘱的那样照直说了，听得胡师傅大皱眉头，不断发出哎哟埋怨声，最后还跺着脚埋怨可乐说你当时就怪我不给你林主任电话号码吧？好小子，趁我上卫生间自己要来了，好吧……你不了解我，我胡文武是这样的爷们吗？我不主动告诉你别人的电话号码，不让你们互换电话号码，一定是有道理的，你真的不了解我，你那亲戚就知道我这个的……哎哟哟，这可咋办？我告诉你，你那个王总是不行的，他这点事儿都看不出，还好意思说在北京混了几十年，瞎混了，真的是瞎混了……让他试试看，我就看你亲戚，你那亲戚……表姨夫吧面上，劝你别跟王总瞎起哄了，也别跟他蹚这条浑水……

看见可乐心有不甘地低着头不吭声，胡师傅猴急了的挠着脑门，突然提高嗓门说咋的？不服吧，告诉你，林主任人是一点儿也没有假的，是的，不错，他媳妇是音乐学院招生办主任，你和你那王总也看过现场见过人，都是千真万确的，但后来哪是假的？你们都发觉了，我告诉你，嗐，这是一点儿办法也没有的，谁叫你们想吃这条大鱼，自己上钓？还怪我不给你主动牵线，我能牵这种线吗？……呃，不是看在你那表姨夫面上，我才不管你这档事儿呢，我告诉你，我这就实话告诉你，不说你那两百万，林主任那丫还欠我三百多万呢，欠了三年，我一个子儿也要不回，我！——是我呢……

这时胡师傅的电话响了，可乐听出来了，胡师傅说的林主任欠他的三百多万，是胡师傅的呢，听口气，连胡师傅的三百多万也欠了，也敢欠，胡师傅不是一个等闲之人，而林主任，更不是一个等闲之辈了。可乐有点凌乱了。胡师傅转身走远几步听着电话，哈哈嗯嗯的，一会儿就挂断了，说这么晚了，也不多说，我就劝你不和你那王总折腾这事儿了，让他打官司去，你呀，就当买一场教训，就当是遇见了一个骗子手一个无赖一个混蛋……

说完，胡师傅愤愤然地关上车门走了，好像落在林主任手里的自己那三百多万，还有可乐两百万的火气发泄完了，轰的一声发动轿车从辅路急拐上主路拉风去了。

一晚还回不过神来，可口听可乐说了和胡师傅的见面对话，还想不出个所以然来，一早王总就打电话来了，叫刚睡着的可乐上午到音乐学院他们新装饰的楼房办公室。可口可乐草草吃过肉夹馍，来到王总办公室，见王总对着面向音乐学院的窗户发呆，副总正在收拾抽屉。可口可乐来了，王总也没有转正过身子来，副总只是停了一停手，又接着清理抽屉了。这叫可口可乐站也不是，坐也不是了。好在这时王总转过身来，对可乐说今早我打通林主任电话了，就是我打电话叫你来的前一会儿——你听一下……王总掏出手机，摁几个键，录音播放的。

喂您好，是林主任吗？手机里回放出王总的声音。

哪位？是林主任的声音，好像刚睡醒，有点不高兴。

王总就报了家门，林主任问有事吗？王总就说了与音乐学院合办培训机构一事，还有装饰好两层办公楼，要开张了，找您媳妇，音乐学院招生办方主任，她却说根本没这回事，租赁合同和印章签字都是假的，等等。王总心平气和地问林主任您说这是怎么回事？

林主任在电话录音里仍然是一副刚睡醒的样子，不高兴地问你想咋的？

王总说我也不想知道您为什么这样做，也不想追究您什么责任了，就是做不成把租金退还我们，我们还是朋友……

谁跟你是朋友？

你……

没什么事就挂了……

林主任，且慢，你这样做想没想到后果？

您说——电话把林主任从容不迫的语气录得像话剧表演对白，好像他才是债主。

先不要说我们已经报案，中关村派出所已经立案——你以为我王某人是好欺负的吗？既然你这样说得出嘴这样做得出手，别怪我王某人了，我王某人好歹也在京城混了二三十年，也不是白混的，黑道白道也略通一二，一万一根手指头还是有兄弟愿效力的，你躲起来，躲得过初一，躲得过十五吗？这四百万说多不多，说少嘛，也是能要人命的……

哈哈哈哈……哈哈哈哈……

电话里突然提高音量地哈哈大笑起来，像手机的震动键发威了。林主任只是哈哈大笑，不再说一句话，一直笑到王总莫名其妙，才咳了两咳，问王总尽管放马过来……然后电话就被挂了。

王总手机的录音戛然中止，大家面面相觑，收拾好了抽屉的副总也凑过来，不敢吱声。

看见王总这副失落神态，想必一定不仅听过无数遍这个电话录音，还做过别的对付工作了，这是一定的，可乐就只能等王总发话了，一早叫他来，一定不是仅叫他来听这个电话录音的。

罗公子，我们可能遇到了对手——王总好像亏欠可乐似的，低声说，他也一定是一夜未眠，眼袋浮肿，脸色阴沉，声音嘶哑地说我从来没有见过这么狂这么傲的人，敢对我发出这一串串混账笑声，他得有多么坚强的后盾啊！王总对着可乐长叹，是的，我挂了电话后就打电话找关系查了林主任和他媳妇的社会关系背景……王总顿了顿，好像还没有完全把握清楚，犹豫不决地沉吟一下，说林主任或者是他媳妇的水很深，如果不是太子党——你明白了吗？那至少是他们的外围，也就是说院子里长大的那一拨……

他看到可乐吃惊的眼神，而可口是一副似懂非懂的样子，就犹豫片刻，嗫嚅着对两位小后生说我也说不准，山外有山啊，反正大鱼吃小鱼，我们这种虾芒级别的项目，他都不放过，可想而知他也高大全不到哪里去……王总似乎是安慰自己似的，因为第一步投资不过是租赁金，这一步就打止了——非打住不可，因为林主任不可能再骗第二步，而只能骗第一步，这区区四百多万元，就是被抢劫了，对于王总来说也不算事儿，只是他气不顺的是这事怎么是这样子发生这样子结局的，搞不好是会把人的肺气炸的！

所以，解铃还须系铃人，尽管我知道你那朋友胡师傅根本不主动系铃——呃，对了，这是有点蹊跷的事情——不过，毕竟林主任是他带来认识你的，一定比我们更了解林主任。王总不认输地对可乐说你现在就打个电话给胡师傅。

可乐和可口双目相遇，不用商量，可乐就知道这个节骨眼上了，不能不说的，而且也会有助于王总作出准确的判断，毕竟现在他们还是捆绑一起的。想到这里，可乐就不再隐瞒地说昨晚我见过胡师傅了……

哦……王总露出情理之中的意外，他也想到可乐应会主动找胡师傅问个究竟的。

他没有多说什么，只是提醒我、我们，是的，提醒我们远离林主任，不要再追究下去……可乐本来要说胡师傅提醒自己的，但面对王总，目前还是同舟共济的难友，就改口说“我们”。

神情黯然的王总又哦了哦，眯缝着眼睛，哼了声，不甘心地背了段港片台词：好佬怕烂佬，烂佬怕泼妇，泼妇怕不要命的，你那位胡师傅是不是低估了我王某人？

听到王总这样说，可乐也好像不认识他一样，是不是也低估了王总，他这才似乎觉得胡师傅叫自己抽身离开不做夹心层，可能是有道理的，只是北京人危急关心也是客气得不说破，似乎只是点到为止，难道就像北方人说的不见黄河心不死，南方人说的不见棺材不流眼泪吗？可乐真的苦中作乐，明明自己也吞咽着黄连，但心里简直要发笑。

而王总只看见可乐还拿不定主意，就咬着牙根孤注一掷说打、打胡师傅电话，他会帮我们传话的，就问问他林主任想哪根手指头不要了！就说我说的，今晚就有人去封他家门，不要以为他本地姜辣，我王某人九头鸟也不是吃素的，以为我没有黑道，操，比比，黑吃黑，比比谁更黑！

已经失控的王总冲着可乐怒吼，好像可乐就是林主任的替身，可乐忙掏出手机，他怕王总六亲不认，将在外君命有所不受，不看在可乐干妈分上，王总是不是就要怪罪自己了？要自己承担被林主任坑的钱，他可乐就完蛋了！可乐强作镇定地拨通了胡师傅的电话，摁下了免提键，很快手机里胡师傅那边的声音出奇的洪亮，说你小子打得及时，我刚撂了林主任电话……你说，哦，别、别，千万别这样……林主任他呀，叫你那位王总别逗了，说王总想找几个混混来剁他手指封他家门……我说呀，你们别逗了，我昨晚不是叫你别掺和这事了吗？王总他自己愿闹就让他自个儿闹，我是看在你那表姨夫面上，才跟你掏这话。嗯，我知道你那位王总不好受，但没辙啊，话说到这个份上，摊上这位林主任，也是倒了十八辈子霉，叫王总千万别让那些小混混去摆平什么的，还要打官司哪还要集结号哪还要投名状哪，挑明地点时间哪，要不要送生死帖？嗐，不要命了啊？咳，你告诉王总一句话，那位林主任从小打群架出身，大院子里出来的孩子哪个不是这德行，操！他那几个小混混寻他打架，挥刀耍枪棍棒伺候吧，喊，他可是开坦克来跟你玩，不信，你叫你那位王总试试……

第七章
谁往上送，谁往上爬？

山外有山。一山还比一山高。孙大圣还是逃不过如来佛手掌，被压在五行山下五百年。除却巫山不是云，曾经沧海难为水，但翻手为云，覆手为雨，魔术般就丢了两百万，可口真是恨不得沧海一粟掷死自己。真是道高一尺，魔高一丈，人成了侏儒。这几天可口可乐宅在房里痛定思痛，搜肠刮肚也总结不出经验教训。他俩足不出户，终日不拉开厚重的窗帘，不知晨昏，光着身子来去无牵挂，困了就睡，饿了就叫外卖，在如此糟糕心情下他俩都变成人不人鬼不鬼的了。

赤条条躺在床上的可乐对欲哭无泪的可口笑说真是叹为观止啊！也是身无牵挂的可口嗔骂道你还笑得出声？可乐更乐了，说那我们一起到建国门桥号几声？

可口就扑哧一声笑了。

可乐屈起身子来，瞟着可口说看来，我俩真的是无产阶级联合起来了……

还咯咯笑着的可口搂着可乐的头说我本来就是贫民，你是金男，这下子我们完全平等起来了倒是真的……

她垂下的秀发，她发出乳香的胸膛，她像海里水草一样的手指的爱抚，可乐像一只委屈的小海猪，一头拱进她的怀里，到处嗅着仿佛四处觅食，而只要在她怀里，就四处有食……

“赤贫”的可口母性大发，双臂把他箍得更紧了，轻轻拍着他抽搐的背，盯着厚厚窗帘上淡淡的芍药图案，说别哭了，把我弄得湿漉漉的……

为这个男人，这个怀里的小男人，可口可以赴汤蹈火，她也已经赴汤蹈火，赴汤蹈火一路走过来，南来北往，坏了自己的处女之身和金刚意志……想到家乡的父母亲人，仿佛耳畔潮声响起，混合起角螺呜呜响彻云霄，远去的雪白沙滩，印下游子的深深浅浅的足迹，时光的潮水抹平，漫天的云彩铺满海滩，汽笛长鸣，风起云涌，那座蹲在堤上的船墩，就是想到游子能顺利找到回家的胎记，故乡的牵挂……

但冷静下来的可口知道自己马上可以买票回南方，回到她熟悉的家乡，就算不再沾染插珠核，她也可以织补渔网，收鱼虾卖，开螺剥蟹，做海鲜产品或者干海味贩卖，像渔村世世代代的渔家女一样，吹着海风鼓胀身子，再让海风吹白鬓发——是的，现在回家，哪怕两手空空如也，也能面朝大海，鱼虾满舱，四季如春，珠光宝气，但身边这个泪眼疲倦的男人，回不去了……除非自己抛弃他——但这也是她不可能做得到的！

可口轻轻为熟睡了的可乐盖上毛巾被——这是一个脆弱又坚强的男人，她不知道生活的潮水退落后，露出他这裸体的暗礁，曾经以为是伟岸的现在是不是自己要绕过的险滩。现实中，谁是谁的岸？谁是谁的礁？等着瞧。她有点怜惜地摸索着起床，穿上一件灰色薄毛衣外套，开门离开。小区外面隔着一条不宽的旧马路，再往北就是通往四环主路了。可口记得通往四环主路的路口，一左一右分别立着一匹白马和一头大象雕塑，不知当初是何寓意，但现在雕塑的灰沙水泥都残破裸露钢筋，白马和大象瘸腿缺尾巴的，落满尘土和环路上昼夜不断的车流噪音，像这个老区一样不堪重负，随时会被房地产商盯上打主意。走出小区，是一条叫垂杨柳的街道，街道两旁几乎都是秋意青黄的垂杨柳，披头散发的风情婆娑，间或一棵高大杨树、苍郁的国槐和锅盖般的龙爪树，都是老态龙钟的佝偻之躯，好像布满这个老街区的轮椅，缓慢地挪动着呆滞麻痹的暮年。墙皮斑驳的街道上全是七十年代苏式的两层老房子——房子多老，人就多老，住在这儿的全是北京老大爷老大娘，有医院，有幼儿园，有邮局，有超市，有老人活动中心，有杂货铺，有干洗店，有修理自行车三轮车的路边摊，有外地人自发摆卖的菜市一条街，街上吃的用的九元九以下甚至低至五毛一件的小商品，五花八门，应有尽有……可口走进这片老区，感觉不像北京，不像刚刚穿过马路前的那个北京，自己租住的这个白领小区，她不禁回头看，竟认不出自己现在租住的是哪幢大楼，同一片富力城，富力又一城，像城市的海洋，自己所住的那幢楼沉没在视野的海面上，偶尔露出桅杆，也是迷失了方向的文身手臂。全城热恋，麦得乐，国贸区，CBD 核心区，国际财富中心，长安驿站，金融街，长富宫，中石化，中海油，中国银行，外交公寓，外交部，司法部，赛特，银河，中粮，钱柜，朝鲜使馆，日坛，“大裤衩”，清华美院，传说中李嘉诚的荒地，二期国贸的谷歌，潘石屹的 SOHO，十里长安街……

这就是北京！大北京！

可口行走在最新也是最旧的北京接壤处，像踏在海水和沙滩交界，她四处晃荡，东南西北都算她的方向。她走进老楼房错综复杂的贫民区，担心自己有没有能力再走出来。在富力又一城那套公寓，是押三付一的，最多半年，一万多元之后，她和可乐还有能力续租吗？是不是到那时就要被房东扫地出门，沦落到现在脚下这片脏乱差的土地？如果说来北京，就是在这片老区栖身，或者蜗居地下室，一日三餐吃泡面，挨生挨死，那来北京是什么意思呢？有什么中心思想和价值意义呢？物质破产，精神苍白，灵魂无处安身，令她开始惘然四顾起来。——她无来头地想到这些，是因为她感到和可乐仅有的那些生活费被打劫了，他俩将一贫如洗，而可乐，好像还是一副漫不经心的样子，乐于罹患延宕“公子病”而要她神情切切地悉心照顾。一走了之，回家重新开始，她无数次这样勇敢地想过，但现在这个时候就一走了之，是软弱的她万万使不得的，于她心有不甘是次要的，最重要的就是这会要了可乐的命。他是只能待在祖国心脏，这儿也是供血中心，他需要时刻满血，不能回到手足末梢的天涯海角。他只有不归路，没有了家。

秋夜暮色早，瓦蓝色天际亮起高挑的路灯时，可口瞎逛到南三里屯时手机响了，她以为是睡醒的可乐打来的，接了手机就问你睡醒了？

手机里是一阵静默，她正奇怪着要看一下来电显示，突然就响起了咳嗽声，她像看到咳出这声咳嗽的上年纪的粗糙喉咙一样，看到了一个可疑的陌生手机号码，对方这才说话，说我是胡师傅……

可口诧异胡师傅打自己的手机，越过可乐，她说不出是机警还是预感到不妙——或者是胡师傅找不到可乐，可乐睡着了不接电话，胡师傅只能打自己的电话？……她这样胡思乱想当口，胡师傅问她在哪儿干吗，她说瞎逛，在哪我也不知道。

胡师傅异常关心地柔声问你现在看看身边有什么标志性建筑。

人来人往，堵车——啊，我前面是一家京客隆……

北京哪都有京客隆，我说你周边还有什么高大建筑，嗯，问一下别人也可以……嘿嘿，你别弄丢了自己……

呵呵，我看到一个路牌了，说是往右走就到团结湖桥——有个地铁团结湖站……

那你在地铁团结湖站东南出口等我。

这时可口才记起来胡师傅找自己有什么事，她就哎了声问有事吗？

肯定有事找你呗——你等着，我刚好也在东边，开车一会儿就到。胡师傅不由分说，就挂了。

可口不得不想胡师傅单独找自己有什么事呢？一定是与可乐有关而不能和可乐说的事，是什么事呢？哦，肯定是音乐学院招生培训那事，但有什么不能当面对可乐说的呢，要避开可乐，找她？这样疑惑地想着，可口就顺着指示牌，裹挟在人行道上的下班人流里，不由自主地被往前推行。前方500米就是团结湖地铁站了。

站在地铁团结湖站东南出口，可口像一块不合潮流的礁石，被出入两个方向的人潮涨落粗鲁地冲向一旁，那些卖晚报的房产的，还有卖煎饼的手机套的皮包的鲜花的，甚至卖微型窃听器的，各色方言如外语，人声鼎沸，熙熙攘攘，热热闹闹。可口突然想到，自己也许不久的将来——如果要在北京待的话，就会像他们中的一个人一样，不是匆忙于上下班路上就是在公车里，出了地铁站，饿了在路边买个热乎乎的煎饼，加蛋，双火腿肠，跺着站公交麻木僵硬的双脚，好像要把寒冷的秋冬地板跺热，而夜幕拉开后露出的杨树，开始簌簌掉下黄色的叶子，在时光眼眸里打旋……

这样沉浸于未来辛苦想象中的可口，被一只狗熊一样厚重的手掌猛地拍了拍肩膀，她吓了一跳，以为在人潮汹涌的地铁站门口遇见色狼了——她扭头看时，是露出一丝陌生笑容的胡师傅。那个本来像温厚大叔的胡师傅神情略显年轻，或者说故作年轻地叫她女神，说女神，我车停路边向你摁喇叭，你听不到……

有点不情愿的可口被胡师傅拉着挤出地铁站出口，一直挤到行人不再拥挤的一个写字楼前，可口见胡师傅没有松手的意思，就礼貌地轻轻把手抽出来。胡师傅好像忘记可口的小手掌握在自己的大手掌里，有点暧昧地嘿嘿笑了两声。

他俩是逆行，有时得和对方赶地铁的人擦肩而过，而公路上面也没有过道，一时过不到对面，胡师傅只能和可口一前一后走，好不容易走到一个喷泉小广场跟前，胡师傅说这是南三里屯，三里屯酒吧一条街就在那边。他给可口指了一下，可口哦了声，她听说过三里屯酒吧，这是一个风花雪月和纸醉金迷的地方。

去三里屯酒吧喝一杯坐坐？胡师傅和可口并肩走着，身边人不多，夜色朦胧，但可口感受挺别扭的，好像一对令人生疑的父女——而胡师傅以前叫自己是弟妹——夜色中去泡酒吧，更怪诞了。

可口摇摇头说不去了，我想回去，可乐还在等我。

找个地方，我们先吃晚饭。胡师傅好像很不以为然地找补道可乐知道我和你一起……

可口不禁愕然。

就这儿吧，对面是工体，这儿的西餐很正宗，怎么样？胡师傅领着可口走进一家洋味十足的琥珀西餐厅，要了一份牛排和意大利面。可口对着中英文菜单，厌食般对侍者说要一份比萨，一杯梨汁。

胡师傅是一位典型的北京爷们，他一直不停扒拉自己的西餐盘，一边滔滔不绝地侃，可口几乎一言不发，刀子切割比萨，一小块一小块送进嘴里，吮吸略带酸味的梨汁，目光没有和他对视，她听着，看着晚餐时间进门来的客人，漫不经心的样子，但她听得真切，明白胡师傅的意思，胡师傅说可乐好自作主张，自己故意不让他和林主任取得联系的，他却乘自己上卫生间偷偷问了林主任手机号码。胡师傅满脸委屈地说，你以为我是不给你们介绍人脉关系吗？我是太了解这个林主任了，告诉你，林主任做过的项目多了去啦，嗐，以前投资做一个研究做了差不多十年，就在清华大学实验大楼，做的什么研究你知道吗？胡师傅不要可口答复，自问自答林主任是做永动机研究——知道这个永动机吧？他投资了上亿元，当然不仅仅是他一个人投资，但他是牵头人，陷进去后，拔不出泥腿子了，多少钱也不够他填这个大窟窿，你们那区区几百万，算个啥？他是骗你没商量，那位叫什么的了——王总，真不知天高地厚，要找黑社会几个小混混来摆平林主任，我告诉可乐了，让他转告王总，别搞这一套，人家可是开坦克来打群架的，弄这个，小命也不保……

这似乎离她很远，却又觉得危机四伏。可口听着西餐厅轻柔的钢琴曲，不知是肖邦的还是舒伯特的，心乱如麻的她感受到胡师傅在这种气氛中有点面目狰狞，无意中她把杯底的半口梨汁喝干，还剩一点儿比萨碎渣，她想早点走，这也是她不知不觉中想吃光食物得以脱身。但看胡师傅还谈兴正浓，金鱼眼般鼓凸盯着自己说怎么着？王总不敢动了吧？这不，一天一夜了，他一定是托人查清楚林主任是什么老底，收手了吧……嘿嘿，我是看在可乐表姨夫分上，好心劝一句，不让你们冒冒失失去闯祸，别丢了钱财掉了命，赔了夫人又折兵……

看样子，这阵子过后，胡师傅是要索取感情回报，要她和可乐感恩，此刻在面前侃得像唱的一样好听。有点如坐针毡的可口暗自思忖，自己和可乐甚至王总他们都欠胡师傅的一个人情，尽管被骗了几百万。这个叫可口心里酸楚，嘴里却是苦不堪言，她就更不能说什么话出口了。就算你不感谢这个人，也不能得罪这个人。

琥珀色的西餐厅坐满了吃晚餐的年轻人，人气和食物的味道串起来不止十三味，就像未经清洗的烤箱又搁进一块血淋淋的牛排。可口内心充满血水，感觉嘴里苦涩，她不禁皱了皱眉头，一言不发地站起身来，吁了口气，对还坐着的胡师傅说对不起，我有点累了，要回去休息……胡师傅有点发愣，他想不到她竟敢这样站起身来，人家想听他侃侃而谈还没机会呢，而她却累了，要回去休息。他只能打心眼儿鄙视这个来自南蛮海角的臭丫头片子，不识抬举——但他还不能怒形于色，他耷拉下青色的眼皮，悻悻地站起来，又矮又胖的身体迟钝地跟随着她走出五彩纷呈的门外。北京秋夜寒风吹到脸上冰凉清爽，这给胡师傅临场发挥提供了借口，他问一身薄毛衣的可口是不是一出来有点凉？不待她回答，他装作自然的，轻轻搂了搂她的肩膀，一双诡谲的老花眼心疼地凝着她。

可口像一只寒风中战栗的小绵羊，摇了摇头，说我在家吹惯了海风……

胡师傅的手还想停留在可口的肩膀上，但可口突然朝前走了，把他的手像寒风中刮掉的树叶一样甩在后面，胡师傅失望地说你等等，我开车送你……

不用了，我打的……置身灯红酒绿之中，可口现在是急于摆脱他，她隐隐约约知道琥珀夜色是危险的，她已经有过流血的失败教训，她不再想获取诸如此类的经验。但胡师傅显然是粘上就很难扒掉的蚂蟥——所向披靡的他受到的鼓励是至少可口不能太明显和过分拒绝他，她知道他能遥控帮可乐干妈办事，还能让可乐被骗两百万元后，保住性命。她不知道他是谁，但她已经知道他能是谁。

好像怕她像梅花鹿一样会趁着南三里屯的夜色遁逃，醉眼蒙昽的胡师傅又要张开蛛网般的胳膊拥走她，让她随着自己去取车。但灵敏的可口一再礼貌地闪开了。她真的不愿也不敢得罪他，谁当场不客气都是要不得的。她不知不觉学会了逢场作戏。这是保护了自己，还是纵容了自己？可口像迷进夜海水中混沌着，还喘不过气来，似乎还没有适应北京这座内陆特大城市的环境。

她闪开胡师傅的熊抱，闻到了他逼近来的酒气，说你喝过酒了，还是不开车吧……

谢谢关心！胡师傅突然一字一顿感谢起可口来，声音郑重得令门外的侍应生也看了过来。但是，胡师傅紧接着自负地宣布，没有人敢拦下我！

可口相信他，宁可相信他，不再忤逆胡师傅的美意。她只能跟随他去取车，以免拉拉扯扯更丢人。走到一辆加长林肯跟前，胡师傅变得绅士起来，躬腰为可口拉开副驾车门，可口谢了声钻进轿车，问胡师傅喝得不多吧？开车有问题吗？胡师傅给她关好车门，绕过加长的车头，坐进驾驶室瞟了可口一眼，说要不，你来开？

我不会。可口忙说，挪了挪屁股，好像抢答慢一点就会像牛一样被强按着头喝水了。

胡师傅爽朗一笑，说有空我教你开车，在北京，没个车本没个车开，出入就是不方便。

初来乍到贵处的可口也有这个感觉，只是她还在北京公交车和地铁、出租车感受阶段，她还不需要东西南北地窜，她想起今早看《北京新闻》，有一个飙车族，昨晚突破了纪录，绕二环一圈用时 14 分钟，警车如何围追堵截，凌晨时分还是缉拿不了归案。

你在想啥呢？胡师傅偏了偏灰白的脸颊问，发动了车子，并线挤进车流。工体可能有赛事，人车特多，但在第一个红绿灯十字路口，不能左转弯处，胡师傅就要左转弯了，可口被突然的这个左转弯身子吓得倾倒起来，她惊呼前面有警察……

胡师傅嘿嘿一笑，说是有警察，这不，还向我敬礼呢！

可口透过加长林肯的窗玻璃，看见一名高大英俊的北京警察威严地向自己坐在里面的这辆加长林肯立正敬礼。另一名警察把因为加长林肯左转而将同向行驶的车辆叫停。享受这“路权”待遇，可口见识过陈叔叔的奥迪，但这儿是北京……她刚才上车时依稀仿佛看见这台加长林肯是京 A 多少个同一号码的了……她对这个从来不敏感，但胡师傅就不一样了，当然他也是低调的，他说放心，我中午喝的酒，嘿嘿，现在没那个度了……我这车，警察不敢拦，过路费关卡什么的一路畅通……嗯，前年那个什么明星了？就是演皇帝的叫什么了……要用八百万换我这车牌，我可不干……

前面朝阳门桥，外交部这儿怎么左右转弯都堵死了，胡师傅轻轻地用力拍了拍打方向盘，解嘲地说这下子，咱多能耐也飞不过去了……

可口报以无奈一笑。她看见车外的朝阳门地铁站，排队进站的三排近百米人，但她还是说要不，我下车去乘地铁……

喏，你没看见地铁也排长队，我告诉你，这么多人，你也挤不上地铁……你呀，还是老老实实坐在车里，等下就行了……胡师傅体贴地对可口说，然后东拉西扯地说到可乐，问到可乐和可乐家里情况，可口也是一知半解的，只能嗯嗯哦哦应付着，车子半天只是蜗牛一样蠕行了两步。

我告诉你，罗公子在小城市贵族公子哥们，在北京，可不行，差远啦……胡师傅的口头禅就是“我告诉你”——嗐，我是看在他那表姨夫分上才说的，就你刚才说的从家里跑出来，转了两个城市，这事就办得有点被动，我告诉你，实在的我也不太清楚你们之前是怎么回事儿，但罗公子父母贪得太少了，要贪就贪多点，我告诉你，没两三千万，打点不了，谁也捞不出来……奔北京了，和那个王总做那个音乐学院项目就看出不行，不瞒你说，罗公子在这方面不行，背着我私底下要林主任号码，我不给你，就有不给你的理由，只是我还不好说出这个理由罢了。偏偏那个王总——我没见过哈，也不想见，以为自己混成京油子了，在北京有黑社会背景了，呸，北京可是红色的，我们父辈打下的江山还是一片红，没他的份……我告诉你，我爹他们当年就是要革王总这样的人的命……还黑社会，不就是地痞流氓小混混吗？还要吓唬人，老子的江山还变色了不成？在这北京城还敢跟老子叫板不成？

说着嚷着，好像王总就在跟前，胡师傅有点恼火起来，弄得可口不想听的，听着听着也担心起来，怕他气不打一处来，就要踩油门给前面的车来一个狠狠的追尾。

我告诉你，你那位罗公子就是嫩……

不情愿，但可口听入了这句。

胡师傅的车子在朝阳门桥这个大转盘趴下了，趴在一大片停车场般的车海里，真是叫天天不应，叫地地不灵，这刻，怎么也走不动了，除非汽车长翅膀。可口彻底绝望了，只能静下心来等。窗外，是四面车河，同方向的橘红色尾灯，闪亮着像挂在电线杆上的小灯笼，光芒被空气凝固了，在寒风中往外脉脉送温情。又是一个什么盛会启幕？路上反方向的车头灯，雪白刺眼，像城市平射的激光，打穿黑暗中每一个谎言，不留死角。

前面可能有交通管制。胡师傅盯着前面立交桥上的车也停止了移动，疑惑地嘟哝道。

哪有，没看见呀。可口忐忑地坐在座位上，引颈四顾。

嗐，这儿哪看得到，可能是长安街，影响到这儿通行了，一时半会儿还得堵……胡师傅挺有经验地一脸不以为然。

而可口不仅找不到北，连长安街在哪个方位也茫然。胡师傅打开天窗，说抽根烟。他从手刹后面摸出一包香烟来，点了火抽上了，对可口说你要觉得呛着你，就开点儿窗，这会风不大，我就抽这一根。

没事。可口说没事，她看见头顶的天窗像抽风机，胡师傅的烟全往上排出去了。她可不想开窗，风是不大，但秋夜寒气让她还是觉得像泡在冬天的海水里。她抱了抱胳臂笼在胸前，胡师傅看到了，问是不是冷？我开点暖气。

不用，不用……可口忙说，不想他太关心自己，但胡师傅还是开了暖气，丝丝温暖从隐秘的哪个角落里渗透出来，可口感觉到不那么冷了，但还是环抱着胳膊在胸前，有点莫名紧张。

胡师傅抽了两口香烟，抬头往天空吐烟雾，问哦，栽了这下子，你俩打算怎么办？

找个事做呗……可口有点哆嗦地说，这也是她今天独自一个人外出四处瞎逛所苦苦思考的问题。

你还行，你那位罗公子肯做事吗？胡师傅又是神秘地嘿嘿一笑，抽到烟屁股了。

那怎么办？在这儿待总得吃饭睡觉吧，这大冬天的，不要露宿街头给冻死了……可口苦笑着说。

也不至于……胡师傅干咳了两声，说现在还没入冬，十一月中才供暖呢……你有啥打算？

我能有啥打算？可口看着堵得死死的前方，似乎那是南归的路。她想胡师傅这样详尽地问这个话题，莫不是有什么好介绍，但最好不要接受他——而且不让他有机会提出来，不让他有理由再给予“可疑的仁慈”。可口就笑了一笑，说我找个工作也能养活自己，他呢，只要不犯公子病，还是能做事的，而且，他那个表姨夫也不会不理他了吧……

嗐，难说……胡师傅把烟屁股在车门扶手旁的烟灰盒里摁瘪，朝着天空长吐一大口烟气，嘿嘿笑道，你知道罗公子和他那表姨夫是远亲，好几年不来往也疏远了，最重要的是罗公子的表姨不在了，他那表姨夫也不知道换了几届夫人，你叫人家表姨夫，还不知道别人家叫了多少遍了呢……我说的是这个意思，你不要皱眉头，你们是想得简单，也是病急乱投医，从南方来北京，找远亲，再找到我，算是有缘，找对了一个对症下药的秘方，但这包管得了你下一个病还有没有秘方？管不管用？我告诉你，罗公子的那个表姨夫是做什么的，你知道吗？

可口扬了扬眉说不是卫生部哪个司的吗？

你们就不懂了，是卫生部不假，但那些大部二级三级四五级部门单位，你们就丈二金刚摸不到头了……胡师傅又嘿嘿地诡秘了。

车子意外地往前挪了两个车位。可口不解地看了一眼胡师傅。

长话短说，这样对你说可能你明白。胡师傅耐心地讲解道，比如你们年轻人用的电脑，电脑板那个机芯（CPU）只一个，但外围组织多少呢？硬件软件蛛网密布，罗公子那个表姨夫说是一个局级单位，我估计就几个正式编制的，其他大部分人员工资都没有，就一块牌，让你去显神勇弄钱……

可口睁大了一双眼睛，她不敢和胡师傅对焦，但她亲眼看见可乐的表姨夫是从卫生部大门口出来的。

我就实话实说，我也不很清楚他做的具体是什么，但没有多年交往和认识的基础，罗公子那件事，我也不敢应承下来，懂了没有？胡师傅深刻地盯着她，说这样对你说吧——可能罗公子还不知道，罗公子的表姨夫是卫生部下属一个医疗科研机构的，国家每年给这个机构拨一笔科研经费，具体数字我不清楚，但肯定不少于八位数，他们这个机构就拿这个经费该怎么花就怎么花，反正除了科研，都可以花掉，今年花掉，明天还有，那是一个相当硬性的指标——是不是我说得有点绕，嘿嘿，不瞒你说，我也只是知道一个大概，大概就是这回事儿，嗐，这事儿多得很，就打个比喻吧，比喻国家每年给他们好几千万科研心脏支架，如果他们用这几千万专心科研这个支架，十几年早就科研出来了，但他们就是不科研支架……明白了吗？

明白——这回我是明白了……可口有点想发笑，就为这个比喻这个支架，她不知道自己为什么心里有点隐隐作痛。

明白？你还没明白呢！胡师傅再一次嘿嘿发笑，车子松动了，他连忙往前移动，说我告诉你，也不是罗公子的表姨夫想科研就能科研的，也不是说科研成不成他能决定，也就是说得有人不让他科研成功……嘿嘿，这下又不明白了吧？傻丫头啊，我告诉你，看样子咱们国家是在发奋科研，追赶世界先进水平，经费每年都下拨，也专款专用，各级审计，但就是不许你成功，嘿嘿，我告诉你，还是刚才那个比喻，罗公子的表姨夫他们科研成功了，管支架进口那哥们答应吗？……

路通了，胡师傅甭管可口明白不明白，抢先一步奔上二环主路的入口，一声长喇叭像冲锋号，霸气地把别的车辆别停。可口身子一个颠簸，她在他一迭声的“我告诉你”里面，多少有点明白了，只是车子蹿进主路后，好像来找补回堵车时间，大家都快了起来——性急的人生顿时仿如拉快镜头的电影胶片，你不加速，后面的车不仅按喇叭催你，还要冒被追尾的风险。刹那间在夜色中欢快起来的人生显得如此拉风和荒诞。可口看到一大片橘红的尾灯，怒放在建国门桥上，一路铺向宽敞伟大的长安街……

一路向西，快到石景山，可口没有发觉南辕北辙，而是发觉一路窗外景物不尽繁华，她惊慌地问胡师傅，你这是往哪开？胡师傅轻松地哦了声，说我看时间还早，拉你去我一个空置的小套间看看。

我……我很累了，想快点回去休息……可口心里很恼火，但强压着不冒出火来。但她还是禁不住生气地说我不是早就说过想早点回去休息了吗？请您调头，或者找个公交站我下车自己回……

何必呢？我不会吃掉你的……胡师傅嘿嘿一笑，露出吃人的一嘴烟牙，我保证很快就送你安全回去……胡师傅驾驭着加长林肯滑下主路，国家射箭训练比赛中心从窗前掠过，胡师傅歉意地解释，我是很久没来这小套间看看了，这几天物业都在催收取暖费，这不，奔上长安街，我就一路往西，顺道来了……

这也是一个看似成立的好理由，可口只能无奈地一再信他。车子拐了几个弯，等了一个红灯，就进入一个安静的小区，胡师傅跟小区大门保安说只停一会儿，交取暖费，一会儿就走。保安扫了几眼加长林肯，就同意给一个地面停车位让胡师傅暂时泊车。

看见胡师傅开门下车，一股刺骨的寒气吹进来，可口双臂紧紧抱在胸前，她自己给自己取暖了，对等她下车的胡师傅说胡师傅，太冷了，我就不下车了，你不是交取暖费吗？很快的吧？我就在车里等你。

胡师傅愣了一刻，刚指挥加长林肯泊好车的保安还在一旁站着。胡师傅熄了车子的火，盯着打算与座椅黏作一块的可口，只好低沉地说好吧。嘭的一声，他重重关上了车门。副驾座上的可口被弹了一跳，差点变成了被弹出来的气囊。

保安狐疑地看了一眼车里的可口，转身离去，他嘀咕着车里怎么不留盏小灯？但可口喜欢车里的黑暗，她可以清楚地看见外面的一切。

矮胖的胡师傅像黑熊走路，一边走着小区里的曲径，一边打电话。他打给物业经理，问清楚交取暖费事宜，答是可以交给楼长代收。胡师傅就记好楼长所住的楼层和门牌，走进高楼里面。胡师傅是真的顺道带可口来的，他可不是存心麻烦她，今天一开始都是偶遇，他只是看着她有点可怜兼可爱，当然长得淳朴，有点姿色，胡师傅想到乡下来的姑娘，都是未经打磨的璞玉吧，她又是来自中国大陆最南端的海角，埋在沙砾里，阳光晒，海风吹，海水泡，来到北京这个最好最高端的打磨加工车间，不久的将来一定出落成京都知名闺秀——当然，得经他手打磨——想到这儿，他嘿嘿地得意地笑了一笑。

从楼长那儿交费回来，他来到自己十二层的套间。打开这个八十多平方米的套间，顺手在门旁开了壁灯，胡师傅环顾了一下大厅，大厅里家具像阅兵式上的官兵，整齐划一，庄严肃静，迎面是长沙发，茶几，太师椅，八仙桌，还有中堂条幅，两旁还有字画，都是五平尺以上装裱古朴的书法和国画。胡师傅没有多看一眼就掏出香烟来抽，主要原封不动，就证明没有人来骚扰过，他就放一万个心。他一边抽烟一边去打开客厅的窗户透透气，走进各个房间还有两个卫生间一个厨房，巡视一遍，都打开窗户让萧瑟的秋风来通知家具书画们换季了，各自珍重，龙体大安。

抽完这根芙蓉王香烟，虎背熊腰的胡师傅才回到客厅沙发坐下来，他眯起双眼享受这片刻的宁静，决定下楼一趟。胡师傅回到自己的车子旁，可口没有发现胡师傅回来，直到胡师傅拉开车门，还回头招呼了一声不远处的保安，可口才哦了声，坐正了一下犯困的身子，胡师傅却说劳驾你和保安帮我一把，把客厅的长沙发移动一个位置。

可口看见保安走过来了，胡师傅把要帮忙的这句话再重复一遍，末了加一句我一个人搬不动……可口看见保安也来帮手了，只能起身。三人就上楼来，胡师傅开门，带他俩进入客厅，说这长沙发重得要命，我一个人硬是移动不了，来来，搭把手……胡师傅自己一头，保安和可口一头，按照胡师傅的口令，把这长条木沙发从客厅这头移到客厅那头，胡师傅一直在发令，好好，轻点……轻点，这个东西可不能磕碰一丁点儿……

保安一边使劲一边说是不是铁木？老重了……

胡师傅只是嘿嘿两声。一会儿就移好长沙发，胡师傅忙从口袋里拿出一包硬盒中华香烟，保安客气推辞一下就收下了，像同伙一般敏捷退出大门，还配合似的反手咔嗒一声关紧门锁。可口背靠大门，正要转身拉门把手，却拉不开了，她拨弄了一下门把手，纹丝不动。胡师傅故意没发现可口这些小动作，只是擦了一把额头，说你坐一下，我煮壶茶给你喝。

胡师傅不等她回答就走进厨房，一会儿出来看见可口只用一半屁股坐上刚移动好的长沙发一角，胡师傅看见她捏着手机，一脸青白，就知道她刚给小情人打电话了，但遇到了关机！

胡师傅还是装作看不见这些聪明小动作，只是热情地向可口介绍说我这套间从没住过人，只住这些木头书画，嘿嘿，刚才那小保安说是铁木，我可不敢说不是——嘿嘿，你知道是什么木头吗？他瞟着可口，见可口发呆似的摇着头，就接着说我告诉你，那可是梨花木，知道吗？现在梨花木的价可是比黄金贵，论斤论两卖的，嘿嘿，我放了好几年了，嗯，差不多十年有了吧，比我这套房还要贵……来来，参观一下。

可口僵硬地被胡师傅拉着参观了他这两房一厅的套间，她只听到他越来越靠近自己的耳朵，说这梨花木雕的花瓶、动物、花卉、古玩，镶玉的十二生肖和屏风……说其实自己并不喜欢这房间住木头，而是喜欢住她，她随时可以来这儿住，就当作自己北京的家……他要给她一个北京的家，不再漂了，过上安稳的好日子。她抗争着，最后心里只能低叹一声，被倒逼到床头和床头柜之间的夹角，一个踉跄，披头散发倒在身后一张海滩一般大的梨花床上，心掉下地板的声音像手机掉下地板的声音，反正她要打的号码关机了，就当自己死机了吧……

不知过了多久，可口像僵尸一样醒来，推开趴在自己身上鼾声连天的胡师傅，像从一堆废墟里爬出来，穿过烟雨雾霭的梨花树林，身上的伤口如花瓣飘落。她从地下拾起自己的手机，这回只卡嗒一下，就打开了大门，下楼走出小区大门口，保安已换班，一位老爷爷岁数的保安盯着她一会儿，不问一句，可口只看了一眼岗亭的大钟，已是子夜时分。她打开了手机，没有未接来电，也没有一条短信。她有点失魂落魄地站在小区大门口的路边。这时阒无一人，寂静无声，老保安好心地走出岗亭来，问小姑娘要上哪儿？可口苍白的脸庞失血过多似的回不过神了，直到看见一个老保安站在自己面前，像怜惜家乡的庄稼一样的眼神，好心地给自己提供周边交通信息，老保安详尽地说往左拐不远就是一个地铁站，但这会儿已没有地铁了，公交车也早就没有了，夜班车倒是有的，但得再往前走一里地，小姑娘是不是要叫出租车，那你也得往左拐，到地铁站那片，但这会儿可能黑的多……

可口一声谢谢也说不出来，她只是感激地点了点头，往左拐，多黑她都见过了，还怕黑的？现在是越黑越好，黑到不能再黑，才能看清黑，才能掩护自己……

打黑的回到租住处，但不见可乐，可口洗了一个澡，上下使劲擦个遍，恨不得把自己泡软漂白，几乎把自己洗得手指纹皱巴了才出来，她不想打电话问可乐去哪了，她相信他仍是关机。她用电吹筒吹干了头发，躺在床上辗转反侧，这些天出走经历像倒回的电影镜头，在她眼帘拉快镜头或者慢动作地重映，她表情僵硬木讷，不再歇斯底里尖叫撕头发，掐自己的大腿，她知道自己选择走这条路，怪不得别人，也怪不得可乐，要怪只怪自己，以为只要心中有座不沉的灯塔，以为可以为爱情随波逐流，以为梦境有方向，以为家乡是海，北京是岸……她觉得自己是不可救药地堕落了，尽管直到此刻，她还是以爱情的名义——堕落！如果还有爱情的话，如果还剩余爱情的话，爱情就是这样不弃不离的吗？就是这样为对方奉献的吗？就是这样海枯石烂的吗？爱情的剩菜残羹只配喂狗。啊，我的大海！可口要低声哀求大海了，包容她，冲洗她，干净她，或者毁灭她……但她还有脸回到大海面前吗？就像回到父母面前一样。灯塔已经沉没。这样的脸皮，只有自己心里知道是不是画上去的，或者是没有脸皮的一个脑袋，只露出两个没有鼻梁的鼻孔，苟延残喘……

蒙眬之中，她睡熟了，窗外朦胧，是一缕清冷熹微的曙光。她忘记关严窗帘了，但她是从子夜后的夜色入睡的，她浑然不觉，太阳依旧出来。梦中她感觉陈叔叔——不，不是陈叔叔，是嘿嘿憨厚笑着的胡师傅爬上来了，嘿啾嘿啾地爬到她身上，她哎地高声尖叫，拳打脚踢，猛地醒来了——是可乐。

看着她梦中一脸泪水，可乐默默俯身看着江河奔流在她痛苦的脸上，而惊醒过来的她，发现天降大雨，那是可乐的泪花，溅落在她的河床里，他们梦中和醒来都是汇聚一起，恨不得天水和河水抱头痛哭……

但他们黯然，默然。透过泪眼蒙眬，他们越来越模糊对方，模糊的对方越来越远……怎么一起走过来，穿越万水千山，冲过关山万重，从南国到北方，身体靠得越近，心却感觉越来越远？他俩害怕不再同一频率跳动，甚至航向相反。可口和可乐不知道哪步走错了。问题出在哪里。是自己的问题，还是这个世界出了问题？或者都有问题？

我错了吗？……可口嗫嚅地问，问号和着涟涟泪水，滂沱而下。她向上大张着胳膊，好像向可乐，好像穿过天花板，向上面看不见的苍天，寻求一个公正的答案。

可乐像从天而降的天花板，瞬间坍塌，轻轻压下去，他感到压在三叶草草尖上，嘟在春天的花骨朵上，他凄楚地抹了一把泪脸，像寻找花蕊的蜜蜂一样，他要酿造苦的蜜，把致命的一针蜇向恶毒的生活……

平地起秋风，翻滚的黄叶如尘土漫天飞卷……深秋刹那就剥光了树的衣裳，她逆风承受扑面的风霜，牢牢地抓住他的肩膀，要和他一块掉进无底冰窟。但未来的日子是三尺坚冰下面，只是鱼的世界，凿冰只能留下一个透气孔，是鱼的天窗，也是鱼的灾难。她大口大口喘着气，冒上冰面来，就算给氧气呛死，也比闷死水中强……她甚至想爬上冰窟窿的沿边，但冰块不断破碎，嘎吱嘎吱发出响声，她害怕得浑身战栗，挣扎着把他越搂越紧，卡着他血脉偾张的脖子，她要勒死他，让他青筋暴突的脖子在自己的怀抱里崩断……他没有放松要爆裂的血脉，哪怕下一秒就要爆炸，他也不会从她身上离开。他听从她的节奏，像给秋天的草地染上金黄色一样，他俩互相掐着从床头滚向床尾，又从床尾滚回床头，那是一个季节交接以搏斗的方式一决雌雄。慌不择路中她张嘴就咬了他肩膀一口，再一口，左一口，右一口，她尝到了咸味道，不是海的味道，她一直紧闭着双眼，她只有身体深处的感觉和味觉、嗅觉，她知道自己的嘴唇会更鲜艳，她为此得意得微笑起来……而他似乎因为被放了血而更亢奋，他高昂着头，从胸腔里吼出了一声，那不是疼痛，而是浮出冰面对生活的激奋，看，冰滑子，坐在小椅子上的冰椅子，还有冰刀，生活多么锋利而美丽，以另一种步伐，忍痛划着弧线，从睫毛丛中银光一闪……

她低低而长长地唉了一声，双手指甲陷进他背后的皮肉里，血肉模糊……

最后，可乐像一只被陆地子弹击中的灰鹰，噗的一声，飘摇风中，旋转地坠落她微风起伏的热带雨林里……

突然，她清脆哎的一声，一拳把跪在自己面前的可乐打倒，他烂泥一样爬起来，她再哎一声，又一拳打出去，他战栗地爬起身来，乞求地贴向她的胸前，她闪电般刮给他一个耳光，他晃了晃，跪得更坚贞不屈，她再抡起发疼的手掌掮过去……

可乐趴下来了，清涕挂在鼻尖上，他扭曲着抽搐的脸哀求可口，你打死我吧，你打死我得了，反正我也不想活了……

顿时感觉心被掏空的可口掩面哭泣，颤抖着肩膀，她想到自己走出渔村到银海城跟他邂逅相识，不久就亡命天涯，出走绿城花城再北上，抛弃别人的诱惑，背对大海，远离她熟悉的温暖沙滩，一路坚硬荆棘，担惊受怕，忍辱负重——不，已经是出卖肉体与灵魂，但得到了什么呢？她低声哭道，你把我当成什么人，你把我当成婊子了吗？

可乐绝望地直摇头。

那你为什么关机？……

可乐长长地叹了一口气，他不想告诉她，今晚他的绝望，他的卑鄙，他的出卖，出卖她和自己，还有，今晚他接到绿城陈叔叔电话，说他父亲畏罪自杀了，母亲不知音讯，这才换来他的平安……他在酒吧灌醉自己，给吧女买酒，给摇滚助兴，给歌手飞吻，他为一个叫父亲的男人干呕号叫，泪雨滂沱，把酒瓶扔出窗外，碎片扎伤夜北京……无脸面对一再受伤的可口，他独自吞咽着苦水，只让泪水和清涕都一起肮脏地吸溜回去，看着她委屈的眼睛一连声说对不起，我在酒吧喝苦酒，我真不想活了……我知道我浑蛋，我该死，我没有保护好你，我没有能力给你幸福……我只能放手，让你上去……其实是我该下地狱……

她一脚踹过去，可惜脚长莫及，踹不到他，他就挪上来，让她踹，她却止步了，说你真是浑蛋，大浑蛋……你真该在我面前混蛋……你知道我不会离开你，我不要上去，我不稀罕北京，更憎恶这一切……

可口，你听我说。可乐鼓起勇气，擤了一把鼻涕，如果我们站不稳脚跟，能再去哪呢？我是尽力了，我愿为你死，你也看到了，我现在一点办法也没有，今晚我连死的心都有了，对不起，我还靠你上去了拉我一把……

咯咯咯咯咯……可口破涕大笑，指着他的鼻尖啐了一声，说你不仅是皮条客，还是十足的流氓！

她已是欲哭无泪，指了指门口，无力地说是你走出这门，还是我出去？

可乐跪着往前行，要搂可口，她侧过身子，一字一句地说因为你抛弃了我……

不！不是这样的……可乐急忙辩解道，一时找不到合适的字眼，想起一本书的名字，就临时借用，说，可口，我们答应过无论什么情况，永远一起……我们是用另一种方式一起，身体和灵魂分开来过……

那是魔鬼！可口声色俱厉地嚷道，你给我滚！

第八章 人会野蛮成兽

可乐狼狈地从房门滚出去。好在天已大亮，不至于难求一宿，露营马路车站。面对不与他作难的艳阳天，他哑然失笑，看着身旁匆匆而过的行人汽车，真想痛快地大声嚷叫，他打心眼儿感到无比的痛快和荒谬。

她慢慢会好起来的。他们需要暂别，需要一段时间的冷却和“忘记”。就像冰，那是水的另一种形式的凝结的爱。可乐想着可口的痛苦会慢慢减轻的，让时光冲淡，改变不了的只能适应。这会儿自己滚出来，快的话一天，慢的话两三天，他就能再滚回来。到北京堕落了——那是自由落体，不用屈膝前翻三周半，就能全身心投入火热生活，就谁也不能离开谁了，跳下去，都得一起跳，哪怕是国贸二期八十一层北京最高楼，或者是故宫角楼护城河，还有通惠河、永定河和拒马河——这些河流都没有大海的博大和深度，但有京杭大运河的终点站什刹海，让他们把身体靠在船墩一般的拴马桩上，看看那个把江南杨柳插到北京的皇帝留下的遗迹，可以让他们浮在文化海洋上，拥有大海的胸怀和淘洗功能，然后身怀自净功能，闯荡天下。

志气骤增的可乐突然有了主意，马上掏出手机打给表姨夫，说我在你单位楼下。

表姨夫在电话里怔了怔，因为可乐把“您”称呼成“你”，而且是不客气的表明就在单位楼下，得出来见见，看来，这个……这个怎么称呼的亲戚长进了。他低声说我在开会，你等下，我打给你。

可乐挂了电话，打的去卫生部。

还是在斜对面的那间上岛咖啡，可乐快等到午餐时间了，表姨夫的电话才来，可乐问在哪，表姨夫说我这就到。

一会儿，表姨夫迈着方方正正的大步来了，两人表情生硬地点了餐，啜一口咖啡后，表姨夫看了一眼惊世骇俗的可乐，慢悠悠地说你被坑那事我听胡师傅说了，那个林主任，我见过，不熟，就他们那类人，打不得交道，不要说合作做事……

不说这事，这事算我交了学费，把底裤的钱都赔了，行不行？可乐前倾着身体，凑近这位从没有熟悉过的表姨夫，冷静地说。

除了这事，你还有什么事儿？

你那胡师傅强暴了可口！

有这事？可乐的表姨夫惊诧地瞪着可乐，见可乐不像开玩笑的样子，想到他这样急匆匆来见自己，这样愤怒的不尊重自己，就明白了，说胡师傅只是我朋友……

就在昨晚……可乐双拳轻轻擂在餐桌上。

可乐的表姨夫瞟了一眼四周，好在没人注目过来，他同情般地笑了一笑，说这个胡师傅真是胡闹，他呀，一生就毁在三件事上，一是酒，二是财，三是色。

谁不是呢？为什么只能是他？可乐哼着忍了忍问，你说怎么办吧。

怎么办？报警呗。可乐的表姨夫动手吃起面前的西餐。

报警？别逗了，派出所好像都是他家开的，是不是？可乐可没有食欲，他想到还在出租屋里难过的可口，命令自己滚蛋的可口，真的是同仇敌忾。

别瞎说……男人女人这事不好说，也不好处理。可乐的表姨夫稍微了解后，已经有了主意，已经明确可乐给他带来了一个好消息，但这当口，他只能把自己的态度表明，就是站在可乐一边，他唉了声说胡师傅这人，我告诉你，他是书商发家的……可乐的表姨夫凑近可乐，悄悄说了一句话，就是说胡师傅的姥爷是谁谁谁，那是一个如雷贯耳的名字，但可乐了解不多，只是在历史书上似乎见过这名字，但他一点也不胆怯，他只认准胡师傅在可口身上胡来，胡作非为，他那以解放劳动人民为理想的先人姥爷也不同意。表姨夫语重心长对可乐说，胡师傅大字也不识几个，是吧？一看就不是一个文化人，但他以前做书商时，手下全是双学士员工，那些年考司法类公务员的书籍材料，全是他包了，当然全不是署他名的，给那些领导署名，收取署名费用，那是他的第一桶金呀，也是不务正业的他唯一有过的正业，呵呵，胡师傅这人你不了解，他的人生追求目标就是拥有一百个情人……

看见可乐不言语了，表姨夫就把西餐扒拉掉一大半，小打一个饱嗝，站起身来，像军人整理军纪扣一样整理了一下烟灰色单西里面的斜纹领带，说我中午还有事，先走了，你说的胡师傅胡来那事，我给你向他讨个说法，放心，交给我吧，交给我就对了……

可乐还是无言无语地看着这个男人——从前的表姨夫洒脱走了，他却心情沉重起来，他一开头就不会想与胡师傅有仇，而昨晚只是一个天赐良机，让胡师傅胡作非为，不得不与他有关联，这与恨和仇没有了关系，而是通过女人，他们产生了关系……

只是，代价，是的，代价是可口付出的，可乐没有支出吗？他可从来没有这样想过，他想他们是一起的，如果有人要他，他也愿意付出，是的，这是没有办法的事情，会轮到自己的。可乐这样想通了以后，给自己预设了以后的惨重付出，就平衡了，为有牺牲多壮志。似乎跟可口扯平了。她以后会明白的。

而走回办公室的可乐的表姨夫却不是这样想的，他听清楚可乐的事儿后，心里可是暗自偷偷地乐着呢，真是天赐良缘，刚好有事要找胡师傅的，这不，有这事儿做借口了，这个远方傻瓜亲戚送来一个筹码，搁在胡师傅面前，自己就白捡了个便宜……他进来自己的办公室，脱了皮鞋，双腿搭上办公桌，喝了杯金骏眉，给胡师傅打电话，直言不讳地说你老兄昨晚干的好事，我那亲戚来我这儿告状了……

胡师傅在电话里不断地嘿嘿嘿地笑，说是喝了点酒……

可乐的表姨夫就乘机阴阳怪气地调侃挖苦胡师傅几句，上纲上线，党纪国法，毫不客气，一点不留情面，好像八百年才逮着一个损友机会，哪有轻易放过的道理。弄得对方好像占了便宜就得卖乖了，老实得服服帖帖，然后见好就收，话锋一转，说起两人的事情，把胡师傅昨晚醉酒的呕吐物全抹干了，最后还遗留有酒香，俩人谈妥什么事情的哈哈大笑起来。

下午开完一个会，可乐的表姨夫才打电话给可乐——他把握时间很有经验，不能把这个电话立即打，也不能拖到明天——可乐的表姨夫严肃地说我打电话问清楚胡师傅了，他道歉说昨晚自己喝多了……他也知道你们现在的困难，我们之间的关系也不好扯破，是不是？他提出要不你们搬到他石景山那个套间住，我看这也很好，息事宁人，人家给脸我们，我们不能不给人脸呀，是不是？这样吧，你们退掉出租房能拿回点生活费，住胡师傅那套间，不能让他白占便宜了，你说是不是？

我不是这个意思，你以为我是为了解决住房？可乐还是有点愤愤然，他一直在自责，不能就一口答应的，太便宜那老厮了。

那你说怎么办？他都这样说了，我也答应了，就不要再为难他了吧……风物长宜放眼量，他知道亏欠你的，迟早咱们得要回。

冷静了片刻，可乐就说好吧。只能这样收场。他不知道他这个表姨夫已经要回想从胡师傅那儿要的，而他和可口的呢，多晚才能要回，能不能要得回？他想到生活真是无情无义偏又有趣，因为手里有一块敲门砖，却不知道下一砖要敲向谁。

这一个下午可乐都在秀水街后的使馆区逛，逛到那些转弯路口的威严武警都对他投向警惕的目光了，他就要经过美国使馆到马路对面的双子楼找地方吃个饭填饱肚子。快走出美国使馆区域时他发现角落里的美国国旗下降半，他们死了哪个首脑政要？可乐想不起来这几天有哪个响当当的名字打了黑框，直到走过了美国使馆区老远，他才想起是不是前几天那个美国校园枪击案，那几个被击毙的学生？这也能降半旗？他记起来了，好像也为那后来自杀了的学生凶手悼念，那刚才经过的美国使馆降半旗，也有凶手的份？真不懂美国！可乐愤愤然快步走去，保持自己的中国正能量，好像一些念头像那个后来也自杀了的凶手，正在身后跟踪自己。这时一位快递小伙子把电单车支在一个使馆对面的杨树下，掉光了大半树叶的杨树笔直向天，斑斑驳驳的树皮黑里透白，像老人癍暗淡无光。这时，那个使馆小铁门打开了，一位高挑雪白的外国姑娘一边说是有我的快递吗一边走出来。可乐不禁侧过头多看她几眼，这位一看就知道是欧洲人种的美人首先叫可乐吃惊的是一口标准的普通话比可乐还标准，姿色嘛，代表她本国的国色天香，那也是一个国家的“美人计”。为此，可乐迈开步子走开去时，就多看了一眼她的使馆，果然是从苏联解体分出去的一个国家。分离不关美人事，她正在签收快递。

从地下通道过马路，左侧通往永安里地铁，直走就到双子楼，双子楼后面是一大片的精致利己主义者食店，没有大众的，只有小资的。一条运河穿过三层立交桥，透过桥与桥之间，依稀可见景色旖旎的明城墙和东南方高耸的城垣转角角楼。可乐正要挑选哪一家食店时，手机响了，居然是胡师傅打来的——可乐第一个闪念就是胡师傅。胡师傅嘿嘿笑了两声，说兄弟，得请你原谅……你表姨夫数落了我好一顿，我承认错误，嘿嘿，真是酒可乱性……这样吧，今晚有个饭局，你来一下，我当面向你道歉，罚酒三杯。

真是大言不惭，脸皮厚，老混蛋，恬不知耻。可乐知道胡师傅那几个“嘿嘿”的含义，知道那位“两面派”的陌生表姨夫一再强调的“别不识抬举”的言下之意，得理且饶人吧，去一下胡师傅说的这个饭局，就是给人家台阶下了。但可乐还不知道胡师傅他们上流社会最能成为自己人的不是提一个人头上梁山，而是一起玩过一个女人。男人也一样。他不知道自己是反感，还是渴望，当即拦下一部的士，赴宴，哪怕是鸿门宴。

是麦子店那边的一个花园式会所，一大桌上只两个半老徐娘，明显是“狼多肉少”。可乐一个也不认识，吃饭敬酒荤段子，看得出来，那两个半老徐娘不是富婆，就是“贵夫人”，男人们都阿谀奉承，老皮也要嚼几口的样子。胡师傅一边吃饭喝酒，一边给可乐介绍着客人，介绍到可乐时，胡师傅擎着杯中酒，说兄弟，这杯我得单独敬你，对不起的地方，我老哥赔不是……兄弟你随意，我先饮为敬。

可乐把酒喝干，让喉咙烧起来，点燃引线一样，直烧至肠胃，他渴望穿孔，让自己不是当即可耻而死，就是知耻而后勇。

然而，只有酒，让他更加晃荡的酒。

这时，又有一拨客人到了，是三个人，三个女人，一个白皙高个中年妇女，领着两个窈窕妙龄女孩，胡师傅兴奋得满脸红光，像打了鸡针一样咕咕叫，转着宴席给各位介绍。可乐觉得那位高个中年妇女有点眼熟，但一时想不起在哪见过了，直到听胡师傅介绍她姓方，是国家级音乐学院招生办主任时，心里咯噔一下，冤家路窄，她是林主任的夫人。

这位只一面之交的方主任显然认不出，也记不起可乐了，胡师傅也不会在这儿提林主任那破事儿，可乐与方主任只是礼貌地略一点头。三个女人坐下后，为堵车迟到自罚三杯，后来就渐渐浇着酒闹开了，相互掐着侃，呼吸着酒精混合的荷尔蒙气味。然后不外是唱歌，跳舞，先是独舞，接下去就是双人舞、交杯酒。胡师傅他们都言行举止胡闹了一通，只有可乐像侍者一样岿然不动。先前那两位半老徐娘因为年龄和地位相差太大就没了嫉妒心，啧啧称道真真是年轻好，你看那腰，一掐就流汁，不说男人，我们女人看着也舒服……她们像看宠物被男人撩拨宠爱一样，不会嫉妒一只猫一只狗的，哪怕是正在叫春的野母猫野母狗。

一曲终罢，胡师傅不舍地松开美人怀抱，招呼可乐来一曲，见可乐不为所动，调侃说你是不是坐怀不乱？

这引来大家一阵笑声。

隔着那两位半老徐娘坐的方主任笑着为可乐解围，对胡师傅说你别毒害人家青少年……

嘿嘿，方主任看上小鲜肉了吧？胡师傅矛头一指，正对着方主任。

方主任带来的那两位美女学生也笑嘻嘻地瞥了一眼可乐，花枝招展地向着主儿施放花粉。方主任啐了一口胡师傅，说你就是老大不正经！

不是老大不正经，是老二、老二不正经……胡师傅满嘴酒臭，话刚出口，又惹得大家一阵狂笑。

深夜散场，可乐看见那两位美女学生没有跟她们的方主任回校，而是上了另两辆轿车，胡师傅体贴地给她们合上车门时，方主任正与可乐握别，可乐感觉她的手很小很软，一点也不老实，还把握着的手指往上爬，爬上自己的手腕，停留时间别有意味地长……可乐不知道是怎么回事，想到干妈，但干妈像一头大母猪，比方主任年轻，但身体老朽得多了，果然商人妇比不得艺术胚子，那个艺术四溢的气息，直接从地里在水里透出来，成熟而充满生机，老练而浑身机智，叫人无端的舒坦熨帖……胡师傅转回身来，看见这一老一少的久久握别一幕，擤了擤酒鼻头，打趣道我们方主任年轻时可是京城群芳谱中一颗漂亮音符哪……

方主任这才放开可乐的手腕，逆着黑暗的彩灯闪光，媚笑问胡师傅，现在被逐出群芳谱了吗？

谁敢谁敢？胡师傅嚷着，故作愤懑状。

莞尔一笑的方主任解嘲道人老珠黄是明摆着的事实，好啊，我认了，各领风骚十八年嘛，这不，我得自个儿开车回家。

胡师傅忙说那我开车送你……

噢，我也不敢劳你酒驾，我方某人还是有自知之明的……

你看你看……你看你你看你……嘿嘿……胡师傅转向一旁的可乐，说小伙子，看我们这位京城名媛如此失落，你送一程怎么样？哦，你得主动讨要美女电话哪……

美女刚被掳走……方主任轻轻挥挥小手，昏暗灯火下，她可爱的即编即演话剧一般叹了口气，可乐见状，男一号似的忙趋步上前，自报家门，一个一个阿拉伯数字说了自己的手机号码，方主任一边打开车门，一边拨打了一下，通了，就摁掉，扬起瓜子尖脸清清爽爽问可乐你怎么走？

后面刚要去取车的胡师傅回过头来建议说你就送小鲜肉一程呗！

嗐，净拿老娘开涮寻开心！方主任却转对可乐命令上车吧。

可乐嗫嚅地说我乘地铁很方便，走过去才几百米……但可乐知道这几百米很重要，不是长度，而是一个车厢里的“密度”。

坐上驾驶座的方主任为可乐打开副驾驶座车门了，可乐只能“纡尊降贵”般将就了——果然方主任不客气地笑说，小王子，请——

不敢，不敢……可乐脸红了，方主任发动轿车，目不斜视，车子一动，就看见前面不远处的蓝白灯箱的地铁站了。

慢速。但地铁站就像给视线不断拉近来的标靶，轻易地被方主任的目光和车灯击中十环。她感觉他在“感觉”自己，害羞得用眼角余光“看”一位老妇人——自己是不是很老了，老到对月亮没有了反应？老到男人对自己失去了冲动？这是她有时——比如此刻痛苦地想到的“下半生问题”。与刚散晚宴上早来的那两位贵妇人相比，她显得年轻而雍容华贵，举手投足富有高雅的学院派风格，但和她亲手带来的两位女学生站在一起，她无地自容——但她不得不自讨没趣——这有点红墙碧瓦脚下小草般的残酷。她本来是红墙碧瓦的鲜花，但老了就要委身为蒿草。就算她这根不是野生而是贵府香草，也是二十岁枯二十岁荣的香草了。青春燃烧过，春风吹又生，怎敌反复几次，首先就是一头秀发脆黄如草了，再就是怎么护理保健也掩饰不了的“草梗”颈脖，冬用围脖，夏能天天穿高领吗？这是不得不在岁月的面前知罪服帖。她出身好，哪怕最后老成草，也不是贫贱的野草，比她们年轻的花高贵，甚至花朵还央求蒿草做绿叶，扶她上青云。这又是她一直庆幸并有资格盛气凌人的。试想，不栽在红墙碧瓦下，有机会晋身宫殿吗？年龄，使她内心深处感到无尽的屈辱，而这种无尽的屈辱，又迫使她把更漂亮精致的红墙碧瓦建筑到那些男人心里，飞檐走壁，屏风斗拱，让他们相互倾轧，土崩瓦解。她这棵靠边站的小草站在小山坡上，发出鲜花一般灿烂的笑声。而身边这个羞赧的“帅锅”，十足一个落魄的情种，怎么装也是会倾心那两个女学生身上，尽管没有说过一句话，更没有手机号码联系方式——两个女学生知道自己此宴目的，他也知道自己不配。生活就是这样“不以你意志为转移”，哪怕是最初的爱慕之情，最后都是沦为禽兽不如。她满怀恶意，尽管浑身每个毛孔荡漾柔情蜜意。

方主任，地铁站到了……

她的思绪被打断了，短短几百米，她想得太多了，她有点漠然地哦了声，刹住了车。她忘记了把车靠停路牙，但这时没有车来车往，可乐已经打开车门，谢了一声，头也不回走向地铁站入口。他给她的感觉就像逃跑一样，从哪儿逃跑，而又要到达哪个目的地呢？她踩了一脚油门，飞速驶离。

让可乐突然感觉罪恶深重的，是他想到了可口，一天没联系过的可口，早上让自己滚蛋的可口。这种可怕的负罪感是刚坐到方主任身旁的副驾座上，就很突然出现了，他准确地知道自己的丑陋——能这样准确判断自己是如此丑陋的吗？他近距离地发现方主任的老——其实方主任并没有他想象的老，只是宴席上和在停车场上交谈几句交换电话号码时，保持一段适当的视线距离，而且灯红酒绿，依稀仿佛中，幻想中他把方主任“丰满完美”起来——他的失落和憎恶，和方主任想得太多是一样的。只是可乐惊恐地怀疑自己想获取什么，想通过她或者她这样的人，到达一个他至今也不清楚的彼岸时，他万分恐惧有途中的大海翻船溺亡。如果他只是需要一片晒满阳光的沙滩，那为什么不回到可口的身边，哪怕是恬不知耻地滚回到可口的身边。

长长的地下轨，直通内心深处。可乐嫌地铁奔跑得太慢了，停靠的站点太密了，他想甩站而过，一站式到达可口……他几乎是大步流星走出地铁站，小跑进小区，差点和一条溜夜的拉布拉多猎犬撞个满怀。三步并作两步，他抢上一部正在闭门的电梯，冲回房间，却敲不开门，喊了几声可口，没有应声，一个不祥的预感突然笼罩上来，他忙掏钥匙，抖着手打开了房门，一边喊着可口一边冲进卧室。窗明几净的卧室空空荡荡，他转身去卫生间、洗手间和阳台，都没有人，这时才想起打可口的手机，关机。他颓然回到熟悉气味的卧室，果然发现梳妆台上，用一瓶他送给可口的法国兰蔻香水瓶压着一张小纸条，他拿起来看，只见上面是可口的笔迹：我知道你会滚回来的，所以还是我先滚出去，也许几天，也许不是几天……我也说不清楚，请不要找我，现在，我能自己生存。

纸条像一片从树上枯萎飘落的黄叶，把整个秋天扬弃。像干妈和方主任的老脸皮，眨眼之间，从可乐的眼睑前融化。可乐刚才在门外的那种预感，就是抛弃，可口的抛弃，不是以身体的方式，就是以现在这种失踪的方式。他对她，现在是一点办法也没有了。她不是讲得明明白白了吗？叫他不用找她，现在，她用不着他了，她能靠自己生存。他可以滚得很远，也可以滚得很近。与她何干？

冷空气南下，穿越内蒙古沙漠和草原，翻逾西山山脉，横扫华北平原。今夜的北京街头，天大地大好豪爽。秋意萧瑟，还没有立冬，就感到了寒风刺骨，整个人得像刺猬一样收缩。真是秋风扫落叶，秋风也扫夜色中的北京街头。环路上汽车才像汽车一样奔跑，行人稀少，行色匆匆，除了一个街区一两间的好邻居或街客，商店都打烊了。没有夜市。没有街市。这一切此刻对可乐都不重要，重要的是他的可口，他满街漫无目的地走，像暴走卒一样走过寂静下来的闹市，走过稀薄的车河人流。他要找回可口，但令他更感到头等重要的是明知找不回的东西，还得徒劳去找。他不小心——不，是存心弄丢了的东西，为什么这时倍觉珍贵。是不是自己真的一穷二白，一无是处，自己是不是无依无靠了呢？这些都不重要，顶顶重要的是他连自己也存心弄丢了……

我在哪儿？

……

东方欲晓。可乐在 24 小时营业的麦当劳，毛发蓬乱的他伏在光滑的蛋黄色小桌边沿，面前是五个咖啡纸杯，最后一个也是最靠近他的一个还剩有大半杯冰冷的黑咖啡。

麦当劳服务生同一个姿势睡得却衣冠楚楚，只是趴在服务台里面，温暖得像一杯融化摊开的第二杯半价的冰淇淋。

第九章
反制这个时代

半年之后。

冰面薄化后，水更清冽，空气透着冰味。山桃花像乳牙一样，舔开了早春的苞蕾。柳条如细腰随风一阵又一阵摇摆，长出了毛茸茸的汗毛，把灰扑扑的京都舞成了绿色世界。红袖善舞，青衣花旦，一幕古老的京剧又将重新上演。紫禁城里那些宫殿像一个古代皇帝的大办公区域，没种一棵树，但也阻挡不了春天从历史堆爬出来翻墙而过；先农坛淌过哪些个皇帝作秀的耕耘汗水呢？那一亩三分地再也不能“率土之滨”；城西八大处香烟袅袅，山不在高，有庙则名，只是时代更迭，一路轻骑跑来，掉了一两处，让春天恣意挥毫，山花烂漫处，读懂留白；仰望燕山龙脉之北，中轴线，金銮殿，御花园，永定门，晨钟暮鼓，今夕何夕，鸟巢水立方，天圆地方，上风上水，风从那儿来，水也在那儿倒映风起云涌的今日天空。

春风一口气吹到了现在的北京城，明城墙成了“拦路虎”，一位北京老大爷攒了万余块明城墙的砖头，还从胡同、四合院别人家的猪圈、狗舍、门槛、矮墙和平房搜集数万块明城墙的砖头，硬是把明朝重新耸立在北京城里，最后把自己嵌进明城墙。一条一路高歌猛进要直奔北京站的公路，在最后一刹踩了脚刹，在明城墙前绕了一个大圈，表达这个新时代对一个古老朝代的最后致意。

可乐每天出入，都对这段明城墙有所留意。他就住在明城墙东边，而每月总有那么两三回，他绕过明城墙到西北边的一家酒店幽会。他一直感觉是一种肉体的穿越。方主任找的这家幽雅的酒店，后面就是一条破旧的老胡同，七拐八弯的到崇文门，而酒店前面是另一副现代化天地。常常完事后，可乐就无聊地逛逛酒店后面的小胡同，撸几串烧烤来几挂麻辣汤。他喜欢大汗淋漓的身体被抽空后，来老北京的地儿接接地气恢复元气。而后走回酒店堂皇的前面小广场，打的或者乘地铁离去。有一回他还和用吹风筒吹晒炭火烤鸡胗肉串的老北京聊上几句，那位老北京告诉可乐要逛就抓紧时间逛逛老北京胡同，说不准今年明年就拆喽。可乐一边撸串一边好奇地问北京城到底有多少条胡同？有客人来买串了，老北京就撂了一句老话给可乐："有名的胡同三千六，没名的胡同赛牛毛。"让可乐估摸去。

春风中，肉香里，有点春困的可乐给北京另下定义为欲望之都。

他们幽会的时间很短，钟点房，从不过夜。这晚，方主任不甚满意地提出批评意见，对缩在床头抽烟的可乐说，你是不是有哪不舒服？这阵唤不起激情，做着做着就习惯性流产……

可乐眯着眼睛瞅她赤条条如一条渔村风光的晒鱼巴，想到咸鱼翻身已经很难，再能迴游回大海那简直是天方夜谭了。方主任临到卫生间冲洗时还要怨一句，人家夫妻是七年之痒，我们这才半年多，是不是也到了七月之痒？

这一点也不娇嗔，就是一个倚老卖老的皮相。可乐吸自己的烟，吐自己的烟圈。听着哗哗如暴雨的水声，可乐暗自高兴，方主任不再坚持要和自己共沐"爱河"了。想当初，第一晚，方主任征服可乐之后，是跪在可乐膝下，双手捧着可乐这小鲜肉，像捧着供奉神龛里的宝贝，对可乐真是崇拜得五体投地，满腔热情，一脸涕泗，眼嘴鼻五官和手并用热烈赞美，身子颤抖着爱抚和膜拜，嘴里不断唠叨着什么感激奉承的话语，叫可乐直冒鸡皮疙瘩。可乐当时俯视着身下这个对自己感恩戴德的可怜老女人，看她像久旱逢甘雨的蒿草，在皲裂的大地上，夹着自己要陷进去……

什么时候方主任包着头布，裹着浴巾出来，坐在床沿自己的跟前的？可乐透过烟雾，仿佛看见另一个女人……他吹了一口长气，待烟雾散尽，方主任却说是不是厌倦老娘了？

可乐把烟屁股用力摁在床头柜的玻璃烟缸里，客气地摇了摇头。

方主任无声地一笑，说通过我，你已经拿到手你想要的东西……你会抛弃我或者对我例行公事……你别不好意思承认，你永远是我的小鲜肉……

她伸手去拧了拧他的下巴。

哟，我只是想，如果很忙的话，我们次数可以减少……方主任很能找到一个漂亮的理由，讨可乐欢心。的确，现在是一个展厅万余平方米书画城副总经理的可乐，完全可以很忙，把和她的幽会次数压缩，以提高质量。可乐明白她的美妙想法，她任何想法或者要求，都无可厚非，甚至可以说符合“北京精神”的“厚德、包容”。她从不提起林主任骗了可乐两百万的事儿，或者她给他的感觉就是自己压根儿就不清楚这事儿，与这事儿不搭边，不记得可乐参与这事儿，她和可乐是从胡师傅那晚的宴请中“初见”。她话不多，从没废话，意思明确，她不提，你就无从提起，两人的关系要从哪儿开始，就从哪儿开始，从哪儿掐断，就从哪儿掐断。可乐唯一见一次她落泪的动真感情，那是清明节那天，她说白天去八宝山看父亲了，父亲是“英年早逝”——刚到离休年龄就病逝了，是因工作关系被辐射致病。可乐想起胡师傅有一次无意中和可乐聊天聊到方主任的父亲是部长，比她家公那个计委副主任还高一个级别。那个清明之夜，可乐因为方主任的落泪，想起自己那畏罪自杀的父亲。一个是国家功臣的女儿，一个是国家罪人的儿子——都是死了，但一个死得重如泰山，一个死得轻如鸿毛，不，后者应是罪该万死——然而，此刻，他们的后代却在一起……他都有点觉得是苟且得无比荒唐……狗血，狗血淋头。他后来报复一样折磨她，把她搁在老虎凳一般的椅子上“凌迟”她……

可乐觉得自己变态了，她不知道他所思所想，她只是尽情享受这个灵魂需要祭奠，而肉体正在复活的清明盛宴。她咬着他的耳朵，感激地对他说，我喜欢，你虐我。

不过是各怀鬼胎然后各取所需。没必要想得那么复杂并往道德身上靠。可乐为此不断释怀。

方主任像以前一样穿戴好化妆后先走一步，可乐起床想去洗澡时，突然记起没有香烟了，他就草草披件夹克开门，乘电梯下楼想到酒店后面的胡同口士多店买包香烟。电梯下到一楼，走过大厅前台，刚要跨出酒店门口时，他看见方主任正弯着腰钻进一辆停在酒店门口的黑色奔驰——显然，黑色奔驰是来接她的。可乐不禁停止脚步，但晚了一步，黑色奔驰的驾驶室玻璃窗落了下来，露出林主任笑容可掬的国字脸……

香烟也不买了，烟瘾一下子消失殆尽，可乐说不出为什么要仓皇而逃。他像躲避一个谜团一样，深不见底的谜底令他歇斯底里！无疑是这样的，方主任每次都有林主任接送，她根本不是自己开车来或者打的走……而今晚和半年多不见的林主任碰面，方主任也许没有知道……可乐回到明城墙东边自己的套间，在卫生间的淋浴喷头下，站着，蹲着，麻木着，糟蹋着，让自己湿透，从下水道流泄出去……

如果说春风再度与这片土地重逢，那么可乐就相信是要在哪个转弯角再见可口，那将是喜极而泣的桃红柳绿，他愿望也相信——他一直忐忑不安，愧于面对可口，但无时无刻不会想到她——她的下落，不是她归宿何处，而是她心的下落。

其实这也是一刹那的冲动——比如像可乐一样很想见一个人，不是主动想见，而是等待机会被动见面——然而白天那些看似高大上，实际徒劳无益的忙碌工作，把晚上失眠时一刹那的冲动平复下来，刹住下坡的车轮，不致偏离当下生活的轨道。

可乐已经在这个号称全国面积最大的书画城干得如鱼得水了，那是他认识方主任“蜜月”之内的一步到位，鲤鱼跃龙门般来到这个位于北京城和通州间的名叫管庄的书画城。通州自古就是北京的门户，近年一直“谣传”北京行政中心“移师”通州，那么，来往通州的必经之路管庄，战略地位日益重要，成为官家和商家必争之地，而且随着房地产推土机般滚滚向前，还有长安街的不断“西扩延伸”，以及地铁轨道交通的“暗中”助力，管庄已经和通州连成一片，跃身为京城新宠。

老话说山水也有相逢时，人山人海中，同样缘结山水情，何况有些山水之间人鬼情未了，山不转水转，水不转人转。然而，可乐想不到，和可口的相逢，居然不是相逢在大自然中的真山活水中，也不是相逢在人山人海的比喻夸张中，而是相逢在宣纸的中国山水画里，大写意的泼墨调侃处。那是一帧渲染皲皴的长轴画卷，似与不似之间，真品赝品之间，现实虚幻之间……

可乐一下子没有认得出可口，满堂森严的明式家具中的可口，已出落得像一位万历倩女，袅在这个黄昏里，亭亭玉立，保守衣裳掩饰不了风情万种。她偏坐太师椅一隅，藕色连衣裙，身材修长，眉毛如柳，明眸如星，唇红齿白，一双纤纤玉手随意搭在梨花木弯雕的太师椅扶手上，宛若一副象牙安然坐在往昔的记忆里，一尘不染。

那时京城薄暮的阳光，像金箔一般浇进书画城二楼会所的镌花镂空西窗，可乐随着书画城帅总稳步登上会所二楼，接待一位神秘贵宾。这位五十多岁的神秘嘉宾是一位中年男子，他先可口一步从另一张太师椅里站起身来，一边豪放地拊掌哈哈大笑，一边趋步上前，张臂与可乐的老总称兄道弟拥抱寒暄，还调侃着互损几句，不够分量般再相互在对方的背部擂了两拳。

他俩像久别重逢京城的乡巴佬，一边拥抱着一边喊对方：“帅总……帅兄……”那边就回应着：“黑大师……黑兄……”

姓帅很少见了，而且可乐第一眼就看出来人越缺什么就姓什么，呵呵，天注定的，丑的就姓帅——但这位黑兄，还好，是黑兄，但那声“黑大师”，听起来怎么有点不敬？可乐心里直想发笑，不知道帅总和黑大师多少年没见了——一方下了凡，还是一方成了仙？

峨眉山下一别，足有十年了吧？黑大师——这不，七十古来稀一头稀薄银发的帅总推开黑大师的怀抱，离开一点儿好好打量对方。

可不是吗？帅兄，峨眉山毛尖绿茶还滋在唇齿，就满嘴留香十年有余了，哈哈哈哈……

一小群人就像看表演一样，看这两位主角唱罢，才一一相互帮着介绍，帅总介绍身边的人只简洁说一句“手下”，而黑大师只一位随从，就是可口，他也简洁地介绍说这位是“小可”。暗自吃惊的可乐甚至抑制不了自己低低惊呼了一声，引来帅总和神秘嘉宾黑大师的侧目。可口只是略一点头，算是礼节招呼，荣幸认识阁下。可乐旋即恢复常态，他认出来可口，曾经的可口，猝不及防的见面，让他毫无准备——尽管在心里多次期待和预演，但想不到是在今天，在这里。主宾间又在谈笑间，毕竟多年不见。可乐暗自思忖，好在黑大师不介绍她叫“小口”，这就会有点细嚼慢咽的味道了。可口冷若冰霜地微微一笑，很难看出她在笑的样子，似乎她心有冰封，早春还没来得及消融。其实眼尖的她是看见可乐进门来的，她知道可乐在这儿干活，但她不会去，哪怕看他一眼，因为——因为两人有约定般的默契，手机号码一定还没有变换，但就是从没有打一个电话给对方。直到黑大师要应邀造访这座宏大的中国书画城，可口才第一次踏上可乐这方水土。然而，来的时候，可口已打定主意，不认识可乐，在公众场合，她不会像黑大师跟这位丑八怪一般的帅总又是抱又是喊的“久别重逢”“别来无恙”，而且，让她和可乐再次“初见”，不是挺那个……有意思的吗？她在心里哂笑自己：“有意思吗？”

可乐胖了些，白净了些，有头有脸，人五人六的人模狗样，似乎走上了正道。可口心里还在想着做个奶油小生，他看来活得滋润。白净了些可能就是沾染上雅致的琴棋书画之类了，至少也是附庸风雅，天天见这些书画艺术品，日日听这些书画艺术用语，想不白净艺术些都不行——半年不见当刮目相看，可乐现在这整个人就是一“行为艺术”。

想到这个，可口偷偷一笑，黑大师稍一侧目，可口即收敛——可口偷笑没作一声，黑大师也感觉到了，这令暗中观察的可乐对这位长得并不黑，还有点俊俏的老男人另眼相看，无疑，这是一位高人，不管他从峨眉山下来多少年了，与京都关系如何，但凭可乐的敏感感觉，当然还有帅总罕见的亲迎礼遇，不能不让人感受到道眉仙骨的黑大师的峨眉山分量。

客套够了，帅总亲自领着黑大师移步核心区，观赏珍贵名画展厅，可乐陪在左右，一行十余人，一路上帅总陪在黑大师右边，滔滔不绝的书画介绍，黑大师鲜有开口“指教”，只是微微颔首，或者嗯嗯哦哦一声。可口一直陪在黑大师左手，一言不发，笑也不笑，就像一尊会走路的南北朝石雕。可乐走在后面，越拖越后，他一直盯着可口变得丰腴的背影，走在波斯地毯上，那是不在一起时至少发生了一千零一个故事。核心展厅一般客人是不能参观的，可乐第一次见帅总亲自领着黑大师和可口进入核心展厅参观，看来黑大师真的不是一般全国著名大师。

别的油画展厅和雕塑、玉石、木器等艺术品展厅黑大师就说下次有空再说吧，帅兄你这儿可真够大的……

帅总呵呵谦卑一笑，说这大唐建筑，装的不敢小呀……今日有幸，黑大师莅临，蓬荜生辉，还望黑大师不嫌寒舍简陋，待小弟略备粗茶淡饭，薄酒一杯，一是欢聚，二是求教，小弟今日就乞浆得酒，万幸万幸……

黑大师哈哈大笑，推了一把还在打揖的帅总，说打住打住，你这古里古气的行话，在下可是一句不懂——只懂大碗喝酒，大块吃肉，大把花钱……哈哈，你帅兄才是大师，叫我大师，折我寿，鄙人是艺术狗屁不通，倒天生就是黑大师的一介粗人……

大家都随着友好气氛附和地笑，可乐他们不懂得黑大师说的是真话还是过谦的客套话，只是万万不敢怠慢倒是千真万确的。要知道，这个一万多平方米的书画艺术城，书画艺术展主办、合办或者协办、承办的单位都是国字头的部委办等，金碧辉煌的展厅面积不仅是中国第一，大唐建筑构造也是天下无双，里面的藏品展品还不敢说全国第一，至少也是逐步往第一方向走。帅总作为一位名闻遐迩的国画名家，对这位黑大师这般亦步亦趋、百般奉承，旁人都能看出黑大师真是名如其人了。

会所一层宫灯高悬，喷泉假山，雕梁画栋，曲径通幽，梨花木具，陶瓷摆件，古色古香。走上二楼，只见迎面一排拴马柱上各色动物生肖不仅是欲求客人留香，还有古代的风尘羁绊——当然这都是因为每个转弯角都有身穿唐装的美女，她们也像唐朝女孩一样有着丰满的身材，饱满的脸庞和华清池一般的眼波，款款深情，柔声问候，一颦一笑，勾魂夺魄，如入后宫。

席中推杯换盏，玉色生香，山珍海味，玉液琼浆，吃喝之中主客妙语连珠、插科打诨，实为佐酒佳肴，人人欢喜。待至酒过三巡，人渐微醺，言谈宽松，黑大师环顾四座，击掌赞叹道，帅兄在寸土寸金首都宝地，独得这一方疆土，实力盖世，可自成王国。一万多平米，宏伟殿堂，亭台楼阁，花园池塘，大唐风格，强势如虹，非同一般，定能成就一番千秋伟业！

帅总对黑大师这一番半古半今，还算通顺的逢场作戏白话文赞美，心知肚明地拱手一笑，说黑大师见笑了，帅弟只是一介画匠，为稻粱谋，无心功名，替人打工，代为经营此书画艺术城，以养家糊口，还望黑大师来日多多捧场指教。

哪敢哪敢……黑大师眯起一双鹰眼，盯着帅总说帅兄下了峨眉高就帝都，就是龙潭清风，如虎添翼哪！

可乐开头只是恭敬地劝酒，后来就是一言不发地默默察言观色，看样子是两个一直心有牵挂的主角久别重逢互拍马屁，帅总的底子可乐略知一二，也就是一个著名画家，人们叫大师的，但现如今大师级别的画家多了去了，叫得有点揶揄的意味。所以，可乐观察的主要对象无疑就是这位看不透的黑大师，测不出黑大师究竟有多深的水，以及他和可口的关系，他们是怎么一回事？——可乐也猜得出是怎么一回事，也就是八九不离十的一回事，只是因为是可口，他特别想知道，这大半年里，可口怎么了，怎么就变成这位来路不明的黑大师的身边人了？这些最后都会比关心黑大师重要，管他黑大师白大师，可乐眼里只有可口。

但可乐在席中没有正眼看一眼可口，可口也一样，就算一起敬酒，也是不正眼看对方，但越是刻意回避，越是暴露无遗，也就是不正常的高度默契。帅总和可乐一行送走黑大师和可口后，剩下帅总和可乐时，帅总疑惑着神色瞅了瞅可乐，肯定地说你认识黑大帅身边那位美女吧？

是的。可乐对帅总没有必要隐瞒，但只是说了一句一起来闯京城的旧情人。

帅总笑问就这么简单？见可乐只是微微一笑，便乐呵呵地讽刺道是啊，我看刚才吃饭就不是你的风格，怎么对这个大美人视而不见？

可乐有点嬉皮地回应道要不是为了帅总您面子，跟着您敬重这位黑大师，我会不叙叙旧吗？

哈哈哈哈……帅总仰天大笑，扶着身旁的一张巨大的古船木台，说你这小子真是有眼色，这个黑大帅可惹不起，我告诉你，他为了朋友两肋插刀，为了女人插朋友两刀的……

可乐心里一惊，一凉，好像两肋这刻真的被黑大师插了两刀。

小子，你这个旧情人，就让她旧去，千万别在黑大师面前抢风头……但你这小子，桃花运不断，旧的不去，新的不来，哪个情种不是喜新厌旧、夜夜新郎？哈哈哈哈……

听着这著名艺术家的敞亮浪笑，可乐心知肚明，帅总是真的帅不在外表，老“帅锅”的范儿，老男人的风度，老画家的风采，老情人的风情……代理总管着这家一万多平方米的书画艺术城，月租却是天下人所不敢相信的五千元，不及北京三环内一套两居室的月租，当然帅总只是代理人，在书画艺术城展览的主办单位大都是挂国字号的部委办，在普通人眼里，帅总呼风唤雨，但和帅总因为互换过性伴侣的可乐知道，帅总是比常人风光，然而，那句“高处不胜寒”正是为帅总这样的老“高富帅”准备了一千多年的，不说这全国最大的书画艺术城的“准空壳”，就是帅总做的这种“扯大旗做虎皮”的书画艺术生意买卖，近年也是江河日下。在女色和酒色的变幻更换下，帅总总是以长辈自居，可乐无疑是甘拜下风，无论在年龄上职位上还是社会阅历上，可乐都不能和帅总相提并论，何况可乐是艺术圈外人。刚来时，一无所长的可乐被帅总定位培训成书画艺术策展人，做他的左臂右膀。帅总总是对可乐这个“来路明晰”的晚辈说一句口头禅“年轻人”，或者说是年轻人多长见识，或者说是年轻人慢慢来，悠着点，来日方长，世界到头来是你们的……现在你忍着让着我们多一会儿……可乐乐于接受帅总的一番又一番热心教导，不仅他是自己的上级，而且是长辈，对自己多有关照，在帅总身上，他能学到书本上学不到的知识——尽管可乐一直觉得书本上的伪知识已经妨碍他在社会上谋生，甚至会不怀好意地给他使绊子。可乐知道帅总小时穷到随祖母父母一家人流浪过，祖母后来为了从嘴里省下一口饭给几乎饿死的帅总，居然跳河自杀。帅总第一次幸运是新中国成立，让他这个穷小子领着助学金免费上学堂。第二次幸运使他小有名气，差点成为扬名全国的大家，那是“文革”后期，他画了一幅著名的样板戏国画，得到“文革”领导小组一位领导的赏识，从展览一角搬到展厅中央，他也从北京一间胡同小学美术老师调到北京画院工作。如果“文革”晚一年半载结束，他可能飞黄腾达也说不准。但命运就是这样拿捏不准，顽皮地捉弄人，让你欲说还休，气不打一处来。第三次运气却来得遥遥无期，三十多年后，他已六十多岁，穷困潦倒，已经对自己的画失去自信，准备要重走他祖母跳河自杀这条老路了，然而是什么最后救了他呢？不是他的画，更不是他的艺术创新，而是女人，他的一位美女学生。从小跟他学画的一位美女学生，是他私人的人体模特，崇拜他或者说是可怜他或者说是爱他或者说是以身相许投资他，毅然为艺术献身，为他彻底奉献，反正感情复杂到他不敢相信，不敢相信到她居然能救他。很简单，在一个鱼目混珠的什么画展什么艺术研讨会上，他偶然认识了稳居中国富豪榜前列的一位著名儒商，这种认识只是一种鸡尾酒会的客套和泛泛之交，但这位儒商看中了他身边的美女学生——帅大师并非不知道游戏规则，但除此之外，他都乐于奉献。见恩师那般痛苦不舍，更知道恩师此生唯一的最后一个机会，不能旁落，不可错失，美女学生三思而后行，剑眉一耸，决定英勇献身。通宵一晚再加上二十四小时一番灵与肉的完全占有和“交代”后，美女学生上战场般大义凛然，她知道这不仅是报恩，也是自己的最好出路，临别时对恩师说人生不过如此，夫妻情人也只能如此，通宵人生没有不见黎明的，一天二十四小时，分分秒秒就是人生年月日，我们都经历了精华，余下尽是无聊杂碎，别人说是华丽，我你早知此生不过尔尔……美女学生是这个时代的翘楚，87 后，说到做到。帅大师只是心里默默老泪纵横，她比他的画更珍贵。帅大师是在一个“晚来天欲雪”的酒后冬夜对可乐说起这位说得到做得到的学生，他把酒对可乐推心置腹，无比伤感地说那个儒商喜欢富有艺术细胞的美女，儒商的一位情人的姐夫就控制着一个省的一个国有银行，高层谁谁谁的姐妹表兄妹岳母大姨持有他多少多少干股，他有着这些金融权贵桥头堡，有什么商业帝国不能缔造的呢？我那美女学生可是中央美院研究生哪，儒商却只喜欢她在自己身上作画……年轻人，别信任何流派，记住了，这就是当代艺术……

可乐知道帅总被儒商的集团公司包下来了，一生的画都卖给儒商了，一年好几百万，一年到头不画一笔也能有好几百万，但如果画了，就全是儒商的商品。有钱，人却被架空了。可乐见过书画艺术城里三楼帅总的大画室，足足有五六百平方米，很多画架画布画笔毛笔颜料，但没见过他动一笔。他说被抽空了，心被抽空，没有心了，骨髓被抽空没有底气，哪来筋骨？行尸走肉有温度吗？这种感觉你们年轻人感受不到——还是不要感受得好，年轻人，穷点好……

他这样鼓励可乐时，只有可乐能知道他是存好心。

帅总他这样信任副手可乐，一是因为可乐“来路清晰”，二是最重要的，就是可乐乐于做他的“二传手”，也就是从他手上接过他的情人小蜜，那是一位东北姑娘，帅总的贴身秘书，后来跟了可乐，就调到行政部做主管。现在，除了这个少妇主管，可乐可是有一大打情人的“帅锅”，他是“无爱不作”，可惜他没有爱与不爱这无聊一说，大凡是异性，稍有姿色，眼光带着钩的，他就上。他天生就是爱这一口。帅总很高兴可乐风流成性，他也知道可乐得天独厚，总是见面拍拍可乐的肩头，说年轻人，长点心情，小心别被抽干了……

一语双关，言简意赅。可乐心存感激，总是一副言行低调的样子，因为可乐成熟的一大标志，就是对于帅总来说，自己知道得太多了，尤其是帅总的私事，如果不接手他的老情人，就算自己来路多么清晰，也是站不稳脚跟，最后就会是不适应这个书画艺术城的高端管理，或者说接受不了这种最高层面的艺术气氛而自行黯然离开。

可乐懂得了规矩，不是逆来承受，而是顺来接受，换一个角度想想，多美呀，蛮有姿色的少妇，一分钱不用花，甭管她来自哪个星球，以后归于何处……可乐就可乐了。

这时，帅总和可乐走出偌大的书画艺术城，去唐代的后花园取车。面前是一座高大的金色喷泉，围绕喷泉的八匹镀金奔马在射灯照耀下，撒野于寥廓夜空……

帅总拢了拢紧身风衣，春寒料峭，尽管他皮肉有点风干，但骨头还是结实的，这不，他说回一趟朝阳公园那个丽都水岸，可乐知道是帅总金屋藏娇处，上周一起去 798 参加一个德国实物主义画展时，回路经过，帅总就拐进这个河边的高档小区了，当然不会客气问一声可乐要不要上去喝杯咖啡。可乐喜欢帅总这老哥们的实在，不矫情，心底里有时想：这老头是不是“人将终至，其言亦善”呢？其实，帅总晚年也不见得幸福，外人都以为有钱就是幸福，一年啥也不干，收入千万，美妇无数，就是财神性福吗？未必，帅总“转让”给可乐的那位行政总管少妇给可乐吹了多少枕头风或者叫枕边絮语，可乐行乐后昏昏欲睡，大多听不清，记不全，只记得一条，就惊愕帅总的幸福是建立在自己无数的痛苦基础上，那就是为防止他离婚，帅总的原配不知用了啥办法，不仅能控制帅总，还偶尔家暴，有一回还把六十大龄的帅老头吊上天花板上的吊扇痛打了一顿折磨了一回，帅总哭爹喊娘地求饶……这听来不可思议，但不能不令人佩服人类的丛林法则，那就是“情为何物？一物降一物”。行政主管少妇嘲笑着说帅总的原配和大女儿都一直在家名为照顾帅总的生活，实质是纪委一般的监视居住。不同房，不同床，但同住异梦，控制好老头子和老爸，就是控制了画控制了钱，那些年轻美貌花甲虫就只能怎么嗡嗡来的也怎么嗡嗡飞走，这是帅总身边两位老女人的明智手腕和歹毒手段。

无奈，帅总的无奈，也是大师的无奈，放之四海大师而皆准。有时，可乐听到帅总在无人角落里无奈的一声叹息，就明白，明白一切都在不言中，只在一声叹息里。

帅总这时走向自己的汗血宝马，可乐走向自己的商务奥迪，射灯把他俩的影子拽得瘦长变形，突然，帅总停下脚步，凑近奥迪，问可乐你知道我今晚为啥对黑大师装老孙子么？

这正是可乐心头的疑问——他诧异这情境，显然这也是他关心可口，万分的好奇。

很简洁——帅总不用简单，而是用简洁这个词语，他喜欢出其不意，他天生是艺术家，天赋就是要令人耳目一新，他压低声音告诉可乐，是因为我早年的一批书画作品在他手上……那时我一文不名，穷得要卖血，已到峨眉山踩点，准备出家，但在成都一个画展上，黑大师——他哪是什么大师，姓黑，也是天生要姓黑，必须姓黑，是的，对，他是黑社会大师，黑道教父……我给你说这个秘密，年轻人，黑大师手里有我早年一批书画，很大一批，那是我画得最好也最不值钱的书画，我几乎把它们当作废品，不，已准备上峨眉山前烧掉，但他把我书画展上的全部书画收下来了，我白给了他，因为我知道他势力大，我的书画放在他手里，是最好的归处，也是最放心的地方，是值得我一搏，他拥有我这大批书画，他就得想办法让我出名书画得以升值，他不主动去炒作，至少也得看重我，想我出名他好发财，当然，也有可能……年轻人，我信得过你，跟你说心里话，也有可能灭了我，那批书画更涨身价……人生，什么都有可能，充满变数的人生才值得我们追求渴望和眷恋，是不是这样，年轻人？据我所知，我当年跟他下了峨眉山，他就把我那批书画存在一个军区保密室，现在还在，他在等待我的升值，利益最大化的一日，就是我死的那天……哈哈哈哈，看来人们都是活在暗物质里，所见所闻，甚至日常生活都只是表象，是不是这样年轻人？你可是我的活口，你一点利益也没有，我不能给你一星点书画，因此，你是我最可靠的人，只要有我旷世杰作——操他妈的旷世杰作的，都巴望我死快一点儿……去吧，我说完了，年轻人你不要有什么心理负担，我还不会死，不会死得那么早，我命硬着呢……

帅总又一阵哈哈大笑，从笑声中，可乐听出他的底气足着呢，再活个二三十年不成问题，只要死不如生，谁愿那么早转世轮回？

打开宝马车门时车内灯亮了起来，可乐已坐进奥迪的驾驶座位里，他看见帅总今晚可爱极了，他的老朋友黑大师出现，让他变得年轻可爱起来，调皮健谈，不留死角。这不，这个可爱的老头还朝自己直眨眼睛，他俩都是意会了的，这时候尽管车挨着车，但不再需要按下车窗玻璃说话了，他去他的情妇家，可乐去自己的恋人安乐窝。他的情妇家是他买下来写上情妇名字的一个豪华套间，这个是他亲口告诉过可乐的，那天他俩说到北京房价要涨到天花板，非十万一个平方米不可时，可乐说只能租房苦度蜜月，帅总就大方地说一个情妇得到他一个套间，他赚她们的青春身体，她们赚他的不断涨价的房产，两不欠，挺好的，他喜欢这样，不要亏待人家姑娘的大好“钱途”，愿意跟他做事业的，他一帮到底，就像那位从秘书到行政主管的少妇一样，给她找个好下家，以后的事儿隔了一层，他就鞭长莫及了。就像这时可乐等他先走一步，再启动奥迪一样，可乐也早就和行政主管分手，记不清和多少个女人一夜情或者临时同居，卫道士们叫作鬼混和姘居，但现在可乐很少看到过哪个年轻人不被卫道士们责骂的，那些激情犯贱的勾当不分年龄段……反正性伴侣没有百位数，至少也是两位数目，而且肯定是接近百位数，这个可乐没有做笔记或者常常回忆的良好习惯，就像吃饭一样，你会算今天吃了几顿（包括零嘴），这周这月这季这一年吃了几顿吗？显然没那么傻 ×。像今晚，可乐去他第二套租房，那里住着一位钱柜歌厅小姐，黑龙江齐齐哈尔的。第一套租房的是另一位艺术学院学生，这周“大姨妈”推迟来了——就算不来，可乐也得去第二套租房，因为那黑龙江籍小姐今天刚来北京，她是月初可乐和帅总陪客人去唱歌时认识的90后，那晚就黏在可乐身边陪唱，可乐走时和她加了微信号，后来得知她是黑龙江模特，在表演空当来京炒更，一晚一个陪唱客人才区区千元，她不出台，但可以包租，她告诉可乐，月租六位数，这令可乐咋舌，于是装作风月场老手，几句微言微语“太极”过去，黑龙江模特就说哥哥忙的话，一月飞京来陪你两三晚，就两三万吧。成交。

什么叫一拍即合，这就是。这正合可乐心意，晚晚和模特在床上“走台步”，他才吃不消呢，而且，他还没有六位数的这个开销。不是人家开价高，而是自己挣钱少。今晚，就是今晚，可乐这是和她的第一晚，初夜总是销魂的，心猿意马的他决心要对得起那一万元，还有往返机票，外加人情世故的一天吃喝玩乐，也许得一些衣裳和化妆品，不要显得哥哥小气，就知道只付床铺费。

夜色多么美。可乐把奥迪开成奔驰，差点并线时剐蹭了一辆破长安。他心里不禁狠狠地臭骂了一顿黑龙江模特，因为他从来没有这样性急的，也从来没有人敢向他要过六位数的，不是她们不需要六位数，而是自己达不到六位数，不能在这方面满足她们的生理和心理以及现实生活的需求，消费不起总是令人沮丧的，这也是可乐他们加倍工作的动力之一吧。但像住第一套间租房的那位小清新艺院女生，解决了她食住，一个月只要固定的两千元零花钱，逛街吃饭购物可乐就可以尽情大方了，而且，可乐还有长期包租的打算，当然这令帅总讥笑不已，在帅总看来，长期包租不如短租，甚至分租、合租和群租……可乐只当帅总是调侃自己，他还达不到这个高层次。脱离低级趣味，传统美德还是需要弘扬的……

第十章
待宰的替罪羊

第二天中午，可乐和帅总几乎同时回到书画艺术城上班，两人都是熊猫眼，在餐厅照面时相视一笑。他们都是午餐前从“行宫”赶回来上班的，就是没有什么事儿干，也得回书画艺术城压压惊，在地下一层千多米大的自助餐厅和大家共进午餐——这两年书画艺术市场很不景气，越来越不景气，而且有不可能重铸辉煌的流言，昔日的天价书画已成老皇历，现在能卖得出一张书画就不错了，不要说价格，所以，帅总得天天来上班，给书画艺术城的全体员工看一下身影，证明在如此萧条还将更萧条的情况下，负责任的帅总不会“走飞机”。

这些不用可乐，明眼人都能看清楚，哪怕保洁员也明白，帅总这巨大的书画艺术城，如果根基松动了，这绝对不是帅总的能力问题，而是上层建筑的宏观规划，屁股决定脑袋的英明调整，也是历史阶段必然需要的拨乱反正，或者叫重新洗牌，利益搏杀，另立格局，正本清源。这一切都尚未明了，但已露端倪。连艺术圈外的“专家”可乐，这位不谦虚地逢人就自嘲半路出家的书画艺术城副总，经常跟那些知名或不知名的艺术家交流时，也懂得那个威尼斯双年展的水分——也就是说水比牛奶多，绝对是牛奶冲水——已是国人皆知。参展艺术家的作品价格已一路走低，一路看低，可乐听说不是他们的水平走低，而是信用降低，可以用钱买展位，甚至多年前就在外围展，甚至地摊个展，针对中国艺术家具有中国特色的个展，也可以令威尼斯当地人发一笔横财，中国画家们还想“众筹”，买下非洲一个国家的威尼斯展厅，用作自己的画展和展别人画收钱——可乐弄不清楚一个国家级会员证数百万，理事资格两千万，中国艺术家们是怎么赚回来的。他诚恳地请教过各位方家，包括自己的顶头上司帅总，得到的答案居然是“洗钱”“漂白”和“政治献金”——大略知晓一二的可乐，后来看各种大家大师的书画艺品作品，总是只见各色货币，不见艺术，在得天独厚的书画艺术城耳濡目染，可乐附庸风雅也能沾染上一些艺术病毒的，但他就是在大师帅总的手把手、亲口讲的言传身教中，也看不出那些好作品和差作品的区别，古代名作与当代名作的不同之处，用帅总最后的总结是，可乐这位纯朴的青年艺术家欣赏和品鉴艺术的标准是最标准的，那就是最艺术就是无艺术。金钱招安一切（包括艺术），身体恨不得灵魂不要总是惦记自己。这不是人性的悲哀，而是商业的罪恶渊薮！

不温不火的帅总私底下还是保持艺术家的敏锐性的，姜是老的辣，老狗嗅觉就算有点失灵，但感觉神灵。尽管他在世俗中是如此不得不堕落，习惯堕落，乐于堕落，但如果他不遵守游戏规则，等待他的命运结果就是出局，这是毫无异议的，连圈外的可乐也看得一清二楚。就连他的生死性命，也是游戏规则的一部分，由不得他。比如他被收购，他失去艺术自由换来的财富，他下半生的创作，他的突破……

下午快下班时，帅总外出办事回来了，叫来可乐，可乐这天无精打采，因为几位与书画艺术城签约的书画家大半年了不仅取不回个展的押金（一半现金一半自己的书画作品），还成了“杨白劳”，在书画艺术城展览期间及之后开设的书画艺术讲座，本来说好一场两千的，现在一个子儿也没领到手，书画艺术家们最后的通牒是明天告到朝阳区法院。可乐无能为力，一再说他们大多是在他来书画城工作前签的合同，他一无所知。书画家们愤怒嚷道要见帅总，要见帅总后面的董事局主席！可乐尽职尽责，好茶好水好言相慰招待他们，还把外地来京讨薪的书画名家们安排入住书画艺术城附设的会所，也就是简易的招待所，对各位久仰大名的艺术家们如实禀告，说我也好多天没见过帅总了，董事局主席我压根儿就没得瞻仰过，我和你们一样也想拜见，你们找到他们麻烦也通知我一声。

这一套都是可乐和帅总排练好了的脚本。艺术家们住不住书画艺术城安排的会所，就能看出他们目前的经济状况，那些窘迫的就省一百多元一晚的连锁酒店床位费了，但艺术家们都是爱面子的主，也不敢寄人篱下过久失了身份跌了身价，现如今书画本来就廉价无比了，身份再在这儿掉价，就掉得大了，掉得渣也不剩，掉了十八辈子的面皮，这就让帅总捉住他们的这个弱点，拖着，管他牛年马月。有时帅总也有给逮个正着的，艺术家们却没有债主的霸气，反而是孙子的低声下气，帅总多次强调的都是这两句话，一是我也是你们的同道中人，你们的难也是我的难，我们现在同病相怜、同舟共济，我只管业务，财务和经营这块我管不着，也不会管，但你们既然是我引进来的，我就负全责向董事局反映，一定力争，圆满解决；第二句话就是掷地有声的，这个中国第一大的万多平方米书画艺术城还在这儿，你们的一切就在这儿，不信我，但得相信它，跑了和尚跑不了庙，哪怕最后拍卖这书画艺术城的地皮建筑，你们那区区几个小钱简单不算事儿……

不知底细的书画艺术家们就只能选择再信一把，他们不像可乐知道这书画艺术城的地皮和建筑与帅总一毛钱关系也没有，他们后来听说帅总也像他们一样，被拖欠了大半年工资福利，特别是业务费和旅差费这些，都不能报销。因此，艺术家们就原谅了这位同行，相信艺术家再怎么坏，也坏不到哪去，底线压在那儿，就是艺术和艺术良心。

目睹这场大戏的波澜起伏，可乐最近才恍悟自己一点本事也没有，只是一个看场子的，一个看场子的也要通过方主任和帅大师的业务关系，才能进来看场子，给别人艺术地圆谎——但在这现世上，谁不是在使用正当的理由出卖自己，才得以谋生或者说物质丰富起来呢？再或者说是灵魂升华、精神崇高、情操高尚、心灵至上……这些这个时代的托词，都是从尘埃说起或者说是从地狱爬起来，浑身伤痕，毫无尊严，然后再说，说什么更有尊严……可乐不习惯思考，更没有什么思想可言，但他懂得，你凭什么能看场子？有本事你不看场子，让人家给你看场子……帅总够帅了，不也是一个高级的看场子的吗？什么狗屁艺术家，自己也十足是一堆一个狗屁艺术家也不够格的狗屎……可乐为自己的自嘲而发笑，他的清醒，是因为他一直知道自己是谁，这就避免了被目前和当下逼疯的临床风险。

可光轻轻推开帅总办公室的门。帅总是乘出租车回书画艺术城的，是从后门进来的，避开了大前门石狮子下蹲守的三五个外地艺术家。

以为有什么事儿的可乐还没有开腔，帅总就快活地说嗐，我打听清楚了，你那老相好和黑大师的风云际会……

想笑，可乐想笑，还是抑制住不笑起来，他只是抿了抿嘴角，心里说真是多谢领导关心了，一晚之间就打听清楚可口的近况，看帅总的样子，很开心很得意，好像这一打听清楚，就给可乐卸下了压在心头一晚的大石头。而真的像帅总说的一样，经帅总这一说，可乐真的心头有一声石头要卸下地上来了，帅总不提，可乐还没有可口这块石头呢。只是可乐不知道帅总在这火烧眉毛的节点，还能这样轻松开心，是因为快要撤场子了，而到这个一了百了解决的前夕，是人最能解脱的时候，让人最能感觉到解放区的天是晴朗的天。

当然，可乐不喜欢用可口作为噱头，也不希望成为帅总他们的笑柄或者严重点来说是把柄，他相信他和可口无懈可击，可口现在应当比自己活得好，能停留在黑大师身边，比混在帅大师身边强百倍。他希望这样，但愿如此。可乐总是把自己看透的身处所在看得黑暗和丑恶，而把半透明和不清楚的远方，看作是世外桃源、蓬莱仙境。

帅总走近可乐，神秘地说是一位掮客拉的皮条……

可乐装作听不懂。

年轻人，很简洁……帅总的开场白来了，招呼可乐自己斟茶，今天喝的是信阳毛尖。帅总是一个大忙人，他从不关心手下，包括可乐的女人，之所以昨天今天那么关注可口这个可乐以前的女人，不用说就是因为这个可乐前情人的女人现在黑大师身边。真的是很简洁。

可乐给自己斟了杯信阳毛尖，坐下来，洗耳恭听。

很简洁，年轻人……帅总兴致勃勃，言简意赅，充满磁性的中老年男中音说，一句话，政治交易。

这回可乐是真的听不懂。

善解人意的帅总问听不懂吧年轻人？……这时，他的手机响了，他摁掉了，低低笑两声，再续一杯茶水，手机又响起来了，可能又是刚才那个号码，他就不耐烦地接了，问也不问一句，就简洁地说说我不在。

挂断了手机，帅总仍是两眼发光，丝毫没有给手机影响好情绪，说年轻人不懂的事儿多了去了，生在这个时代，真的是不幸，也是万幸，不幸的是普通人，万幸的是艺术家……年轻人，做个生活艺术家吧，不要辜负了这个伟大的时代……

可乐想笑，还是忍住了，一字一句慢慢地说帅总，您不是向我吹响时代号角，深入生活、扎根人民，向我演奏昂扬的主旋律吧？

呃……呃，年轻人还是不懂，不懂马列主义毛泽东思想，这是辩证唯物主义啊，历史辩证唯物主义，懂吗？没有好，哪来坏？没有坏，哪来好？……老话说人生求六十，我是七十古来稀，一把老骨头，你在最后一刻得我三言两语真传，够你下半辈子吃喝消化的了……

我眼下就给您老噎着了。可乐实话实说。

帅总不禁哈哈大笑起来，指着可乐直道，我就喜欢你这一点，只有圈外的你才有这情怀这朴质的话……艺术靠虚构，生活得真实，你这小子，全是真实，就变成了生活的艺术……

有点绕，可乐更懵懂了，但听出肯定不是损自己的，赞不赞自己一个，对于他倒是无所谓。

帅总坐下来，坐在可乐对面的大沙发里，说刚才那句话，得解释一下，你那旧情人是从一位政治掮客手中转给黑大师的，听说那位政治掮客来头不小，但去年给广西一位官迷办了一个副厅级，不想那副厅级上任后就出事了，可能不是副厅级本人出事，是给副厅级出钱买官的人出事了，一点破绽，恰巧给刚来南方的中央纪检发现，于是顺藤摸瓜，一串蚂蚱就给吊上来了，追查到最上面，那位掮客眼看就要露出水面。年轻人，相信生活比戏剧巧妙精彩，你的旧情人正好在那位掮客身边，那位掮客就拜托了黑大师，黑大师的分量你尽管往重的节奏猜……哈哈，黑大师号称第一高人，这个你没听说过吧？我也是久别重逢，昨晚才听说的，我就喜欢那大批书画留在黑大师手中，我保险，他持我的潜力股，做我的股东，主要我升值，再活成百岁寿星，他乐见我成……哈哈哈哈，年轻人，机会总是阴差阳错的，不要诅咒命运，只要接受一切，不管帅和黑，就糟糕不到哪儿，好也好不到你忘乎所以……说到哪了，嗯，看我这唠唠叨叨的，话归正传，黑大师出手那是一个顶仨军，也不用使啥手段，就让那个犯罪链条断了一环呗，哪一环断了我倒不清楚，反正那断了的一环是一个被自杀的倒霉鬼……

"被自杀"——惊悚的可乐心里暗笑，想到不久前看到网络新闻说的一人把自己手脚捆绑了，还压上石头，沉进湖底溺毙了，警察打捞上来，最后侦破案件，结论是"自杀"。现在帅总加多一个公正的"被"字，一字之差，彰显正义和力量，尽现荒唐和可耻。可乐的一身鸡皮疙瘩就被刺激出来了。他感到冷。大唐雄风吹到这儿已是肃杀阴风，一股戾气横溢酒肉味。尽管窗外眼前是春暖花开的，在这座大唐建筑里，人工花园，足够养育一个温室的文明。突然，像被唤醒某个记忆深处的面孔，可乐揣测这个"被自杀"的倒霉鬼是谁。生物链中的最低端，食草人物，不会是自己认识的人吧？干妈？表姨夫？……

过去的画面突现面前，群魔乱舞，面目狰狞，那些模糊的面孔逐步清晰。惶惑中的可乐装作继续醉心于茶水，掩饰自己与此相关。

帅总并不留意可乐的神色，他看天色已晚，就给保安部经理打个电话，得知书画艺术城大门口石狮子下的“行为艺术家”们都撤了，就镇定地拿起大班椅背上的皮风衣，像道具一样披上肩膀，对可乐说我先走一步了。

好的。可乐虚脱地跟在帅总身后，待他锁上门后，送他进电梯，说我等下就走。

回到自己空空如也的办公室，可乐感到缺少了点什么，是什么呢？艺术的氛围。办公室里又摆又挂了不少书画艺术品，但一点艺术气氛也营造不出来，那些山水死墨让人心灰意懒，油画的色块似乎正在破裂剥落。此刻可乐才想起原因，是一句常听帅总他们说的“相由心造”，艺术也一样，得由“心造”，其他只是徒有其表，破坏心境。想到这儿，可乐就想到自己和可口，都是相互傍在一位大师身边，但丝毫没有艺术生活的意境，自己一向把女人当作艺术品，其实到头来自己却是被艺术品所消费，被艺术所蹂躏。今晚轮到哪个女人？就像艺术家们问的今天画到了哪一笔，或者今天去看哪个画展。可乐就有点迷惘了。像行尸走肉关上办公室门，幽灵一样走下楼梯，穿过唐代画廊，那些廊道旁的鸡血石像血肉模糊的人肉向他张牙舞爪，他像逃跑一样加快脚步，走出死城一般的书画艺术城。这时，手机音乐铃声响了，无端吓了他一跳，像从身后唐朝城邦里追杀出来的厉鬼尖叫，他慌不择路地忙跑到前面大门口内侧的保安岗亭前的灯光下接电话，是那黑龙江模特打来的，嗲声嗲气，说自己是深航红眼航班的，现在一起出来吃个饭可以吗？她想还有这几个钟头一起逛逛街。可乐一口回绝，说自己现在还在忙，在郊外开会，晚上肯定回不了城区，也送不了她去机场。黑龙江模特满是失望的口气，可乐知道她不是寂寞，而是想免费购物。但他一点也不欠她的，尽管是口头合同，但他记得清清楚楚，自己是没有义务给她吃饭和购物付费的。她没有增加服务，他就不必增加费用开支，如果他要付小费，他乐意，但只是小费，不是时间。可乐想了想，觉得昨夜今晨黑龙江模特还是尽职尽责，甚至像新娘服侍新郎一样让自己应有尽有，让自己叫风得风，叫雨得雨，想到这儿可乐心中就有了男人最愚蠢的柔情万种，说我真的很忙，这样吧，我这就打两千元给你去吃饭，然后自己逛逛街买件衣裳，怎么样？

那敢情好……

她的爽快惊喜回音，悦耳美丽。也不容易，一个东北干冻农村出来一个金凤凰，长得白杨一样高一样挺拔，生得一副白里透红俊俏模样，就是本地名优土特产，优势资源得有最佳配置，来京寻求开发，业务对接，算是走对了庙，管她是不是真的模特，这一点也不重要，重要的是她拥有模特的长相和身材。可乐说到做到，马上给她发个微信红包。可乐是骨子里喜欢女人，中毒一般，上了毒瘾，女人是他的毒品，也是他的解药。这种出卖色相的女人，或者干脆直接一点说是出卖肉色的女人，不仅因为可乐需要，她们也需要，还因为在他心目中，她们不仅长相出色，而且最守信用，他付出的金钱，从没有收到打折的服务，更没有短斤少两的欺诈和经营陷阱，尽管不能排除她们微笑的职业性，但一切都是以她们用自己真实的身体回馈顾客，坚守岗位，尽职尽责，真可以配得上“货真价实，童叟无欺”。只要自己银包鼓胀，斥资几百元一千两千元买一次优质服务非常划算，甚至一些消夜零钱一支口红，可乐是乐意打赏的。

接电话时，保安亭里的保安和保安队长都像狗一样出来陪着这位风流的副总，可乐不想多说，但保安队长一边陪着可乐去取轿车，一边说那几个艺术家守了一白天，走前拍着那只大石狮说什么这艺术城门口的一对狮子也脏了……

这个话可乐是知道的，改编自《红楼梦》，但他如果和队长提起出处，就是说来话长。说实在的，这位队长长得标致，有点像《红楼梦》里说这句话的那位唱戏的明星，姓柳，叫什么名字了，可乐一下子记不起来的，只是记得后来这位戏剧明星就因这句话害得一位叫尤三姐的烈女自刎……是不是现在也是不重生男重生女？刚挂了的那个电话，美女一撒娇就得小费两千，而这位貌似明星的男子，只配做一个保安队小队长，百般讨好，还换不来一个快餐盒。可乐忙开车溜了，好像愧对这位队长似的。

刚开上公路，手机又响了，一看，是方主任的。可乐心里哎哟了一声，今晚轮到方主任的床了，这不，她来催了……可是可乐现在不想去，今晚也不想去和方主任履行义务——在这方面，他自认是不及那些卖春女人的。铃声快断了可乐才不得不接，因为他知道除非关机，这个富有艺术气质的老女人很有耐心和韧性的，这同样表现在她与可乐在床上的游戏。不容方主任开口，可乐就仍接着上个电话的“会议”，低声说今晚在郊区开会，可能回不了城“奉陪”主任了。方主任知道可乐的底细，也细心听到公路上的声音，只是她的成熟度使她不想去揭穿，只是大度地淡淡一笑，说你们艺术城连会也不敢在城里开了？是不是到了危急攻关时刻？可乐呵呵嗯嗯地胡乱应付着，方主任接着用母性的声音说，可乐，人说夫妻有七年之痒，我们是不是以十进为单位，缩短为七月之痒？你不用忙着回我说不是，你什么也不要说，我知道，上次我已说过了，我理解，对男人，我比你清楚，对女人，你一点也不清楚，我不怪你，你得往上走，往前走，我知道迟早有那么一天，只是我想这一天晚一点到来罢了……是的，我们心里都清楚，勉强是要不得的，要相互体谅，懂得感恩，至少是好合好离，离而不散……

可乐有点小感动了，说但我这阵真的忙到抽不开身，债主天天堵在门口，特别是这些不仅有文化，还有艺术的主儿……要不主任，我这会不开了赶回城里？

方主任在电话那头流露出母爱的嗓音，说不不不，不了……你还是把会开好吧，路上开车，小心，安全第一。

挂了方主任的电话，好像露了馅一般，可乐把车子停在路边，打起双闪，心里直骂这只闷骚老狐狸。相处久了，可乐心里不乐意，身体已经开始排斥，就是她身上的气味，一股身体发出的臭味，不是老人气，年轻女人也有的，只要相处一段时间，有长有短，只要可乐闻到女人身上发出这种臭味，就知道自己要离开了，心有不忍，身体也要躲闪的。这是没有办法的事情，就像可乐需要女人一样，到时候，他也需要离开女人，走马灯笼更换似的，今晚就成一个问题，晚上没有女人，可乐睡不好，心里空空的，就像没吃晚餐一样，饿。习惯性，就像可乐听一个路边店子的大胸脯女人说的，她需要男人已经达到另一个高境界，不是为了钱，而是为了生理需要。

城市越大，这种需求越大，就像人的胃口，越大，饥渴越强烈，一直到自己打饱嗝，虚脱，或者撑死。

这晚可乐不去专业会所，不去风花雪月的所有场所，他偏偏要到一个海淀区靠近五道口的叫阳春白雪的白领小区，住进了二十九层一间三十平方米的小套间，麻雀虽小，里面却是一应俱全，特别是温柔体贴像家里的女主人。一切都是私房菜，绝对的私人定制，让人有宾至如归的至尊感觉。甚至，可乐给这位第一次见面的女主人搓澡。

第二天快到中午，可乐的生物钟准时醒了起床，发现身边温柔体贴的女主人还在熟睡，小小的鼾声，微开的眼睑，苍白的脸蛋年轻而布满麻雀斑，四肢修长而扭曲侧眠，左胸口外侧还有一粒红豆小肉瘤——怎么如此丑陋，辜负了昨晚自己对她的一番温存，真是“蛾儿雪柳黄金缕，笑语盈盈暗香去”。去，去，去——可乐自嘲地搔搔头。轻轻起床，悄悄带上门出去。费用昨晚就给了的，他从不逃单，没有这个猥琐心理，他从不缺钱打点她们的一点生活所需，如果碰上身上没有足够的银两，他宁可不打扰她们的平静幸福生活，也不能恶劣地欺骗她们，使她们财色两空。在这点上，可乐自认为还是一个好人。电梯下楼，开了车门，可乐想想这位陌生女人，陌生的房间，陌生的行为，陌生的一天，陌生的自己，真是荒唐至极。

临近中午，已不是早高峰，睡眠充足，精神得以饱满的可乐一路顺风回到书画艺术城。午饭时候没见到帅总，手下没事不会打探领导中午为何不回来吃饭的，可乐也不在意，这样一连过了五六天，还是一个礼拜多一点，可乐也没有心思计算，只是这天中午一个人草草吃过饭，回办公室里面的小卧室午休，一觉醒来，居然暮色苍茫，揉了揉双眼，发现圆茶几上的手机在振动，可乐睡觉把手机调到振动了的，他就伸手去拿手机，够不着，只能屈起身子，好不容易拿起了手机——一看，是一个熟悉到陌生的号码，他一激灵，清醒了，腾地站了起来，是可口打来的电话，未接同一号三次……都怪昨晚和那艺术女生缠绵得太精力透支了——可乐忙对着手机嗨了声，手机里面的声音不像可口的——再仔细辨认，声音小如蚊子，但慢慢地琢磨，就能从中过滤出疑似可口的声音。她说我在卫生间打给你……

还是卫生间。可乐明白了。他哦着嗯着也蚊子一样轻声，呼唤的鼻息还要响亮和沉重，只一会儿，可口就把话说完了，冲水声中，急匆匆挂掉，也就是一个正常小便的时间。可乐却蒙了。

帅总“蹿”了，也就是跑路了，南方说的“走飞机”，具体点说是帅总并不是一般意义上的人间蒸发，而是从书画艺术城的负责人位置上走路了，这本来与可乐没关系，但现在顶上帅总负责人位置的是可乐。刚才可口给可乐及时通风报信，证明这事情是发生在这十天之内的，也就是这些天帅总不再出现在书画艺术城内，可乐成了书画艺术城的法人代表，成了债务人，成了被告。可口说法院准备这两天给可乐下传票了。

这招太阴太狠了！可乐急得直骂娘，除了骂帅总，他不懂得再骂谁了，只能骂这个知人知面不知心的老色棍，还艺术色棍呢！可口的意思就是好汉不吃眼前亏，三十六计，走为上计。在这危急关头，可口这个内线，给可乐解危不如给可乐的温暖，这是光，这是希望。困兽犹斗的可乐双掌猛地相击，嘭嘭声清脆洪亮，像抽打着帅大师的耳光。事不宜迟，立即鞋底抹油溜掉，最重要的是不要被冤枉了，帮别人背包袱，替人家擦屁股。这种事可乐万万干不得，面对这个场面，除非不知道，知道内情的没有不当识时务者的这个快跑俊杰。

不能给人家看见自己是溜号的，可乐就像平时一样只挎一个皮包就大大方方出门了，那个保安小队长还立正敬礼。可乐也不还个注目礼，踩了一脚油门，开车离开书画艺术城，一溜烟跑了。回到那出租屋，艺术女生上学未回，房间里还没有清理，满屋一股浓烈的男女汗水混合味，可乐忙开窗，让春风欢度玉门关，不要艺术女生怨杨柳。收拾一行李箱衣物，把五千元放在艺术女生的床头柜里，就出门了。

第十一章 爱情保管员

可乐去处很多，多到他满头花露水，多项选择使他多重考虑，不知道宿在哪好，哪都是露水鸳鸯半路情人。只有昨天给他发一条微信的这位电视台记者，好像特别倾向不想相互耍流氓，而是直奔主题：婚嫁。这令可乐望而却步，他记得和这位叫小倩的女孩子是在工作环境里认识的，就是在刚被列为被告被暗地里委任为法人代表的这个书画艺术城，不是因为自己，而是因为书画艺术城和帅总，但丰厚的车马费是可乐亲手交到这位美丽的出镜女记者手中，他无意中触到了她的玉指，真的像玉脂一般细滑，不，应该说是玉籽，令人手指贪馋，想要咬上一口。可乐从来没有意吃过女生豆腐，至少出镜记者是不是有意在接收红包时，把手掌多停留在可乐掌中半秒一秒，甚至伸出纤纤玉指让他手指留香，绕梁三日，那就不得而知了。美丽的出镜记者伸出那毛茸茸的长话筒，手臂却是一根白玉无瑕的玉笋，这个画面定格在可乐的脑海里，但也只是一瞬间。帅总很配合，看惯这种场面，一次过就成，不需要反复采访拍摄。美女记者收了红包后要可乐的电话和微信号是再正常不过的，因为后期制作文字编辑还要请教询问这位帅哥副总。而这一请教，出镜的地方却是五道口“宇宙中心”这个膨胀暧昧的地方。小倩毕竟是出镜记者，一点不怯场，更不怕陌生人，看惯了采访对象一般，越是陌生越能找到兴奋点。她目不转睛地盯着可乐，蜜蜂采花蜜一样大胆执着。他俩约在一家小而温馨的西包房见面，她孤身一人，没有文字记者和摄影师，更没有灯光化妆场记后勤之类，俩人喝了杯咖啡，饮了奶茶，面包三明治蛋糕也吃了一些。小倩说你喜欢我胖一点呢还是瘦一点？问话的语气就是一个老相识，不，是一对热恋中人，或者说明天就要嫁给自己的准新娘。可乐懂得她，就说现在这样就很好。小倩笑出了笑靥，小小的，像桃花蕾一样开在桃腮边。可乐等待她向自己伸出毛茸茸的采访话筒，但小倩不，她突然向可乐伸出自己如笋的玉臂，那温柔无骨的手指直插可乐的颈脖，从可乐的胸窝捞出银链串着的一块小石头。可乐不慌不忙，让她尽量出镜表演，他可以默默承受她的非礼。

嗯？她嗯了一声，小嘴努起来。

陨石。可乐说来自火星。

她咻咻地笑了，翻看了一下陨石，就把它送回了火星一样的小心翼翼，不碰触到可乐的一根汗毛。

接下来的一场 3D 电影，初恋情节就有点老套了，戴着一副滑稽的眼镜，卡通一般傻，爆米花搁在膝盖上，然后散了一地，小倩的玉笋是采访还是被采访到可乐的怀里，都是稀里糊涂的“由头”了。情侣座就有这个好处，靠背高耸如山，双座若榻，给情侣一个电影院里的小山窝，可以孵卵两小时，触景生不生情，就看你缘分兼手段了。能入座或者说半躺半坐进情侣厢座的，都是两厢情愿同怀鬼胎的吧。现在甜的瓜，一点也不必强扭。像可乐这种高大上帅哥，瓜田李下，恳请他低头呢。可乐越是不主动，往往女孩子越是不能被动，好像女孩子在可乐面前，要检讨甚至自责自己哪不够魅力，得放足电，高压电，把他电麻电醉电倒。事后，小倩是对的，她没有看错，可乐是一个财貌双全的金龟子，有男人的优点，也有男人的缺点。凭她供职的这个著名电视台，胸怀祖国，放眼世界，梦想有多大，就有多伟大的平台，已足够给她一双恋爱中的慧眼。她尽管刚刚结束实习生涯，两年工作合同是经常出差外地的，但她要抢先在首都有一个爱情根据地。

这天她刚从大西北采访回来，带着荒漠风沙就要见可乐，可乐正好从书画艺术城溜号，正好有一个空当，就只略一犹豫，受不了她一声嗲，俩人就在靠近她单位的团结湖公园南门外一家日式餐馆见面了。

俩人落座榻榻米时，小倩笑问最近充满反日情绪，我们还吃饭团……你肯定不会噎着吗？

可乐奇怪地看着她说这是中国老板开的店……

我知道……听说前几天对面使馆区还有反日游行，堵了日使馆……对了，那位中国脸美国心的美国大使座驾的星条旗还被拔了呢。

你知道得很多……

工作需要，尽管我这段离京出差。

你不是文化频道记者吗？

对了。她眉飞色舞地对可乐说，我出差回来就升职了，不做记者了，准备到时政频道做主持。

可乐无所谓地一笑，心里想怪不得她刚才发表这一通与自己无关的时政评论，看来职业病早就潜伏在这个时政女神身上了。

看她还要把榻榻米当作时政主播台实习，可乐食欲顿减，肠胃一阵痉挛，把面前的碟子一推，说我吃饱了……

可乐出了门要打的走，小倩忙揽过他的胳臂，撒娇道不陪我走走？我就住隔壁，呼家楼那儿。

被绑架一般，可乐只好随她往南走。这时的环路主路辅路桥口人行道都拥堵着人流车潮。可乐看下手机时钟，还没到放闸时间，就说才四点半就堵成这样了？

小倩下巴支在可乐的肩膀上，走得很慢很开心，笑了声，说今天是周末呀，晚高峰提前的啦……

这个时间最好就是吃饭，吃了饭不就过了峰？可乐打望着北京高远的天空和蚂蚁一样的人车，春暖中的金台夕照，柳树飘摇，似乎自己不在其中。

是呀是呀，北京只要不在路上和不在赶车的路上，是最幸福的哦！小倩有点乐不可支的样子，今天她心情很愉快。

突然在缀满新叶的杨树下，小倩指着一幢二十多层的楼房，说我就住这儿，上去坐坐，喝杯咖啡避峰吧。

可乐愣了一下，她从没邀请过自己去她的住处，原因是她和同事合租。小倩看出他的诧异，神秘地眨了眨眼，笑了笑，压低声音说我同事前几天辞职回老家了，现在我一个人住，房东还没找到新房客。

一向抱着随意生活态度的可乐只是哦了声，懒洋洋地随她上楼，开了房间门，小倩反身就把房门背靠关上，斜倚着可乐，语气瞬间变成情感频道的主持人，说你根本没有想过我？

可乐知道入戏了，随口问你怎么知道我没想过你，我一直记挂你……

胡说！想我，不会是你这个状态……

那是什么状态？

吃饱了肚子就要打的走……你很多情人……小倩嘟囔着搂过来，把他的身子扳正，要求他说你看着我眼睛回答。

可乐解嘲地笑了笑，不置可否。这是一个两房一厅的小套间，厅很小，房间也不大，一张床一个衣柜就占满了。现在他俩就在小客厅里开始“审查”调情。

我不问你的过往，我只要你今天，我们的明天……小倩天真地侧了侧头，问可乐，把嘴里喷出的热辣味道罩满可乐躲闪的脸庞。

如果有……可以……因为说的是实话，可乐搂紧了她，他知道她想要的是什么，他也不是没有占有过她，只是屈指可数的几次，她不让他过多地耍流氓，在他的房间里，她从不过夜，她保持自己的矜持和尊严。

小倩低吟了一声，委身过来。可乐亲了亲她细白的脖子，说你怎么会认定我呢？你已经从记者做到主持人了，一个多么耀眼的舞台在等着你，万众瞩目，而我，什么也没有……

小倩和可乐相互拥抱着，她的头躲在他身后，眼角悄悄地滚下两颗泪珠，顺着他的背部消失……可乐感到她的一阵长久沉默，他想起他们的第一次，她嚷道我可是处女哦……但事后他没有找到见证，笑着建议，你应当事先去修补一下……她扑哧声笑了，把他从床头推起来，说人家真的是嘛，你以为有女儿红就是物证，神迹是人眼所见不到的……可乐当时哈哈大笑，他搞不懂她是不是，因为他根本不在乎这个神迹。他只是喜欢第一次见到她的样子，采访的样子，高扬小脸庞，像高扬的新闻理想主义，有梦的人，最美丽，何况，她本身就天生丽质……当时他就想到，会与她有一段故事要发生，这是迟早要发生的事情，没有办法避免。

此刻，他把她轻轻抱起放在床上，像抱着她的理想，她的梦……

兔子一样的她在他怀里却不安分起来，激动地辩白说自己不是大叔控，不喜欢圈内人，不会找娱乐界男朋友，不喜欢潜规则和“被潜规则”，所以自己很晚才得转正，才能从出镜记者辗转到主持人……她说自己不仅是传媒大学高才生，还是“传媒大学十二钗”的一钗，一路走来，满城尽带黄金甲，追求自己的男生藏龙卧虎，像早晚高峰地铁入口的长队……她说可乐是第一个自己稍为主动的男生，自己一定是着了鬼迷，她挣扎过抗拒过，但可乐的漫不经心还有不屑一顾还有什么的东西，首先是激怒了她……她要用爱来踩他谑他……

今天她说得很多，床上主持起来滔滔不绝。可乐抚摸着她，让她渐渐热起来，她最后动情地说不少同学同事朋友亲人对她说，如果你来北京，不要什么东西的，还不如回老家……我不知道我要的是什么东西，我不会要，不会抢……那我是不是只能等待运气和贵人，这两样都得从天而降……但我明白，我现在要的是你……来吧……

她的“主持”风格是如此激情澎湃，最后说一声我来做男的噢……就侧翻过身子就把可乐压在下面，她毕竟是要做“主持人”的，可乐做观众，就由她实战去吧……

这当口，可乐的手机响了——直播间是绝对不允许带进手机的，还是没有调到静音的手机。她休止符一样优雅地停止了，可乐也僵硬了，像冬眠的蛇。手机还在违反纪律或者说人情世故地响着，是一段音乐，名叫《天空之城》，小号，背景是钢琴。火山喷发碰巧遭遇密集冰雹，这个效果就是小倩和可乐现在的不知所措。最后，可乐还是伸手从地下捞上来裤子，掏出了手机。小倩还压在他身上，已经感受到了火山重量。可乐自从接到可口的电话后，就对手机响起来格外敏感。他一看，果然又是可口来的电话。上次可口就说过，他不能主动打电话给她，她有事就会打来的。

可乐接了可口的电话，可口已变成一个很干练的情报特务，她只低声说一句话，叫可乐马上到紫竹院茶室。

旧情人？小倩哼了声爬下身来，修长白皙的大腿掠过可乐的头顶，一头温湿的长发与可乐擦肩而过。

是的。可乐从不想混过去的，因为他身边的女人，都不是他混出来的，几乎都是靠硬通货顶起来的，包括他还看不清楚的小倩。

就这样甩了我？小倩的语气可怜，但态度愤怒。

我和她一起来闯京城，现在她遇到困难，可能很急的事情……可乐知道解释毫无用处，但不能不这样费舌，她是有理由愤怒的，这引而不发、点火不灭的灾情实况，搁谁身上腿上，都是令人怒火万丈的。

我呢？我不也一样吗？

你很幸福。可乐抚了抚小倩的脸蛋，给她盖上单被，吻了吻她瞬间降到冰点的嘴唇。

可乐麻利地穿好衣服出去，给她轻轻带上房门后，小倩突然蒙上被单，紧紧捂住耳朵，哗的大叫一声……

紫竹园茶室就是紫竹院一角，可乐走进茶室就看见里面靠窗的可口了。初夜的灯光下，朦胧可见花窗外面是几块又丑又透又漏的苏州岩石，再过去一条小径就是茂密竹篁，透过竹林，可见春风吹皱的湖水，泛起暗色的涟漪。人影绰约，月明星稀。一架小小的拱桥，弯下腰一样的身段，茕茕孑立，一直弯进夜色湖中，像独品着夜的清凉和寂静，不愿合群。可乐刚坐下来，茶还没喝上一口，可口就嘲讽地问一句，你身上满是妖女味。

猛地一怔，可乐上下打量了自身，无言地笑笑。

真是一身狐仙气……可口皱了皱小鼻头，厌恶地说道。

像被发现了破绽，露出了底细，可乐呆若木鸡，他知道可口这么突兀约自己见面，当然不是为了突击检查他的气味，果然她最后不屑地刺了他一句狗改不了吃屎。

骂得这么痛快的一句，可乐听了就放心笑了，骂得越狠，证明她越在乎你，痛恨只是嘴上的，痛爱是骨里的。

你呀，什么时候都能和狐妖鬼混的，真是江山易改，本性难移……昨晚我见到你们帅总了。

哦，他电话都不通……可乐知道可口说正事了，就呷了口清香的绿茶。

谁没有几个号的？可口不以为然地一笑，找补着说我看出来了，帅总知道我们认识。

是的，他问过我，我跟他说过我们一起北漂……

嗯，凭这点，他知道怎么做人，不会亏欠你……现在，他把包袱甩给你，也不是他能做主的，书画艺术城只是集团公司的一个下属部门，集团董事局决定的，他只能执行……你知道昨晚你们书画艺术城一晚之间，展品藏品全部撤光了吗？

可乐大吃一惊，直摇头。

那些展品藏品都不是书画艺术城的，只是别人展览和寄卖在这儿的，得到了法院要查封消息，主人们哪个不连夜撤退的？只有你这个法人代表还沉浸在安乐窝……

这与我一毛钱关系也没有……可乐不服气地争辩一句。

没有？如果我不打电话第一时间叫你走人，你不给法警押走，就给客户们撕碎。

有这么严重？

这是北京……可口这时候有资本教育可乐了，可乐低下了高贵的头，她叹了口气，昨晚我在酒宴上，才发现了他们的秘密，也就是书画艺术城的营利手段……

可乐不解地抬起头来。

很简单——可乐——可口亲切地唤了一声可乐，这把他们拉回了不久的从前，被南方的一口海风辗转吹翻飞飘落北京，落地生根或者如浮萍四处飘散。海螺吹出的风早就被内陆城市一点点吸干。就算一轮大海的耳朵，长在他俩脑袋两旁，也只能在梦中依稀听到涛声依旧。大海真的退潮了，远天远地地退潮，退出了一个战场，名叫大北京。

可乐，商业都是越简单越好，复杂的只是故意做给别人看不懂的。可口转着玲珑小巧的坭兴陶茶杯，似乎重回到初识可乐时在泥陶房里拉坯的光景。她漠视着刚从欲海爬上岸的可乐说，书画艺术城要的不是展览也不是国学讲座，更不是收藏艺术品买卖，而是国家每年一笔艺术基金，非常可观，也非常庞大，现在为什么倒了？很显然就是这笔基金今年可能落实不下来了，上面还要启动追责程序……

可乐一脸惘然，他想到的不是“事业”或者应该说是“别人的事业”“发财捷径”，而是担心可口“知道得太多了”……

你不用担心我。可口一眼看透可乐，这是命定的感觉的光。她撩了撩额前一绺刘海，说帅总和黑大师的关系谅你也略知一二，帅总昨晚身边还带了一个电视台记者，他叫她小倩的，扶她一把就转正当主持人了，听说就是她当初把书画艺术城炒起来的，现在又将转变角度“深度报道”，黑大师这边是公检法和政府部门……明白了吗？你只是他们的一个棋子。

小倩？

刚从她被窝出来吧？可口这下子可以放纵自己心情嘲笑可乐了。她猜得一点儿没错，但错的在可乐，他被惊呆了，嘴里一迭声问那这是为了什么，她明知道我只是一个棋子，还要……

唉，可乐，我要对你说的是，全天泡女孩的男人都会越来越弱智的——这可不是我可口说的，是科学家发现的，经过实验和实证，锌的流失……你现在想明白了吗？往简单的想，不要那么复杂，人一复杂，就自己绕上自己了……

可乐还是直摇头。

可口冷冷地一笑，说这不？又一弱智实证。

你快点说，别再看我笑话……

那可不是笑话，是要命的爱情。可口更正道，你想想，帅总，小倩，你，是一种什么关系？我刚才说过了，两位拜把子兄弟一个是笑里藏刀，一个是口蜜腹剑，你自个儿掂量吧，够资格华山论剑吗？我看你充其量还是江南七怪中一怪。

自嘲一笑，可乐只能掂起茶杯，闻了闻往上冒烟的酽酽茶气。

看到可乐气势上败下阵来，承认技不如人，可口压低声音说黑大师红白黑一手通天，帅总是专家，你只是一个棋子，意思就是替罪羊，给帅总背了骂名，帅总就靠名，否则就影响他的身价，一年近千万承包费呢，还有黑大师手头那批画……所以，你只是经过这事，就能入伙梁山了，而那个小倩呢，我看她就一狐仙，还没修炼到家就出山了，知道你入伙了，只要上了梁山，是帅总和黑大师的人，飞黄腾达是板上钉钉的事情，她不认定你，不是枉了一身妖气？

帅总肯放手？可乐感到这老头真邪门。

他不是没放手过，何况他敢娶人家小姑娘吗？你清楚的，是不是？放在你身边，让你长期保管是最安全的……一句话，你只有睡了小倩才能上梁山……你可是白捡了大便宜……你什么都可以瞒我，但我感觉得出来，你那些事我管不了，以后让这位小倩管，我只是不想让你吃眼前亏，还有看清楚前路的黑暗……

冷场了一刻，可乐才像刚见面一样，鼓起勇气却装出漫不经心的样子问可口，现在过得还好吧？

可口莞尔一笑，你说呢？

可乐低声说我明白。转念一想，像开导自己也像开导可口，说看你想过什么样的生活，这也许是自己认为好和别人认为好的不同标准吧……

你恢复了点理智……可口像破涕一笑似的感激道，谢谢你理解，可能帅总也和你讲过我的大概，是的，其实就是那么一回事，人既然在水里了，就免不了看风使舵、顺流逆流，只是这个波这个流，不是我们家乡那个大海的波流……

可乐嗯嗯着不断点头，忽然记起来似的问可口，这个胡师傅这样对你太欺行霸市了……

不都是这样吗？他们不都是这样吗？突然激动起来的可口低声叫道，旋即又压低了声音，她想说我不这样，能怎么办？好在她强忍咽回去了。好在晚上的茶室没什么茶客，紫竹院里净是夜色中疾走或跑步的体育爱好者在坚持锻炼。可口这样一嚷之后，刹那记起什么来似的轻轻哎了声，凑近可乐说你那干妈“被自杀”了……

啊……可乐想过“被自杀”对象，也有干妈的份，但一旦从可口嘴里获知，还是不敢相信地瞪大了眼睛。

还是你那个表姨夫精明，根本不留下任何线索和手尾，胡师傅只能自救，黑大师关键时刻救他一命，他的过关，意味着你干妈这个女南霸天倒霉了，不过，听说花城很多当官的，都暗地里庆幸她“被自杀”，听说她一家人还有美国上学的孩子因为她的“被自杀”而安全了……

可口这些话的“大起底”，可乐尽管是一个无所谓的人，还是心里震撼了的，因为他也是因为父亲的自杀而获得安全……死亡，这种结束游戏的方式……还有他母亲还没有结束。他不敢往下想，久久说不出一句话来。

哼。可口哼了声，看也不再看他一眼，说这一切，都是过眼云烟，我劝你以后凡床三思……

那这个小倩……可乐不得不向可口讨教了，真是环境造人，他不得不甘拜下风，倒不是为了可口，而是这个和谐社会和这个美好时代。

咯咯咯……可口竟然哧哧笑了起来，说你不能忘记你的身份了，你只是一个保管员。

她又要抓紧机会取笑自己了，可乐更多的反应还没有反应得过来，可口抬腕看了看左腕上的大手表梵克雅宝，平静地说我得走了，你且行且当心。

紫竹园静园了。茶凉了，可乐喝了凉茶又续上热茶，他足足想了一晚上，最后的结论是自己从来没有给自己做过主，也没有条件给自己做主。这是怎么了呢？苦恼的他再也想不明白下文了……

玩失踪半年之久，可乐一点事儿也没有，他已摇身一变，成为小倩主持栏目外围的一个“主要设备”，也就是给小倩提供新闻内容或者准新闻项目或者软文广告等的文化影视传媒公司外联部副总，说白了就是小倩在台上讲话，他在下面拉皮条收钱，当然这一切都得符合游戏规则。而书画艺术城那档烂事，只是可乐自己虚惊一场，不仅他闪得快，而且还因为根本没人真追究他，法院的传票是写他的名字，但只是虚晃一枪，走一个程序，就当可乐这人跑路了，此案挂起来，恐怕永无翻案可能及必要，因为一是不拖欠租金，管庄是筑巢引凤招商纳贤，一个月五千元租金一万多平米，那根本不叫租金，水电费暖气冷气也不够交，但贴钱也要暖场，管庄赔得起，造了势，出了名，达到了预期的龙头招商引资作用和目的，当地政府不追究，当地法院要真当回事就是瞎搗乱了，至少与属地管理部门闹别扭没啥意思了；另一个就是那些书画艺术品在书画艺术城陈列展览的，没有一件少的，送领导贵宾的，都是书画艺术家自己自愿同意，帅总或者可乐从没有强买强送、坑蒙拐骗，那些要展览押金和讲课费的艺术家也是穷疯了，为几千几万元上诉还静坐书画城大门，那是无理取闹，因为他们没想过这些小钱，还不够他们在书画城展览书画的一周场地、水电和人员管理等费用，法院最后说你们就两清了，再说人家给你们这个中国第一大的书画艺术城平台展示和讲坛亮相，本身就是对你知名度的助推和扩大，没收你宣传费就不错了，还好意思讨要出场费……那些外地艺术家于是耗不起，法官也不耐烦地劝他们见好就收吧，北京可不是你们那些小地方，得没得理儿都且饶人……

更没有人追问书画艺术城的营利模式和盈利门道，一张财务报表只能看出书画艺术城每年总亏损六百多万，主要是人工成本如工资、差旅费、接待费、策划和会议、布展、车辆购置和使用维修，等等，都是靠集团总公司周济了几年，目的就是为管庄的文化建设服务，为把书画艺术城打造成中国艺术第一城已经不遗余力云云。这些更不关可乐的事了。

可乐现在是如鱼得水，第一平台、高端客户、丰厚收入和花天酒地、纸醉金迷看似是多胞胎姐妹，他乐在其中，一旦知道自己只是“保管员”，就只尽保管职责，其他的搬运工和业务员就是你自己的私活了。甚至，可乐还见过了来京小住的小倩父母，一对小公务员的善良老人，看到女儿光耀的主持人角色，看到乘龙快婿的道貌岸然模样，老两口笑得合不拢嘴。那段可乐的确和小倩相亲相爱，过着小两口甜蜜的日子，难得有暇的一天半日，还一起牵手逛菜市场买菜，两人配合着择菜、洗菜、炒菜、洗碗碟搞卫生，弄得小倩的父母临离京时郑重建议他俩不如早点领了结婚证，明后年俩老退休刚好可以抱孙带养……

小倩深受感动，有晚还搂着可乐在床上憧憬道，我们趁现在好时机赚多一点钱，去新西兰买一个小岛，小岛上有小木屋，有牧场，有菜园，有田地，有一群小猫小狗……当然得有一艘小游艇，出入小岛和亲戚朋友们来了，交通就不成问题，既是隐居，也不与世隔绝，享受现代，也远离喧哗……

心满意足的可乐阖上眼皮，听着她在自己身上主持科幻节目……是的，会实现的，他也相信她会实现，只是不一定是她和他……他不会忘记可口对他说过的话，他只是她的保管员，不是拥有者，雇主随时可以更换或者解雇保管员，保管员怎么能和雇主一块胸怀祖国、放眼世界和展望未来呢？

当然，这偶尔为之的床上憧憬，也是小倩难得的实景表演。两人一番亲热之后，他充当雄起消防员，她让他往自己身上浇水灭火。水火之躯，共赴患难。一番水火相容、热火朝天之后，余热总得耗尽，火山总得冷却，于是她总得临时尽兴表演一番主持才艺吧。自然，她也不能完全排除可乐是她未来的拥有者，所以，她父母来北京相一相未来女婿，可乐也是不二人选——然而，这一切，都得走着瞧，一切都是未知数，前路布满可能性，生活才充满魅力。她是相信这一点的，可乐也相信。她要看可乐的表现，善良正直专 ，与她融合的完美程度，她觉得自己是无懈可击的一个白富美，越来越高大上。

而可乐呢，他才不要保管员的忠贞呢，打一开头，他就努力工作，适应新工作环境，好风凭借力，送我上青云。他逐渐了解了小倩这个电视影视传媒行业规则或者说秘密，恍悟小倩不去经济频道主持，而是时政，她需要渗透，把经济渗透进时政新闻里面，这得多么高超的技巧，如万米高空上的走钢丝绳，无限风光在险峰。当然画面上是她一个人在走，其实她背后的团队庞大着呢，力量强大着呢，可乐就是她其中一员。有一回，一位著名晚报老总和可乐和一干新朋旧友在麦乐迪唱歌，间隙时老总吹着青岛啤说你信不信，我头版头条通版照片也能把广告做成新闻。

可乐信，这晚报一年广告费超百亿可是纸媒数一数二的，刚刚发生的几个著名牛奶品牌问题产品，这位老总的策略就是“不再报道”，而快速敛获广告费八位数字以上，等等成功案例，让可乐不能不相信冬天里的春天，夏有飞雪冬打雷，新思维，新经济，新奇迹，万众一心，跨界众筹……他迅速掌握了新闻源等术语，在他合理想象推理中，资源源和权利源同样攥在像这位晚报老总一样的人手中。可乐还认识这晚的男高音“麦霸”，一位高头大马似的山东作家，莫言老乡，晚报老总隆重向大家介绍这是中国最著名作家，没有之一，只有第一。见各位同仁听了作家大名却满头雾水，晚报老总连哼几哼，冲天哈哈大笑，说你们认识的那些著名作家全是下层老百姓认识的，什么专业作家、专栏作家，还有那些垃圾成堆的网络作家，都得靠边站。咱们这位作家可是上层认可的人民作家。晚报老总见可乐和这位著名作家握过手，就拍了拍可乐的肩膀，接着神气昂昂地说，诸位，他可是古往今来出版著作冠军，莎士比亚现在有命，也得甘拜下风，老兄，你今年五十多吧，我没说错吧，你现在出版著作都两千多万字了，保守估计，老兄至少还能再活二三十年没问题吧，这辈子一亿字肯定能拿下来，什么叫著作等身，让你们后生见识见识，哈哈哈哈……这位被夸的作家只是谦逊地朝可乐和一旁的朋友们笑笑，包厢门口，已准备了人手一袋他的砖头巨著。可乐倒是奇怪，怎么作品如此海量的大作家自己前所未闻？等另一个话题告一段落后，可乐和晚报老总坐一块时，把话题绕回这个疑问，老总附在可乐耳边说他那是扶贫作品……听不懂吧，所以你就是一小平头百姓，告诉你，他的作品国家有关部门定购，每年不是有那些遍布全国的乡镇图书室之类吧，都采购他的书，不就行了？可乐这刻又长见识了，数千万字著作出版，得有一个工厂车间一样的工作室，还得是扔掉剪刀糨糊进入划时代的电脑网络摘编，那可是一个人的伟大时代！可乐服了，不得不服，还是那句老话，蛇有蛇路，蚁有蚁路。莎翁有眼，首先气死。然而，想想这是真的荒唐，但也很好笑啊，可能得笑岔气。怪不得知道秘密的人都会像晚报老总这样常常能放下包袱、开怀大笑。包厢里歌声浩荡，此起彼落，群情激昂，你不唱，小姐唱，大家熟识起来后就玩得嗨了。可乐看见两瓶纯生燕京激活了的晚报老总，兴致勃勃捏着歌厅小姐的小手，故事大王一样说你们河南人厉害啊，把一头生猪推进这头生产线，就从那头出来火腿肠了……逗得河南小姐自豪满满的喔喔傻笑，这位老总却话锋一转，说但还有比你们厉害的，信不信？我能把火腿肠从这头生产线推进去，那头就出来一头生猪……

在整个宽敞豪华的包厢里不时爆发放肆的笑声，在年轻漂亮女孩子面前，权力和钱财都卸下了铁面具，露出男类兽性，把身体和精神放荡到最本原状态，表现欲和占有欲甚至玩弄的游戏在这儿随心所欲。可乐的一双手被分配给自己的小姐轻轻放在膝上占有着，他今晚有点心不在焉，他无由头地想起以前在银海市听老爸的一个同事说的一个体验，很简单的一个工作餐，单位领导层也就是领导核心七八个人，去一条龙吃饭喝茶然后上歌厅或者夜总会或者按摩城或者桑拿洗脚之类，七八个领导一起吃喝玩乐，最后的节目就是人均一个小姐，你要不要？人家都要了，一起带进包房，你如果说不要，找出任一理由推脱，独自离去，那么，你就成了叛徒，第二天就被踢出领导核心。听说有人最后不消费小姐，就出局了，也听说有人多个心眼，叫了小姐进了包房，但给小费小姐，啥事也不发生，但后来调查的纪委相信你这一说吗？小姐能做证吗？——这只是一个简单的“组织考验”，还有钱财的呢？人事安排的呢？人在酱缸，你就是一个打酱油的，也要沾一手酱油味。看着老总们老色狼一样的“口嫖”歌厅小姐们，可乐有点索然无味，他也想过这是为什么。他是用心想过这个不合群的问题的，后来得出是不是自己从不缺女人？也不喜欢大庭广众之下狗胆包天，手脚并用，以为一两千元小费就能过度消费人家小姐？可乐从没贪过小姐们或者说女性的便宜，这不是他的风格和品德。他不喜欢不痛不痒的男女交往，要么商品交易，要么情感寄托。他听过一位老总感慨现在正逢盛世，结交了80后，现在又初恋90后，00后还在时刻准备着，真是赶上了盛世好时代……

轻轻握着自己的手的小姐的手机响了，她说声对不起，就站起来离开可乐，走到门外接电话了。可乐这一腾空位置，就想起今晚没有兴趣，是因为刚进歌厅就无由头的接到小倩电话，还没来得及接通，就戛然挂断了，他再打过去，却是占线，再打就不通了，他就心里犯了嘀咕，她是怎么了的？她离京差不多十天了，说是东北有一个会议。但可乐也没想过再找小倩的主持搭档询问，因为小倩这种情况也有过的，他就不大放在心上了，只是心里有点阴影。直到子夜要曲终人散场了，他才接到小倩的电话，却不是她的声音，是一个男人的声音，说自己是交警，邯郸交警……

出租车像一路“飞的”，甚至占用应急车道。可乐连夜赶到了邯郸交警所说的邯郸急救中心。路上可乐心跳几乎要蹦出胸膛，小倩东北出差，却从南面回京……他不敢想象她出了什么事。交警只是说她一人乘出租车，坐在副驾座上，出租车司机可能疲劳驾驶了，一个瞌睡就和迎面的一辆铲车擦过，不幸的是，铲车的巨大铁铲正巧就铲掉了副驾座上的她……司机一点事也没有，她却血肉模糊……交警是看到她手机上最近的一个号码，才第一个联系可乐的，但她的手机，可乐没有看到，交警说得办案用。后来可乐一直没有拿到小倩的手机，也就不知道她为什么打给自己一个电话，断了，自己回拨，她却接不上。急救室外听交警平静的口气，只是一种安抚和慰藉，他已和时间赛跑，来到了急救手术室前，但被拒之门外，小倩正在全力抢救，她的父母已定好机票，明早第一班飞机来京……

一切都晚了……可乐被允许进去看小倩时，小倩已是全身雪白，绷满了纱布，插满了管子，氧气罩盖住了她整张瓜子脸蛋，她无力地紧闭双眼，纹丝不动，身上的血被放掉了似的身体异常苍白瘦小。可乐毫不畏惧地走到她面前，说了自己的名字，说小倩，我来了……她没有反应。被允许进来前，医生已摇了摇头，只说一句她已进入深度昏迷，快去看一眼吧……可乐已听出这是小倩的弥留之际，他什么都可以放下了，放下了……保管员的钥匙……他轻轻把小倩的小掌心拿起来，握过小倩的左手掌心，她浑身只有这只手掌没有插管子，但这掌心已是死白冰冷，以前那根竹笋已经干枯，他轻轻用点力量，握她，希望能传递给她最后一个信息，哪怕她正在走离人世间，也知道自己并不孤单……但小倩仍是动也不动，毫无反应，医生轻轻摇了摇头，走开去了……

抢救室的灯光好像电压低了一霎，昏暗一下，恢复明亮。然而只是这一瞬间，可乐看见小倩脸色苍白，脚不沾地，正在翩翩然走开去了，倩影幽魂，长发飘飘，裙裾拽地，踮着脚尖飘出窗外……那个不想只被耍流氓的90后女孩子，做着梦的旭日东升的女主播，可乐觉得她是那么腻烦的熟悉而亲爱的陌生，突然出现在自己生命里，又猝不及防地猛然抽身离去……从来没有属于过自己，却又与自己厮守一起……她胡言乱语过，勾画过两人一起的未来，却又是让他烙上“保管员”的印记，她是不是真爱过自己，她是不是只把自己当作替身，他永远不再能看清楚了，她是不是要挣足了一座新西兰岛屿的钱，才有资格和他携程离去……这一切都成了一个无解的谜，除非她能活下来。在聚光灯下黯然退下，清醒地告诉他，她是谁？他能是谁？但现在，这一切都不可挽回地永远失去，失去表达爱意和恨的机会……

可乐满怀期待地眺着窗外。

世界死般寂静下来。黎明前的最黑暗笼罩大地和人心。所有人都失望地背身离去，心电图已是无风无浪的“一线天”，可乐却想起了南方大海的风平浪静，满海滩铺满水粉一般的粉红暮色，无数的小银鱼挣扎着跳满了海滩，把退潮的海滩跳得生动无比，鱼们要抢在潮落之前跑回大海，那是生命最后的一片银光闪烁、拼命呐喊……他松开她冰冻的手掌，沉重地躬身向她告别，低下了腰身，久久地久久地……但抬起头时，突然看见她紧闭的眼睑颤动了一下，长长下垂的睫毛里，滚出两颗泪珠，顺着下陷的脸颊，碎在下巴的雪白纱布里……

可乐守在医院一角的长廊，直到东方泛起鱼肚白——他又想起家乡大海也有这个触景生情的一幕，鱼肚白起来了，浮起来了，就是死掉了，漂浮在这苍茫之海。死亡是人生的岸。这天是要注定死了的。太平房就在一旁，相隔一个死气沉沉的小花园，有一条来往殡殓车的黑色柏油道路，闪过小花园的是一条弧形小径，淡蓝色晨熹普照大地。此时北京的月季正艳。

上午十点多，小倩的父母亲呼天抢地来了，电视台领导要可乐全程陪同，好像可乐这位准女婿就难为他扮演最后一个角色，发扬人道主义，仁至义尽，或者怎么说也是好了一场，送个终，号一把，就算不为死者，也为活着的两位老人……

七天之后，可乐送两位老人上机场乘飞机回家，他一言不发，他把所有的疑问和不解都隐瞒起来，还小倩父母亲除了悲伤的回忆就可以安度的清清静静下半生。他想，就这样吧，生活发发最后的慈悲，给两位老人一个除了痛失爱女就没有别的不快的余生。这几天，他已给两位老人一个印象，就是他们非常不幸地失去了他们的女儿，而他失去了相亲相爱的小倩……

暂时没有什么再可以保管的可乐现在自己租了一个单间，就在西客站东面五六百米外的荣丰小区。他先是休息了大半个月，差不多就是一个自闭症患者，吃的叫外卖，用的有快递，他已是衣食无忧，天天能睡到天光自然醒。有一天傍晚，他四处遛弯时，忽然来到一座寺庙前，这是一座也不算高的塔，就耸立在稠密的居民区里，一条横穿公路的铁路就是西客站往南列车的必经之路。他和不认识的路人们在等一列火车，轿车、摩托车、电单车和自行车，当然更多的是行人，在栏杆外等这列来自广州的列车过后，才蜂拥而过，各奔东西。这座叫天宁寺的寺庙就这样出现在可乐的面前。寺里的塔是泥砖构造，有点破旧证明有些年头，塔的中部四个方向还镶着黄金佛像神龛。临近黄昏，跪拜的香客还不慌不忙地做他们的功课。可乐突然看见五个清秀的年轻尼姑轻声说着话，走过正殿侧边的小路，回她们的后堂。她们粗布青衣的身影，不知道为什么和暮色特别相配，而年轻清秀的脸庞甚至俏丽的光头、宽敞长袍裹不住的青春活力、低语的魅力和布靴踩出的不凡足音，让可乐觉得这座天宁寺，真是给闹市凡间安宁，给繁华冷静注脚。他不知道想起了什么，或是悼念什么，这一切又将预示着什么，包含着什么，一切都如夜色将至，一片渺茫起来……

可乐也想过打个电话给可口，有几次他已经找到可口的号码，但想了想，还是不打了，可口说过只能她主动打给他，他不能坏了这个纪律，给她带来不便。他不知道她现在怎么样了，可乐后来自己想想，自嘲着笑骂自己闲出病来了不成？其实自己过得挺好的，有些悲伤是自己营造的，升级的，本来就是一段不即不离的保管员恋爱，只是因为一个突然横祸死亡，这段生活就变得低沉诡异起来了。而这不是他想过的生活，至少插曲不同主题曲，更不是他人生的主旋律。

再回去上班时，可乐仍是可乐，他仍吃香的喝辣的，两个多月后他调了一个栏目组，是娱乐频道的，还暗地里兼了一个数字电视国学频道的艺术总监一职。临近冬天的可乐，已是栏目组里的一个红人，他的活动能力无人可敌，除了把原来的客户带来，还发展了拥有优质资源的新客户，他好像越来越懂这行了，成了师傅，其实他自己知道，自己对艺术一窍不通，更遑论国学，那个说什么“半部论语治天下”，他开头还以为《论语》是一部“走为上策”的兵书。

而娱乐节目频道，更多是女儿国，可乐就是女儿国的国王，差不多了，可乐前殿后宫的，左搂右抱，应接不暇，简直就是一个好细腰的吴王。可乐知道低调是这个时代的“行为艺术”，工作上他还是一本正经，开策划会业务会，外地出差节目安排，采访联络采购物资，他简直就是全能多面手。他的吸金能力，他的年龄长相，特别是他未婚，让他占尽情场便宜，一时无人可为情敌。可以这样说，现在排着队和他同居的女孩子也得把娇宠藏匿起来，哪怕开会前的半个小时，他俩一起在床上飞快起床洗漱，相互帮助刷着牙玩儿也好，反正不能耽搁了工作，因为越来越多的会议要等他来才能开场。工作上他是公事公办，毫不偏袒，他知道哪个女孩是工作能手，哪个只是床上用品，甚至一次性……仅此而已。他现在尽管一直告诫自己也做到了适可而止，不给承诺，不负责任（但事与意违，当今大部分女生最怕的就是他负责任），见好就收，但他已是来者不拒，甚至一天三女，像早中晚餐一样，要求不同口味，色香味美，避免腻烦。甚至有一次还在办公室午休的小卧室，当然这是那位一心想转正的出镜女记者主动送上门，勾引了他，事后他还狠狠批评了她……有一段，他还做过人力资源部副主管，那些名牌大学毕业生都求他来台里实习，他想不到他们对无薪实习也如此热衷，简直可以说是疯狂追逐，有送钱的，有送礼物的，有些女孩子就直接送本身……除了领导关系安排进来实习的，经他手的都没有一个成漏网之鱼。有一晚子夜时分，大雪纷飞，他还去离住处不远的西客站接了一位外地来京的实习女生，就直接带她来自己的房间住了，有点荒唐的是，实习女生叫睡沙发的可乐上床来睡，搞到最后，他不知道是她实习生，还是他一直在实习生岗位上……

第十二章
平安夜，谢幕的雪

平安夜飘起了小雪。可乐刚从北六环的一个温泉会所回城里来，经过永安里天蓝色的双子座大厦，看见漫天的雪花落满了大厦前的圣诞树和圣诞老人身上，两米多高墙体上，镶嵌着金属制造的“中国银行”四个大字，截留了平安夜漫天大雪中的一段利息。一伙红男绿女正在打雪仗堆雪人嬉戏玩乐。与他挽臂欢跳的是一位陌生的新歌手，她很娇小，小脸蛋像苹果一样白里透红，小鹿一样蹦跶着地面薄薄的雪花，张开一条胳膊要拥抱这片雪天纯洁的天地，还要用掌心接下一朵朵无邪的雪花。可乐却像一位饱经沧桑的老人，给孙女扶搡着蹒跚而行。这个冬天开始，可乐感到略有不适，具体部位是下身。他去医院检查过，不是艾滋，是别的性病，令他自己也恶心的病。

还死不了，他庆幸，又忧伤。他默默忍受着这一切，坚持上班，从不休假，更不病休，谁也不知道他顽强地在跟疾病作斗争，该投怀送抱的仍是门庭若市，走马灯似的更换，床上的香气像天宁寺的香火总也不断，供品来自全国各民族——这时，他才感觉到天宁寺对自己的隐喻。他认了。雪花把他鬓角染白，让他内心老态龙钟起来。

这个平安夜的小雪，他先是和新歌手去温泉会所参加了一个派对，两人泡了温泉——可乐自从知道自己患病后，就喜欢泡温泉，他是泡那种私人房间的小温泉，不泡公众场合的大温泉，他喜欢裸泡，妄想把病菌泡掉，就像现在双子座下的雪国，他想让自己圣洁起来，干净起来，灵魂升华，像身边这位纯洁的女孩子。她真美啊，在温泉里，在温泉水面的玫瑰花瓣里，简直就是桃花笑春风，锦鲤跃龙门，现在又笑在小雪里。可乐深深愧疚：她的世界应该不是猥琐的自己，是她自己要闯进来的，她不知道她向往的那个世界正在病变正在糜烂。

雪藏自己吧。可乐悲哀地想，举头望着双子座下的雪杉圣诞树顶端的金黄五角星，可乐悲哀地祈祷着，忏悔起来，他需要平衡点，像热烈的平安夜需要一场温柔多情的小雪……祝福全城，祝福天下！

我们也堆个雪人好吗？新歌手撒开挽着可乐的胳臂，不禁像雪地的小兽物扑向雪原。

仿佛她挣脱了网兜。白茫茫的雪地上最容易埋伏一张网。可乐亲切地笑着，朝她摇了摇头，看到她嘟起樱桃小嘴，嘟哝着干吗像一个小老头似的？

可乐呵呵一笑，真的像一个雪中小老头了，头顶“雪帽”，如果有胡子，也会给雪染白的，那就会是圣诞老人真人秀了。他慈爱地再朝她点点头，说你堆吧，我给你装饰。

她拍着小掌心高兴得跳了起来。

可乐想起一支旧日的流行歌，似乎小时候最懵懂爱情的时候听过也唱过，就是叫《雪人》的，似乎是唱融化了的雪人，也融化了一段往事，一个爱情……

自己有吗？有过，才能有资格融化……

海边的沙，那个渔村海滩上的沙，手握沙握得越紧，沙泄漏得越快。在北国的雪，握在掌心，越爱越有热量，雪融化得越快……

你瞧，我们这小雪人漂亮吧？新歌手拍着手套上的雪团，笑眯眯地扑向可乐的怀抱，像一只毛茸茸可爱的玉兔。

双肩栖满雪花的可乐有点像年轻的圣诞老人了，他送给她的礼物只能是赞美，他说是的，很可爱，像你一样天真可爱。

真的吗？她扑向他，贴向他的脸颊，把一个吻印在他冰冷的脸上。旋即她惊呼一声，你的脸真凉啊！

是的，有点低处不胜寒……他移动了一下脚步，他怕自己会被冻僵在原地，被寒风的刀刻成冰雕。而她转身就欢跳得像一匹小烈马。

平安夜的雪，一直不停地无声无息地洒落，平安地从天而降，把圣诞从雪中迎接而来。东堂西堂的连场圣诞晚会仍在雪中高唱赞美诗。行人稀少，车辆零星，隐约听到烟花的欢笑和礼花绽放夜空的问候。五环之内禁焰火，也许今晚为圣诞破例，毕竟年底，圣诞可以提振城市所有的神经末梢。

冰花开在窗外，隐痛藏在心中。是这匹会唱夜莺之歌的小烈马，恳求可乐揪着她性感的小马鬃，在床上狂欢撒蹄奔突，像要炸缰的一刹那，他中风一般忽然僵硬。他太低估了她，现在的最年轻人，娇小清秀斯文单薄的她，小臀部无胸部的她，一个意欲在他身上一展歌喉的小女神。也许他早就积劳成疾、不胜重负，平安夜的她只是最后压倒他这匹骆驼的一根稻草。要来的，早晚得来，哪怕是平安夜……他早有防备，只是他没想到抽搐来得如此痛不欲生……然后，他是全身麻木，只能眼睁睁看着小烈马惊失前蹄般跌坐在他肚皮上，眼睁睁看着救护车把他拉进急诊室，很多白大褂和机器在为他忙乎，他只见绰约人影，只听嘈杂声音，再而后寂静得像死亡之国。雪还下吗？在空中打滑了吗？出现树挂了吗？雪里蕻熟了吗？雪国，墓园。是不是乘上死亡之舟了呢？丢下肉体，灵魂出窍，会遇见先他而去的亲人吗？他那畏罪自杀的父亲，面目不清的表姨夫，还有“被自杀”的干妈，刚刚车祸的小倩……他现在只能想，还能想，肉体凡胎还有想法，那是多么难受的一件事啊！最后他累得合上了眼皮。他知道自己还不能进入死亡的雪国，自己只是度过平安夜之后，圣诞节最早的一个倒霉病人。

护士拉开窗帘，又将会是一个雪白的早晨。他决定向新的一天问好。

他只是在医院躺满一个月就出院回到自己的小单间，但那位从平安夜陪他到圣诞节顺道送他进医院的新歌手，他再也没有见过，他都忘记她姓甚名谁了，只是后来的后来才听说她送他进医院的第二天，就回老家进医院了。可乐只能打心眼里向她表达歉意，幸好她不会从自己这儿得到艾滋，不会的，她的心理负担可能会更重。

可乐不知道的是，他回不去单位上班了，自从他进了医院后，单位就人人自危，大家惶惶不可终日，特别是一些女同事，如果大家注意观察，就会发现凡是跑医院检查和心里惊慌的女同事，无疑都与可乐有染，而且这个数量不会少——但正因为人人可疑，就似乎变成“疑罪从无”了，可乐现在不是艾滋，不等于不会发展成为艾滋，不是吗？同事们暗地里都研究起艾滋起来，包括传播方式和途径和特殊情况，包括预防、医治和潜伏期、窗口期，甚至结局和未来战胜它的前景，当然以前也看过甚至工作时做过这方面的宣传普及，但身临其境甚至其身，就完全不一样了。最后有同事打趣道自从可乐出事后，单位就天天是艾滋预防知识日了，比以往所有的宣教都更有效果。

同事——当然是女同事，有几个与可乐同病相怜的，那可是个人隐私，不得而知，同事们议论的还有非同事的呢，有说想不到可乐是一个大情种；有说到处播种，现在终于有收获了；还有说与多人行房事必自毙……这些可乐都听不到了，他现在自己照顾自己，从医院回来，身体是时好时坏，按时打的上医院打针，但一日三餐自理还是可以的，下半身自理有点困难，他也不在乎了，大不了就请人护理，再大不了就是上半身下半身也不能自理，瘫在床上饭来张口，最后大不了就是一个死……他苦笑的是，单位没一个人来看过自己，那些过去称兄道弟的酒肉朋友，特别是那些知己红颜……他有时也有报复似的奸笑，埋怨自己为什么不就是艾滋呢？

离春节近了，腊月大雪，京城银装素裹，房间小，暖气如夏，现在可乐感觉下身越来越沉重，好像下面成了男人的最累赘。他很少出门了，外面地面结冰路滑，他摔不得的。一把年轻的老骨头了，他时常用手敲打着双腿，双腿像灌了铅的日益沉重，拖累着他的生机和梦想。而裆间更是烦恼不止，甚至有冲动要自行阉割，为此他哑然失笑，要做一部关于自己宫刑的传记吗？

可以做成断代史，供后人猜想。这样臆想中摧残自己，精神不再紧张，他不禁想起老家一句老话：有几多风流，就有几多折堕。但当初谁不是有过少年不知愁滋味的豪言壮语，比如那句人不风流枉少年，还有牡丹花下死，做鬼也风流……看来，男人的阴功，都与风流有关，也就是女人是男人的性福，也是男人的克星。看来，这世间，没有一头赚的，做什么都得付出代价，阴阳互动，相旺也相克。可乐想了很多很多，想成了他的“周易”，想成了哲学家。他从没有过这么多空闲时间，没有人来打扰，一个人能这样胡思乱想的，想怎么打发就怎么打发患病的时光——生病，那是小时和少年时代的记忆，他常发高烧，母亲多忙总是他的贴身护士，把药片用玻璃药瓶辗碎，调上糖水喂他。还怕他呛着，用手轻轻拍他的后背。他从小就知道退烧药是甜的。他喜欢母亲喂他药时的怀抱，散发着乳香的温暖。当他想到母亲，现在这个时候，下身糜烂，自然想到给他身体的母亲，现在下落不明、生死未卜的母亲，他毫无节制地大哭一场。哭过之后，他还悲愤地想到，这个时代是不是一个万花园，还是万花筒，抖一抖，晃一晃，换个角度，什么景象都出现在眼前，还能身历其中。还像那个大观园，什么女宾都有，上等的贵妇人，下等的丫鬟厨娘，三六九等，男女勾当，万变不离其宗，自己充当了什么角色？怎么混到了这个模样？以前以为像人模狗样了，现在原形毕露，真的就是人模狗样，还是一身癞皮狗。

春天前一周，七天，是的，下午阴天，可乐站在十七层的阳台窗户旁，俯视到环路的车辆已经像退潮的海，变得日益空旷了。这时，他接到可口的电话。

可口。一个暌违得恍若隔世的名字。他一阵冲动，鼻子发塞，喉头哽咽起来。好在只是空中传递的电话，可口不在面前。

依旧小小的低声，如夏夜的蚊子，但他此刻喜欢这种蚊子的嗡嗡声响彻自己的耳畔，喜欢到不得了，简直要欢呼雀跃，他希望她多驻留片刻，最好绕耳三日，叮咬住自己的耳垂不松嘴，他宁肯放血，全部的血。

似乎咯了一口血，可口乏力地说来我这儿吧……

可口在医院。

可乐扶着墙壁，请出租车开到楼下电梯口。大雪中的首都，素面朝天，哭丧一样，把可乐的心里吼得空空荡荡。可乐请司机开快一点。大年临近，如大限将至，偌大京城，顿时空空如也。飞雪迎春，一路畅通，只有两三个十字路口等绿灯停了一会车。从外面的白色世界，再来到医院抢救室的白色世界，都是苍白人世间，只是一个是自然精神的，一个是人为的，出于人道主义救死扶伤抢救生命的。静得只听到血管里的血流声。令人忧心的是，外面那个自然精神的白色世界，会不会也被人自以为是的精神所改变甚至合谋摧毁？安静下来，包括血管里的血。

医生请可乐为可口签字，说是可口认定的唯一亲属。

亲属。是的，不错。可乐流着热泪签下了亲属必须签下的字。

他艰难地但一点也不让她看出来地弯下腰身，只安慰了她一声没事的，我在外面等你……

她就被推进了手术室。

医生已经告诉可乐，可口要切除子宫。

又是一个大雪天，适合埋葬大地。

窗外的雪似乎越下越大，裹挟在寒风中，像白条帘一般断落地面。广袤大地，白茫茫一片伤心。本来小雪到中雪，还有职工在路上奋力扫雪的，但现在风雪交加，他们就放弃扫雪了，可能要等下就换工具，要铲雪了。壮观的不仅是雪景，还有零度以下的糟糕心情。尘埃落定是一个曾经喧嚣的世界，而雪从天降，雪粉翻飞，交错凌乱，已是一纸苍天昭示。带着神的意味，除了接受，谁还能再说什么呢？可乐颓然地坐在手术室外冰冻塑料椅子里，感到一阵锥心的痛。就是靠在暖气片旁，他也打着寒战，一个接一个，接连不断，有点像北方人说的打摆子似的。他怕自己此刻坚持不了，会訇然倒下，就不断警告自己挺住，此刻不能倒在雪地上，还不到倒下长眠的时候。这当口，他看见面前伸出一双雪白的手，像从雪地里长出来的玉笋，笋手里端着一杯冒热气的开水。他抬起头来，是一位戴着口罩的漂亮小护士，只露出一双晶莹如冰的眼睛，雪白的双颊和耳轮，还有嫩笋一样的手掌，披着一身雪一样的白大褂……小护士被看得有点不好意思，可乐也醒悟过来，忙伸手接过开水，谢了声，开水还没有喝进肚子，已暖了他的手掌和心……他祈祷，但愿可口好运，只要活着出来，一切都可以接受。

不知过了多久，冰川期融化了又开始一个循环，山一样的岩盐把覆盖大地的海水泡咸，满滩的礁石被大海搓成沙砾……雪下下停停，停停下下，累了就停，歇够了脚，雪这个天使还要逗留人间，看看大地因为她干净了没有，脱胎换骨了没有，混沌初开了没有……满嘴胡楂围了嘴巴一圈，正和被雪染白的眉毛一起滴水——他这两天每隔五六个钟头就要走出去沐浴一阵雪，让自己保持清醒状态，像打了强心剂一样支撑着萎缩的身躯。有时，他甚至有时在深夜白得耀眼的雪地里躺下来，双眼直瞪着似乎要坍塌的夜空，从无底的黑幕里断落一层接一层的破棉絮，盖在自己身上，像覆盖着一张慢慢变厚的棉被，享受雪葬的极乐……可乐被允许走进病房的时候已是第三天下半夜，他看见可口被雪一样的棉被覆盖，露出小小的头颅——他怕她是一个雪人，会给人间的温度融化。他一下子居然不敢靠近她，只呆呆地站在病床前，屏息静气，细心聆听，直到听到她粗重均衡的呼吸，轻轻的鼾声，这是多么亲切多么亲爱的鼾声，在可乐的耳鼓里响彻云霄，如裂岸惊涛。他为此感谢上苍，感谢上苍派遣下凡的雪，让她或者他可以重来，哪怕埋葬了过去，重新长出笨拙的新芽。

只有嘀嗒声，双响的嘀嗒声，两条透明的输液管分别从可口的手和脚挽留她留在人世间的脚步。像屋檐下的冰雪融化滴水声，怒放在可乐轻快的脚下——他这刻明白，谁不是寄人篱下呢？他的热泪融化了，破冰的柳芽，舌头一样吻穿薄冰，像小河流淌，潸然泪下，如潺潺溪涧，一路碎步小跑，哽咽动情。他透过泪水，盯着可口，怕突然消失似的紧紧盯着可口，她像浮在海涛的泡沫里，他得伸手去救她，害怕泡沫破灭后，她会沉入海底，现在他就得伸出胳臂，哪怕用自己的身躯托举她上沙滩……是的，她平安躺在这儿，沙滩一样细白的床铺上，反射着金色的阳光，像给浪头冲了上岸，头发湿漉漉挽起来，胸口微微喘伏。他心里一揪一疼，她不应该躺在这儿的，她应当躺在海角渔村的银白海滩上，双脚踏实自己的路，踩过沙蟹爬过的沙窝，依偎被大海招安了的变得恬静的礁石，站在嘲笑潮汐进退的灯塔下，晒着暖烘烘的北部湾太阳，跳着五线谱般的海浪线，低吟浅唱自己的青春和生命，梦想和光荣……他为什么要认识她呢？喜欢上她呢？她是一枚日月贝，她来自海蚀沧桑的华清池，千万年沉默的火山口，应该度过自己千万年的平安生活。但他冲动地把她水淋淋的从大海里捞上来，自私地带她从南私奔北方，一番荒唐的登台亮相，几下丢盔卸甲，弄丢了她，也堕落了自己，摧残了她，也毁灭了自己……他真后悔啊！而悔青肠子的肯定不只他，遭受报应却连累了她。他马上就想下毒手体罚自己了，尽管他已经手足无力。

那位第一天给他端来开水的漂亮护士下午下班了，换班来的另一位也是高挑漂亮的小护士，像雪一样白，悄声飘然而至，可乐感动得要向白衣天使鞠躬。这位接班的护士是来给可乐送发票和这两天救治清单的，可乐刚到医院时，要交五万元押金，他想也不想，像抽出一张心心相印的手纸一样，掏出信用卡递上去……

这是债务，还了，心松。他觉得自己因初步尝试赎罪而不再那么龌龊，下决心从此要做一个讲道德守纪律的新人，要心胸宽广，胸怀大志，脚踏实地，善待他人。他口中念念有词，不洁的过往让雪漂白，因此他感觉自己开始通心透彻，仿佛放下了一切，没有了一切，反而更充实而真实地拥有了这片漫无天际的苍茫天地……可口活着，她活过来了……他激动得趔趄地来到卫生间，把自己锁了起来，掩面长号，喜极而泣……

三天之后的子夜，可口回魂过来似的，把可乐叫近床头来，等护士换好输液瓶走出房门，可口开始说话了，说出可乐这几天来想问而忍着不问出口的故事。她舔了舔嘴唇，似乎从阴间走了一遭，不仅积攒够了气力，还要把在阴曹地府湿了一地的人间遗言晒出来。

想不到，我们一起在这儿过除夕……

可口的开场白令可乐愕然。今夕何夕？原来除夕。

我们老家这晚多热闹啊……我们年三十，无鸡不成宴，还有就是满海的海鲜，这儿是无饺不过年……可口望着面前的可乐，可乐感激地坐了下来，和她躺着的高度一样，这样她看和说，都不吃力。

放心，我会慢慢好起来的，别人的烟花开在天空上，我的就变成了月亮……可口居然吟诗作对起来了，精神状态真的是越来越好。可乐快乐地看着她，忍住心头悲伤，因为一朵硕大的烟花正开满了玻璃窗，像一朵巨大的黄菊，瞬间挂成晶莹的冰凌花。

可口睁着大眼睛，空洞洞地凝着可乐，说你还记得那个帅总吗？他疯了……

啊……帅总，疯了？

是的，他疯了，他以为他现在已经是积攒够了爆发能量的火山，他要拿回老黑手中他的画……

帅总的音容笑貌这时浮现在可乐的面前，像浮雕一样，夜色中狰狞着一双鼓凸的金鱼眼，突然摇身一变，变成一条老谋深算的食人鱼，嗖地溅着水花钻过来，穿裆而过……简直就是一个完美的行为艺术家。

可乐闪了闪身子。

他偷偷给老黑加大白粉剂量……是的，他们都有好多年毒瘾，东四那个四合院，每周都有毒宴……我刚认识老黑，就吸上了，但我量很少……没有不吸的……

浑身发冷的可乐感到自己成了冰水里打捞上来的冻鱼……想起可口刚从手术室推出来，她的主刀医生就告诉自己，可口麻醉剂得超点量，因为她有吸毒史，要可乐有所心理准备。

现在可口恢复得很好，身体上意识上都没有副作用，或者说暂时没有表现出来。他静静地听她说——

我是老黑最贴身的人，帅总知道我和你的关系，这是躲不过的，老黑后来也知道了，但他当然不会在乎我的过去，自然也不会关心我的未来……帅总要弄走我，他好行事。事情后来就这样成了，老黑在剂量加大精神异常后，让我到他朋友那儿，能够接手黑大师女人的朋友，可不是一般人，不，不是人，他是一个半人半兽，以前是同性恋，现在是双性恋，虐待狂……我就被他用烟头、手机、打火机、啤酒瓶和皮鞋弄成这样……帅总的目的就是不惜代价拿回老黑手中的画，他要虎口拔牙，按照常理或者说公理，帅总是对的，但如果在一个没有道理的时代，奢求这些就是违反常理和人伦公理了……帅总以为控制了老黑，但他没有想到，老黑在被控制的最后一刻，还懂得把我送到掌控帅总这批画主儿的儿子手中，那个不是人的畜类……那是一个十足的虐待狂，仗着他父亲退而复出的骄横拔扈，目中无人，哪怕是朝中人也不放眼里，他只服老黑，他们有生死之交，他发狂时只告诉过我一句话，老黑帮他杀过人……他在不变态的正常日子里，多少还有一点人模样，他甚至听信从美国回来的一位美籍华人的音乐疗法，能治他的精神变态，因为他的一个上层伯伯心脏病就是这样给治好的，我就是在他进入音乐疗法里时告诉了他帅总和老黑的秘密，他只说一句，老黑也不是钥匙，就是剁了老黑双掌来开指纹门也不行，钥匙就是钢枪，叫那位提着胆汁来拿……

可口断断续续说着，已是疲惫万分，但神情轻松多了。可乐给她倒了半杯开水，扶着她小心坐起来，小口小口喂着她，像小时他母亲喂调和砂糖的药水给发烧的他。那是多么温馨的家。远方的家。回不去的家。可乐听到她吞开水的咕咕声，脸色也有点泛红，气色好多了，就把自己当作她的靠垫，让她坐在床头喘息一会儿。

音乐疗法根本不适合这个狂人，他骂那美籍华人是买办骗子，撵出部队大院……那叫一个痛快，咯咯咯咯……可口突然笑了起来，可乐忙提醒她，不能这样大笑出声的，手术缝针的线会绷断。

断就断吧，让我去死，我现在恨不得一死了之……

可乐轻轻抚着可口的后心，心里却想如果一死能了之，也不坏，只是怕还不能了之，那就更悲惨了。他抱着可口轻轻放平了，婴儿一般，重新躺好。

可口侧着脸儿，对可乐惨白一笑，说，最后，帅总来要画，带着老黑，但看到我在，他什么都明白了……那个狂人为了老黑保护了这批画，就是老黑带人来，他也有办法拖延不给……老黑就是在那天晚上猝死的，一帮朋友酗酒，帅总和狂人还有我，还有老黑的手下，都看到老黑栽倒在了酒桌上，救护车还没到，人就断气了，老黑是一个没有胃的英雄，少一个肝，十个手指都是断了接上的，肋骨少了三根，一只假眼，左腿下肢是义肢……谁都知道他存世不久，一桌战友眼看着送别他，也是他的善终……帅总是最悲痛的，他跪在老黑身旁，哭喊着我的画我的画，就疯了……

真的疯了吗？可乐不敢相信，一个仍存世的大画家。

是真的疯了，他吃自己的屎……可口恶心地抿紧嘴，她想到这一场没有对错也没有输赢的争斗，此时想来真真是滑天下之大稽。窗外雪地，正好是殓尸布。生人和活人，一个也不放过。

但已经拥有丰富斗争经验而万念俱灰的可乐一闪念的是什么？鹬蚌相持，渔翁获利……那是没办法的事情，是的，他不能把自己的疑惑告诉可口，他一闪念的是帅总如果不装疯吃自己拉的屎，不说他的那批书画攥在谁手，而是说他的老命不保。

响起轻轻的叩门声，是小护士，她柔声建议请让病人早点休息，好吗？

可乐点点头说好的，谢谢。

回到自己隔壁陪护的折叠床铺，可乐想到可怜的帅总，最终还是得原配和大闺女照顾他下半世。没有老黑的猝死、帅总的发疯和那狂人的变态暴力，可口能逃出虎口吗？可乐不寒而栗，但可口的代价，他不敢想象，干号咳着，这不是他想要的，他大骂恶浊的自己是十足的笨蛋混蛋恶棍刽子手！他蹲在地板上，向可口谢罪般叩着响头，一直叩到额头青紫。一切都已经晚了吗？他想时光能倒流吗？如大海退潮了再涨，月亮亏了再盈，可是，时光机，在哪儿？在哪儿？他们不是为之付出了吗？可口甚至是为了他而走上了这条不归路，选择他给出的题目，而答案却是那么支离破碎、谬误百出。不，一定是哪出错了，这个结局不是他设想的，也不是他想要的。他哀求一切推倒重来，哪怕邪恶地逆生长，只要自己一个人赴汤蹈火，火山重新喷发，他愿意被焚烧成一只谁也认不出的火山蛋，镶进下世的火山岩，静待命运恩赐的孵化。最后，天地合一，日星隐耀，沧海横流，岩浆淌进大海，今夜变那夜，他一把推她回华清池……但这一切只是梦幻一场。他神经质地敲打自己的脑袋，绝望地卡着自己的脖子，还狠狠地揪着自己的头发，一揪一大把……

令人意想不到的是，大年初二，可口的妈妈在可口姑姑的陪同下，突然从天而降，出现在可口的病房里，那个场面足够震撼。

可口的老妈是在可口姑姑搀扶下颤巍巍颠到这儿的，她扑通一声要跪倒在可口的病床前，可口的姑姑急忙扶紧她，可乐也冲上前来。可口的老妈老泪纵横，哭诉说你都子宫肌瘤了，还不让我知道，不准我来，但我能不来救救我女儿吗？……

医生来了，说不能让病人激动，还没有拆线。

可口的妈妈转而跪求医生，把自己的子宫给女儿……

医生愣了愣，在场的人也惊呆了，床上的可口哗地大哭起来，可乐两头难顾，见可口的姑姑抱着可口的老妈坐在椅子上了，忙去安抚可口，可口却推开他，请他安排照顾好她们的食宿……

谁也不知道，可口残忍地想起了遥远的童年，暑假里表哥把姑姑的医学书搬出来，那些女性器官剥夺了可口的童贞……

接下来的几天，可乐感到自己的身体也越来越要崩溃了，双腿迈动像要扯开他的皮肉，然而最紧要的是可口秘密授意可乐，让他想方设法弄走自己的老妈，这是她最后向可乐提出的唯一请求……可口的老妈太老了，而且可口也不可能接受妈妈的捐赠，医生已经同意对可口的妈妈隐瞒真相，也跟做医生的可口姑姑达成了统一意见，就说可口得的是子宫肌瘤，但医生还是得对可乐说她除了不能生育，别的应该没有影响。后来医生还帮忙劝可口的妈妈，在这儿帮不了忙，反而把病人激动起来不利于病情好转……

可口的老妈临走时说你老爸和弟妹都好，鱼虾满舱。可口垂下眼睑低声说一句，那就好。姑姑俨然一位妇科老大夫，看可口像看一本铁皮夹着的病历。她冷冰冰地只告诉可口，表哥还是老样子。扑在床头，伛偻着腰背像一只虾的可口老妈抹了一把老泪，攥过女儿的手贴向自己那墨鱼一样的脸皮，浑浊的泪水在脸皮沟壑里流淌。她要女儿答应自己，病好了，就回家。

可口答应了。可乐送可口的老妈和可口的姑姑去机场，直飞银海市，空中三个多小时。可乐在安检处对准备走进安检区的可口的老妈说，妈妈，对不起。

可口的老妈好像没有听到，驼着背，空白似的看着他，只说一句这都是她的命，她的苦海，孩子，不怪你……说完径直往前走，好像前面的安检处就是无人区，大海茫茫，飞机就是她的蚱蜢舟。可口的姑姑回过头来，外科手术刀般，银光一闪，狠狠剜了一眼陌生的可乐，头也不点。

可口南方家乡的两位亲人背对可乐走进候机楼深处，头也不回，北京似乎不可饶恕。可乐快要支持不住了，他对左旁不远处的一位机场女工作人员招招手，勉强挤出一丝笑容，待女工作人员不解地来到他面前时，他低声央求，请给我找一张轮椅……

过年了，春意渐浓。又过了半个月，可口可以下床活动了，年轻的身体在生机勃勃的春天里一天天苏醒康复，她不让可乐来陪护了，可乐只是白天来坐半天，和可口说会儿话，或者两人沉默着陷进自己的思想世界里。到了可口办了出院证，马上就要出院时，可乐知道她不会回家，但不敢问她的去处，他现在需要她，但不能连累她。她好像还没有看出可乐的病症和目前状态，她对现实越来越粗心大意，这使她近乎没有心事困顿地快速修复身体。越临近出院，她越是神态安详，越是精神饱满，也越是神秘诡异。她不再关心别人特别是可乐的身体和生活，有时和她说话，她也是爱理不理，人在心不在，有时能几个小时待在窗边，看着外面山桃丛中一块人头高的顽石，上面阴刻着两个描红的草书：石在。她的目光温婉，柔如慢刀，一笔一画，撇捺顿挫，竖横勾勒，不知道把多少心事阴刻进去和石在一起了。这个可乐问不了，恐怕连她自己也不清楚。但明显的是两人交流得越来越困难晦涩，他说过的话她总是不放在心上，忘了，或者反问你有说过吗？我答应过你吗？有这回事吗？对救治她的医生护士也日益冷漠甚至是忽视，好像是一个忘恩负义的人，身体和精神人格上有所缺陷的人，或者是一个被掏空的空心人，活得没心没肺了……直到出院前一天下午，她请可乐帮她网购两个大花篮，让花店的人送来给自己的主治医生和护士，大家才松了一大口气。

尾 声

一起走出住院部，可口对可乐说，是你帮我叫的士呢，还是我自己去路边打的？

你想去哪儿？

机场。

可口直飞四川。可乐只能知道她入川出家——到此为止，不能说也不能做什么表示，她轻快地说我答应过妈妈，好了就回家，但我还没有好，不知道哪天好，就等我好了再说吧。

可乐送她仍是只能送到安检处，看见她张开双臂，让那安检姑娘把一根电子安检棒举起来，在她身上划来划去，看身上多了什么，少了什么……那石在，还是不在？

已能坚强地站稳的可乐多么盼望她能回过头来，但没有。她越走越远，越走越小，越走越像他的岸在一点点地沉没。在远方。另一个风平浪静的远方。后来，可乐只听说可口入川云游，具体在哪里落脚出家，有三种传说，一是说在峨眉山，二是说在青城山，三是说在成都，在天府之国，大隐隐于市，还说可口在寺庙佛坛说佛证法，信众云集。

可乐听到这些传说的时候，已经不能起床了。他在病榻上只能看手机，上网扫新闻，刷屏发微信。是美眉来北京告诉他的这些可口的传说。

可爱的美眉长出了一些淡淡的天然眉毛，还向形容枯槁的可乐交代了一些认识的人的命运，似乎他们和她一样走到了生命的尽头，比如他们舞台的次角白骨精，自缢成了吊死鬼，有人说是为可乐他爸殉情陪葬，有人说是永远封口就是死掉。众说纷纭。可乐的妈却成了另一个卷宗的谜案，至今悬而未破。

这所有剧情，突然与可乐无关，他找不到潜台词了。

美眉是一个快要死的人，其言特善，其貌凄美。她来北京不是为了看可乐，而是为了自己艾滋病的最后救治。或者更准确地说，全国只有北京有一台机器也许可以缓冲她死亡的脚步。北京，是她最后一根救命稻草，但她最后就是给这根稻草压死的，她精神百倍地说不治，才是大治。那就是死。

可乐告诉她，对不起，我们都得死。不外是一个早，一个晚，罢了……

是这样。美眉含泪向他道别的时候，说自己不想客死异乡……

可乐道歉说对不起，我不能去机场送你。他知道美眉还不想死，美眉让他回忆起前世旧事，她对他的爱，如果有的话，就是不把艾滋转赠给他……

美眉走的那天，他听到了梵音缥缈，不知来自云端何处。

那位从医院陪护中高薪请来的钟点工大叔每当帮可乐清洗下身时，大口罩压瘪的蒜头鼻总是喷气式地哼哼嗯嗯，令人讨厌。

跋

这部长篇小说的前半部分写于2002年，去年年底重写时，把原小说后面部分全部删除，也就是说离开银海市之后的文字，写于2002年的十三年之后。

十三年前我在故乡，一个坐落祖国大陆最南端名叫北海的城市。十三年后，我在相距故乡大海六千里路云和月的异乡。那天是北京的初夏，我在一条叫羊坊店西路的地方工作生活，天空中飘满香椿和槐花凋零的味道，令人在春天的苦涩中提神醒脑却又怅然若失。我接到东子老师的留言，沉默了很久，才想起沉睡在十三年前家乡的那个长篇小说——那是我为迎接孩子诞生而完成的长篇处女作。这个“孩子”以电子文档的形式，跟随我漂泊远方，从没有给我唤醒她童年的冬眠。当年我开始写下这部小说第一个字，距今已十三年，我在北京度过十年，而这十年，除了单位编辑工作需要而写些专栏文章，我很少发表文学作品。在一座以环线开拓疆土倾情国际化的都市，我如不起眼的麻雀四处游逛，像小说一样注重细节地美好生活，像笔名一样隐蔽于现实生活中的人海，像海尔曼·布洛赫说的“发现只有小说才能发现的，这是小说存在的唯一理由”，我悄悄地把生活细节过得像小说一样曲折离奇、有滋有味，是自己胸有成竹的伏笔和节奏。日益豪迈的京城足够大，故事遍地、情节跌宕、人物拥堵，所需的是深深踩下诗意的韵脚，是作家在日常生活中发现长着虫眼的生活本质，却依然相亲相爱。我曾有一段时间常去清华大学会友办事，有一天晚上兄长还在石景山赶来海淀区的路上，他在电话里请我稍等，建议我逛逛清华这幢学研大楼，看能不能发现什么秘密。

是的，小说是去发现秘密的。如果说短篇小说像特务，那么中长篇小说就像长期潜伏的间谍，会用漫长的生命“潜水”，不断更换“马甲”，时刻等待“激活”。是的，长篇小说又像一条浩浩荡荡的大河，文字是大河的浪花，每一朵浪花不一定能抵达大海，但她已经绽放，哪怕枯萎岸边，也滋润过大地。长篇小说也是一部民族心灵秘史，是一个人的灵魂密码本。她让我们安静下来，破译生命的丰泽与荒诞，回到自然怀抱，归宿大地深处。

在北京十年，我做过单位奥运内刊、新闻纸媒和网络新媒体，但我其实是一个隐藏起来的“特务”般的作家——或者应该说我是想做这样的有趣角色。生活真的是一台戏，小城市小天地，大城市大舞台。如果在大舞台还是小天地的台词和情节，那么你出演一定腻烦，剧情的按部就班、人物的千人一面、语言的单调晦涩、结局的预知未来，这样的人生和小说因失去多种可能性而了无生趣。2006年年初那个伤心的寒冬，我来回在建外大街徒步取暖，借着西长安街的路灯，看见橱窗里的一份报纸有一个小标题回答了这个问题，就一句话：你要清楚自己想要的是一种什么样的生活。

梦想与现实。翅膀如果落地了，还叫翅膀吗？翅膀是给天空准备的。我曾经在没有暖气的房间里用不眠温暖黎明，独自在东五环外的玉米地和铁路桥间徘徊，搂着孩子在南四环外一个叫五里店的地方重温儿时的咿呀学语。我是在几乎众口一词的否决下，放弃了整个大海，来大北京找自己的立锥之地。北海和北京之间，是一场与物质无关的“伤别离”。一位绍兴的文友知道我的“舍得”并且拖家带口定居北京，他在南三环主路上大声惊呼：“你太勇敢了！”

这些不再年轻才生发的梦想，付诸实现是多么的需要勇气。这关乎自己的世俗生活和终极价值，如果在大城市还是做小城市可以做的工作，那么来大城市何干？也就是说，如果小城市可以做到的，就不必来大城市瞎折腾。于是，我开始痛苦地颠覆自己，格式化某些观念，哪怕在京都每天上下班路上花掉五个小时，无论是单位班车或者地铁、公交，我都在一掠而过的窗外风景中思索，享受一个思想者的惆怅和愉悦、迷惘和幸福。我越来越觉得曾经让文艺作品站起来的那些中心思想露出了可疑之处，甚至我们人类的文明进程和历史都不应给已有的教科书禁锢，没有怀疑就没有哲学，就没有发现，也就没有思想，而独特的思考成果从来不长在街边公园。海德格尔说："思想即奉献。"很感谢我在北京认识的诸多北京人和来自五湖四海的底层人物以及记者编辑同事，政府机关各色领导和公务员，还有主流以及非主流的思想家、哲学家、经济学家和文艺家们，甚至金融家和社会活动家，等等三教九流，他们给我的不是作家雄辩和经验之谈，而是人生的憧憬和生活的妥协，思想的厚土和自然精神的阳光普照，还有似是而非的论点和至今我不懂或者不敢认同的学说。他们和我，共同构成了"我的北京"。

所以，就有这本小说的下半部分，北京那种有梦想却总令翅膀受伤的生活，那是从事恶意竞争的行业，资源的高度垄断，人性的逐步沦丧，精神原野的荒芜，灵魂叛逃的肉体，把上半部分来自我故乡原型的银海市"支离破碎"，把一条渔村的农耕（渔耕）文明的进程通过主人公的命运际遇而被干扰甚至被打断，那也许是大时代全球化需要的利益最大化，也许是西风东渐的"转型期"的巨大旋涡，把人字大写之后的辉煌战果。当怀揣这种人类童年的梦想来闯荡狰狞的大都市，可口最后丢去的是自然繁殖器官，而可乐下体溃烂，等待死神敲门——这些人物和故事，都是我不知道我们现在这样的欲望无度，最终会走向何方休止，或者万劫不复，或者浴火重生？

我知道，这小说写得并不好，不是我心目中的好小说，甚至像建功老师批评的，即我这样的愤怒之笔伤害了文学性。——我知道，因为我已经在构思另一个故事，没有这个缺点，而有另一个缺点的小说。

认识是小说的唯一道德（米兰·昆德拉）。但小说不是诉讼，也不是政论，更不是裁判。文学存活于这个万众欢腾的自媒体时代，并非因为当代文学的日益冷场和边缘，而是文学本身独具的精神力量的正确回归。只要人的属性不变，都要有内心的温暖渴求和灵魂安放的净土。文学渗透全行业，她以自己的气息在每个人的工作和生活中昼夜呼吸。文学在一片张扬自我喧哗和崇拜物质至上中找到了自己不可替代的崇高地位。歌德说，一个作家想发挥政治影响力，他的文学生命就结束了。在京都我做了十余年新闻，但那句"新闻背后的故事"，至少或多或少地浅显阐释了文学艺术的功能。作家只有写得越来越文学，缔造一个属于自己的也能引起他人共鸣的精神世界，才能获得真正爱好文学、爱好思考、期待自己生命"内秀"并内心强大的粉丝。也是在羊坊店西路一间叫湘根香的菜馆，一位叫苏引（苏春雷）的歌词作家劝我写歌词，说这几十年，只有好歌能传唱。好歌的标准他认为是"社会性、艺术性和时效性"。我认同。各行各业都有自己的独特功能和作用，可以融洽共赢，但不可以替代，否则就有可能有幸被列为"非遗"。

这些年，自从有了电脑有了网络，一些包括文艺在内的专门行业越来越普及化了，这不知道是没有门槛的一场普天同庆的"全民盛宴"呢，还是一场"地球村灾难"？就像《圣经》里那座巴别塔，如果人类现在都实现了"普世价值观"的统一，经过互联网统一了"网络语言"，那是不是会触怒上帝呢？因工作需要，我接触过一些知名新媒体人，他们对网络和自媒体的"狂欢"令我生疑。而一些作家，日产数万字，也叫我震惊。还有很多口水诗和下半身写作等什么什么体之类的"行为艺术式"创作，不能不使人保持警惕。面对貌似繁荣、实质纷扰的当今盛世场景，我总是想起少年时代读白居易的传记，说"居京不易"的他每写好一首诗，总是先请一位老太婆看一看，读得懂了才拿出去。还有就是现在的一些作家诗人，写的作品也不敢给自己的孩子读，像福克纳说的，"描写的不是人的灵魂而是人的内分泌"。我不知道这是因为文学作品也要分级制，还是把人性"潜能"的不良一面放肆展示出来，是越来越多人的"人文主义传统"需求？没有底线的包容不仅是纵容，还是懦弱。是不是要把人性之恶关进笼子里？现在这个新时代，是不是物质不再匮乏的中国人所梦寐以求的呢？当我们吃饱肚子之后，是不是应当“采菊东篱下，悠然见南山”？

这是我这十余年保持文字沉默的原因。我不明白为什么有些人这么喜欢夸夸其谈这么喜欢鸿篇巨制。追逐名利还上课教人要趁早，甚至宣称没有欲望就没有发展。如果是放纵欲望的发展，那我说不发展就是最好的发展。我们想要的不是丛林法则指导下的精致利己社会或者说“科技经济”一统天下的社会，而是人性本真的世界。繁荣的目的应是让天地自然野气横生、风和日丽、枝茂叶盛、莺飞草长，自然与人融会贯通，永葆人的天性。

我真的想做一棵安静扎根大地的树，随四季风霜雨雪一岁一枯荣。大音希声，大象无形。“太上有立德，其次有立功，其次有立言”（《左传》）。慎言和慎独一样，必须慎之又慎。而“穷则独善其身，达则兼济天下”和“修身齐家治国平天下”这个文人丰满又骨感的理想，依然根植于心。然而，人生理想并非首选文学，让我一直坚持或者说坚守下去。只是我一直疑惑自己写下的那些文字的真实可靠和存在意义。写下它们，似乎我就有了“案底”在人间，使一直慎言笃行的我忐忑不安。更多时候，我喜欢做一个忠实的读者，一杯香茗，一缕清风，一本好书，就是闲适一生。我还想起老子和孔子，一字不留，是他们的弟子把他俩说过的话记录下来传世并衍生注释、索引等行业，还曾广而告之“半部《论语》治天下”。骑着青牛的老子为了出关，才把《道德经》传给函谷关守将尹喜，但尹喜将军居然为了一个老人和一部五千字的《道德经》，辞官追随老子而去。“朝闻道，夕死可矣。”嗟乎，我们后人还这样洋洋万言滔滔不绝，真的留下有价值的东西了吗？我无语，复无言。

麦子杨

2016 年春

图书在版编目(CIP)数据

可口与可乐 / 麦子杨著 . 一 桂林 : 漓江出版社 ,2017.2
(美丽南方文学书系 · 长篇小说卷)
ISBN 978-7-5407-7576-6
Ⅰ. ①可… Ⅱ. ①麦… Ⅲ. ①长篇小说-中国-当代 Ⅳ. ①I247.5
中国版本图书馆 CIP 数据核字 (2016) 第 265201 号

KEKOU YU KELE
可口与可乐
麦子杨 著

责任编辑：孙精精
责任印制：杨 东

出版人：刘迪才
漓江出版社有限公司出版发行
广西桂林市南环路 22 号 邮政编码：541002
网址：http://www.lijiangbook.com
全国新华书店经销
销售热线：010-85893190
大厂聚鑫印刷有限责任公司印刷
[河北省廊坊市大厂回族自治县西大街 邮政编码：065300]
开本：960㎜×690㎜ 1/16
印张：13.75 字数：191 千字
2017 年 2 月第 1 版 2017 年 2 月第 1 次印刷
定价：32.00 元